THE QUEEN OF CRIME
繁體中文版
20 週年
紀念珍藏

怪鐘

阿嘉莎・克莉絲蒂 著

張為民 譯

The Clocks

Agatha Christie®

通俗是一種功力

吳念真（導演、作家）

通俗是一種功力。絕對自覺的通俗更是一種絕對的功力。

這樣的話從我這種俗氣的人的嘴巴說出來，大概很多人要笑破褲底了。不過，笑完之後請容我稍稍申訴。這申訴說得或許會比較長一點，以及，通俗一點。

小時候身材很爛，各種遊戲競爭完全任人宰割，唯一隱遁逃避的方法是躲起來看書或聽大人瞎掰。那年頭窮鄉僻壤的小孩能看的書不多，小學二年級時最喜歡的是超大本的《文壇》，老師借的。看著看著，某天老師發現我的造句竟出現：「捧著：朝陽捧著一臉笑顏為群山剪綵」這樣亂七八糟的文字，就拒絕再讓我看那些超齡的東西了。

老師的書不給看，我開始抓大人的書看。一種是厚得跟磚塊一樣的日文書，對我來說那完全是天書，但插圖好看，經常有限制級的素描。另一種書是比較薄的，通常藏得很嚴密，只是裡面有太多專有名詞、重複的單字和毫無限制的標點，比如「啊啊啊」、「……！！」

老讓我百思不解。有一天，充滿求知欲地詢問大人竟然換來一巴掌後，那種閱讀的機會和樂趣也隨著消失了。

所幸這些閱讀的失落感，很快從大人的龍門陣中重新得到養分。講到這裡，我似乎先得跟一個村中長輩游條春先生致敬，並願他在天之靈安息。

我所成長的礦區，幾乎全是為著黃金而從四面八方擁至的冒險型人物，每人幾乎都有一段異於常人的傳奇故事。這些故事當事人說來未必精采，但一透過游條春先生的嘴巴重現，有時連當事人都聽得忘我，甚至涕泗縱橫，彷彿聽的是別人的故事。

條春伯沒當過日本兵，可是他可以綜合一堆台籍日本兵的遭遇，一如連續劇般從入伍、受訓、逃亡荒島，面對同鄉同袍的死亡，並取下他們的骨骸寄望帶回故鄉，乃至骨骸過多搞不清哪是誰的等等，讓聽的人完全隨他的敘述或悲或笑，彷彿跟他一起打了一場太平洋戰爭。此外他也可以把新聞事件說得讓一個三、四年級的小孩，到現在仍記得當時腦中被觸動的畫面。例如當年瑠公圳分屍案的凶手做案之後帶著小孩到安東街吃麵（這讓我一直以為台北的安東街是條專門賣麵的街道），還有甘迺迪總統被暗殺、賈桂琳抱住她先生、安全人員跳上飛快的車子保護賈桂琳……當然，這記憶全來自條春伯的嘴巴而不是報紙。我的記憶全是畫面，有畫面，是因為條春伯說得精采，說得有如親臨他至死都還搞不清地理位置的達拉斯命案現場。

於是這小孩長大後無條件地相信：通俗是一種功力，絕對自覺的通俗更是一種絕對的功力。透過那樣自覺的通俗傳播，即使連大字都不識一個的人，都能得到和高階閱讀者一樣的感動、快樂、共鳴，和所謂的知識、文化自然順暢的接軌。也許就是因為這些活生生的例子，俗氣的自己始終相信：講理念容易講故事難，講人人皆懂、皆能入迷的故事更難，而能隨時把這樣的故事講個不停的人，絕對值得立碑立傳。

條春伯嚴格地說是有自覺的轉述者，至於創作者，我的心目中有兩個。一個是日本導演山田洋次，一個是推理小說家阿嘉莎．克莉絲蒂。

山田洋次創造了寅次郎這個集合所有男人優點跟缺點的角色，在以《男人真命苦》為名的系列下，總共完成百部左右的電影。它們的敘述風格、開頭、結尾的方法不變，唯一改變的是故事，是時代，是遍歷日本小鄉小鎮的場景。數十年來，看《男人真命苦》幾已成為日本人每年的一種儀式，一如新春的神社參拜。

數十年前訪問過山田導演，他說，當他發現電影已然有它被期待的性格時，電影已經不是導演自己的。他說：當所有人都感動於美人魚的歌聲時，你願意為了讓她擁有跟你一樣的腳，而讓她失去人間少有的嗓音嗎？

人間少有的嗓音與動人的歌聲，都來自山田導演絕對自覺的通俗創造。

再如阿嘉莎．克莉絲蒂，如果我們光拿出她說過的故事和聽過她故事的人口數字，就足以嚇死你。五十多年的寫作生涯，她總共寫出六十六本長篇推理小說，外加一百多篇短篇小說和劇本。其中有二十六本推理小說被改編，拍了四十多部電影和電視劇集。作品被翻譯成一百零三種文字的版本，銷量超過二十億本。

夠了。你還想知道什麼？知道二十億本的意義是什麼嗎？二十億本的意義是全世界平均三個人就有一個人讀過她的書，聽過她說的故事。

說來巧合，她和山田洋次一樣，創造出個性鮮明的固定主角（當然，前前後後她弄出來好幾個），然後由他（或是她）帶引我們走進一個犯罪現場，追尋真正的罪犯。

故事就這樣？沒錯，應該說這是通常的架構。那你要我看什麼？不急，真的不急，克莉絲蒂會慢慢冒出一堆足夠讓你疑惑、驚嚇、意外，甚至滿足你的想像力、考驗你的耐心和智商的事件來。

推理小說不都是這樣嗎？你說得沒錯，大部分是這樣，不一樣的是……對了，她像條春伯，像山田洋次，她真會說，而且她用文字說。

文字的敘述可以讓全世界幾代的人「聽」得過癮、「聽」個不停，除了聖經，也許就是克莉絲蒂。她不是神，但她真的夠神。

數十年前，台灣剛剛出現她的推理系列中譯本，那時是我結婚前，常有同齡的文藝青年來我租住的地方借宿，瞄到我在看克莉絲蒂，表情詭異地說：「啊？你在看三毛促銷的這個喔？」

我只記得他抓了一本進廁所，清晨四點多，他敲開我的房門說：「幹，我實在很討厭那個白羅……再拿一本來看看，我跟你說真的，要不是你的書，我真的很想把那個矮儸壓到馬桶吃屎！」

我知道他毀了，愛吃又假客氣，撐著尊嚴騙自己。克莉絲蒂再度優雅地撕破一個高貴的知識份子的假面具，她的手法簡單，那手法叫通俗，絕對自覺的通俗，無與倫比、無法招架的功力。

昔日的文藝青年如今跟我一樣，已然老去，但不時還會看到他寫一些充滿理念和使命感極重的文章，在報紙和雜誌上出現。我知道他要說什麼，只是常常疑惑他想跟誰說；同樣，我記得他說過什麼，但轉眼間忘記他說了什麼。但請原諒我，幾十年前那個晚上，他在我家看完的那兩本克莉絲蒂的小說內容，我可還記得清清楚楚。

也許有一天再遇到他的時候，我會問他之後是否還看過克莉絲蒂其他的書，如果沒有，我會跟他說，想讀要趁早，因為你會老、會來不及。至於白羅那個矮儸，大概永遠不會消失。哦，對了，還有一個叫瑪波，你說不定會來不及認識……

神探白羅系列導讀

老派偵探之必要

冬陽（推理評論人，台灣推理作家協會理事長）

「讀者非常喜歡白羅這個人物，表示『那個開朗的小個子，過氣的比利時名偵探』。顯然白羅是這本小說受歡迎的一個原因，雖然白羅可能不贊同用『過氣』二字來形容他。」知名編輯兼作家經紀人約翰．柯倫（John Curran）在《阿嘉莎．克莉絲蒂的秘密筆記》一書如是說，文中提到的「這本小說」，正是克莉絲蒂初試啼聲、名偵探赫丘勒．白羅優雅登場的《史岱爾莊謀殺案》，一部於一個世紀前出版的偵探推理作品。

百年光陰的淬鍊顯然證明了白羅絕無過氣的疲態，連帶讓我聯想起電影《金牌特務》（*Kingsman*）上映後，大眾熱議西裝如何能帥氣俊挺歷久不衰——或許可以從這個切入角度，在這裡跟老書迷、新讀友探究這個蛋頭翹鬍子偵探（我沒有影射哪款洋芋片食品喔）的魅力所在。

且讓我們話說從頭。

「我敢打賭你寫不出好的推理小說。」一九一六年，阿嘉莎．米勒（克莉絲蒂婚前的舊姓）在媽媽的打字機上敲擊，打算回應姐姐梅姬這挑釁的話語。她努力嘗試，但故事寫得不好，於是改從身旁熟悉的事物著手——比方說毒藥。阿嘉莎在藥房工作過，曾在某個夜裡驚醒，匆匆回到調劑室重新配置，因為她不記得有沒有漏做一個重要步驟，否則病患就要去見閻王了——噢，這似乎是個謀殺好點子。

阿嘉莎還記得姨婆對她的叮嚀：要注意他人覬覦她珍藏的首飾，時時留意是不是有人偷偷拉長了耳朵聽她們的竊竊私語。小阿嘉莎不但執行得徹底，還把這個習慣寫進小說裡。同時她還注意到，因為世界大戰爆發，家鄉托基湧入許多比利時難民，不如讓一個逃難到英國的比利時退休警官擔任偵探？一定很有趣！

啊，偵探小說顧名思義，只要塑造出一個教人印象深刻的偵探，大概就成功一半。這個人物必須要有特色、有個性，甚至是怪癖，而且聰明又自負。好幾個名字浮現在她腦海裡：莫里斯．盧布朗（Maurice Leblanc）筆下的怪盜紳士亞森．羅蘋、卡斯頓．勒胡（Gaston Leroux）創造的新聞記者胡爾達必，當然還有那最最知名的夏洛克．福爾摩斯——連帶創造一個華生型的助手好了。該怎麼安排呢……

於是，一位偵探的樣貌漸漸成形：五呎四吋的小個兒，蛋型臉上蓄著保養得宜、梳理有型的鬍子，衣著一塵不染，漆皮鞋擦得錚亮。他有嚴重的潔癖，說話不時夾雜法語，喜歡成雙成對的東西，喜歡方的不喜歡圓的（雞蛋為什麼不是方的呢？），口頭禪是「動動灰色的腦細胞」。阿嘉莎心想，他應該要有個像福爾摩斯一樣響亮的名字，取名「赫丘勒斯」怎麼樣？希臘神話中的大力士。姓氏叫白羅，不過搭赫丘勒斯這個名字好像不配……改一下，赫丘勒．白羅好像不錯？就這麼定了吧！

白羅很聰明，懂得觀察入微沒錯，但這並不表示他就得是台獨尊腦袋、缺乏情感的冰冷思考機器，尤其要在人物關係錯綜複雜的莊園宅邸查案追凶，交際手腕得高明些才行。他不是在謀殺發生、屍體出現後才開始像頭獵犬四處嗅聞，而是憑藉旺盛的好奇心與強烈的同理心接觸各種人事物，進而探入被害者、犯罪者、各個看似無辜但多少都和事件沾上邊的關係者的心靈深處，佐以現今稱作鑑識、法醫等等科學鐵證（哎，證據人人知道，可是要怎麼跟真相合理地連結到一塊，這就是名偵探的功力啦），讓原本叫人束手無策的事件得以畫下完美句點。也因此，白羅偶爾能預測進而制止罪案的發生，甚至對殘酷但值得憐憫的罪行網開一面，這樣才合乎人性不是嗎？

婚後以阿嘉莎．克莉絲蒂為名，推出《史岱爾莊謀殺案》後深獲好評，相隔六年的《羅傑艾克洛命案》更是引發街談巷議，而克莉絲蒂全球暢銷前十大作品中，還包括《東方快車謀殺案》、《尼羅河謀殺案》、《ABC謀殺案》、《藍色列車之謎》、《底牌》、《五隻小豬之歌》，合計八部皆由白羅擔綱演出。讀者不只喜愛這個聰明角色，還臣服於平實流暢的文筆及相對顯得衝突的複雜劇情，冷酷的謀殺動機隱藏在細膩的人際關係裡，穿透看似單純、帶點童話氣息的表象後，端賴名偵探明察秋毫、撥亂反正。尤其讓一個比利時人在英國土地上辨案，是克莉絲蒂的小心思，因為「英國人總是不信任外國人，也不相信睿智」（語出英國偵探俱樂部主席馬丁．愛德華茲〔Martin Edwards〕），讀者同凶手一樣輕忽不設防，卻也得到了參與鬥智競賽的意外驚奇和美好滿足。

這樣的閱讀感受，我稱之為「老派偵探之必要」，因為它純粹簡約，經得起反覆咀嚼，猶如前述的西裝革履，在潮流更迭的時間長河裡維持恆久的優雅風範——呼應吳念真先生寫在「策畫者的話」中的一段文字，那不是惺惺作態的高傲睥睨，而是「絕對自覺的通俗，無與倫比、無法招架的功力」所致。

不信？往下讀去就知道。而且我敢打賭，你有很高的比例會將整個白羅系列嗑完，然後是瑪波小姐系列以及其他系列，當然也不可能錯過像名列暢銷首位的《一個都不留》這類獨立之作……

註　克莉絲蒂推理全集一至三十八冊為「神探白羅系列」，三十九至五十二冊為「神探瑪波系列」，五十三至八十冊包含鬼豔先生、湯米與陶品絲、雷斯上校、巴鬥主任等名探故事。

獻詞

阿嘉莎．克莉絲蒂是世界讀者最眾，也最廣受喜愛的女作家。
身為克莉絲蒂的孫兒，我相信奶奶會非常樂見這次出版，
因為她極以自己作品中的趣味與娛樂為豪。
歡迎所有喜歡本系列的台灣新讀者參與這場饗宴！

——馬修．培察（Mathew Prichard）

序曲

九月九日下午，和其他日子沒什麼兩樣。這天捲入這樁案子的那些人，沒有一個認為這場災難事先有什麼徵兆（住在威布蘭新月社區四十七號寓所的帕克女士例外，她平時的預感特別強，而且事後總會長篇大論地描述她所經歷的特異徵兆和恐懼。可是，帕克夫人住在四十七號，離十九號寓所很遠，那兒發生的一切幾乎和她沒有任何關聯，照理說，是輪不到她出現預感的）。

對卡文迪打字社的經理K．馬丁代小姐來說，九月九日這天枯燥無味一如既往。電話鈴聲不斷，打字機叮咚作響，工作量與平常無異，沒有特別新鮮有趣的事。在兩點三十五分之前，九月九日這天和其他日子沒什麼不同。

兩點三十五分，馬丁代小姐按下對講機，在外間辦公室的艾娜．布蘭答覆時聲音和往常一樣，呼吸沉重而且帶著鼻音，因為她嘴裡正含著一塊太妃糖。

「有什麼吩咐，馬丁代小姐？」

「艾娜……我告訴過你，接電話時不要用這種方式說話，發音要清晰、屏住呼吸壓住喘息聲。」

「對不起，馬丁代小姐。」

「這樣就好多了。如果你注意的話，你是可以做到的。叫希拉‧韋布進來一下。」

「她吃午飯還沒回來呢，馬丁代小姐。」

「哦，」馬丁代小姐瞄了一眼桌上的鐘，兩點三十六分，已經遲到六分鐘。最近希拉‧韋布總是顯得沒精打采的。「她一回來就叫她進來見我。」

「好的，馬丁代小姐。」

艾娜重新把太妃糖推回舌頭中央，一邊起勁地吮吸著，一邊繼續打亞曼‧萊文的小說《赤裸之愛》。儘管萊文先生煞費苦心，小說中的性愛描寫還是非常乏味——大多數讀者讀他的小說時也都這麼覺得。要為「世上最無趣的便是乏味之色情小說」舉例，他便是最佳典範。雖然有俗麗的包裝和挑逗的書名，他的小說銷量仍逐年下降；而且，他上回的打字費已經催了三次都還沒給。

辦公室門開了。希拉‧韋布走了進來，看起來有點氣喘吁吁。

「虎斑貓[1]在找你。」艾娜說。

希拉‧韋布做了個鬼臉說：「真倒楣，偏偏在我遲到的時候找我！」

她理一理頭髮，拿起記事本和筆，敲了經理室的門。

馬丁代小姐從辦公桌上抬起頭來。她四十多歲年紀，看起來精明幹練，高高綰起的頭髮髮色泛紅，再加上教名凱瑟琳與貓諧音，使她得到了虎斑貓的綽號。

「你遲到了，韋布小姐。」

「對不起，馬丁代小姐，路上塞車。」

「每天這個時間，路上總是塞車，你應該考慮到這點。」她查看一下記事本，接著說：「有位佩瑪小姐打電話來說，她三點鐘需要一名速記，而且特別指名要你去，你以前為她服務過嗎？」

「我不記得了，馬丁代小姐，至少最近沒有。」

「她的地址是威布蘭新月社區十九號。」

她停了一下，投以詢問的目光，但希拉．韋布搖搖頭說：「我不記得去過那兒。」

馬丁代小姐瞄了一眼桌上的鐘說：「三點鐘，你應該可以準時到達。你下午還有其他差事嗎？哦，對了，」她低頭看了看手邊的記事本。「你得去柯琉飯店的波帝教授那兒，五點鐘。所以你最好五點之前回來，如果回不來，我可以叫珍妮特去。」

她點了點頭表示事情說完了，於是希拉走回外間辦公室。

「有什麼好玩的嗎，希拉？」

「又是無聊的一天。先去威布蘭新月社區一個老小姐那兒，五點鐘還要去波帝教授那兒

1　虎斑貓（Sandy Cat），生活在酷熱沙漠區，毛長，色如紅黃沙土。此處為綽號。

——都是些老古董的名字！真希望有時也發生一點刺激的事。」

馬丁代小姐辦公室的門開了。

「我想起來我記了一個備要，希拉，就是到了那裡，如果佩瑪小姐還沒回來，你可以直接進屋子裡去，大門不會上鎖。進去後，到門廳右邊的房間等著。你記住了嗎？要不要我寫下來？」

「我記住了，馬丁代小姐。」

馬丁代小姐退回她的密室。

艾娜．布蘭偷偷鑽到椅子下面，拿起一隻俗氣的皮鞋，還有一個從鞋底掉下來的尖錐型鞋跟。

「我這樣怎麼回家呢？」她哀嘆地說。

「唉，別大驚小怪了，到時候就有辦法了。」另外一個女孩邊說邊繼續打她的字。

艾娜嘆了口氣，放上一頁空白紙張，開始打入：「情欲已牢牢控制住他，他用瘋狂的手指撕開她薄軟的胸罩，強迫她躺在肥皂沫上。」

「該死。」艾娜說，伸手去取擦子。

希拉拿起她的手提包，走了出去。

威布蘭新月社區是十九世紀八〇年代一位維多利亞建築師的奇幻作品，它的外觀呈半月形，由兩排背靠背的房舍和花園構成。對不熟悉其方位的人來說，這種奇特的結構會造成很多麻煩：走在社區外圈的人不容易發現前段房號的房舍，走在內環的人也會因為找不到後段號碼而摸不著頭腦。這些房子乾淨整潔，陽台設計精巧，看來十分高雅莊嚴，它們幾乎不曾受到現代化潮流的影響，至少就其外觀而言是這樣。廚房和浴室通常是最先感受到現代化氣息的地方。

這裡的十九號寓所沒什麼特別之處，窗簾潔淨，前門的銅製把手光滑潔亮，小路兩旁種著一排薔薇樹，一直延伸到前門。

希拉．韋布推開大門，走到正門處按了門鈴。沒人來應門。等了一兩分鐘後，她照著指示，轉動門把，打開大門走了進去。門廳右邊的門半開半掩著，她輕輕敲了敲門，等了一下，然後就走了進去。

這是間非常普通但十分溫馨的客廳，現代樣式的家具布置得稍嫌擁擠。最引人注目的是其中各式各樣的鐘——房間角落有一座滴答作響的老爺鐘、壁爐台上有座德勒斯登瓷鐘、書桌上有個銀色的旅行鐘、放在壁爐旁古董架上的是價格昂貴的鍍金小鐘、在靠窗的桌子上，則是一個已褪色的皮革旅行鐘，上面模模糊糊地印著「蘿絲瑪莉」的鍍金字樣。

希拉．韋布有點驚奇地看著書桌上那個鐘。鐘面上顯示的時間是四點十幾分。她把目光轉向壁爐架上那個鐘，上面的時間也一樣。

希拉驀地大吃一驚，因為她頭頂上方突然響起嘰嘰嘎嘎的聲音。一隻布穀鳥從牆上木刻鐘的小門裡蹦了出來，響亮清晰地叫：「布穀，布穀，布穀！」刺耳的聲音彷彿是一種威脅。隨後小門啪地一聲關上，布穀鳥也不見了。

希拉．韋布微微一笑，繞著沙發的一端走過去。接著她戛然停住了腳步，倒抽一口氣。地板上呈大字形仰躺著一個男人，他的眼睛半開，毫無光彩，在他深灰色西裝上頭有一灘暗色溼痕。希拉幾乎是機械式地彎下身子，摸了一下他的臉頰……涼的，再摸摸他的手，也是涼的……她摸了一下那塊溼痕，又快速地把手抽回，驚恐萬狀地盯著它看。

這時候，她聽到外面有開門的嘎嘎聲。她木然地把頭轉向窗外，看到一位婦女的身影正沿著小路匆匆忙忙走來。希拉遲鈍地嚥了一口唾沫——她的喉嚨非常乾燥。她一動不動地站在原地，動彈不得，也無法叫喊，只直愣愣地盯著前方。

門開了，一個高大年邁的婦人走了進來，手裡提著購物袋。她灰色的鬈髮從前額朝後梳，一雙藍色的眼睛又大又亮。她的眼神瞟過希拉，對她視若不見。

希拉發出了微弱的聲音，僅僅是一聲輕微的喊叫。婦人的藍色大眼轉向她，嚴厲地問：「誰在那兒？」

「我……他……」

希拉突然停住不說了，因為老婦人繞著沙發正迅速地朝她走來。

突然希拉尖叫起來。

「別……別……你就要踩到那個……他身上了……他死了。」

01 科林·拉姆的自述

用警察的術語來說，九月九日下午兩點五十九分，我正沿著威布蘭新月社區朝西行走。這是我第一次到威布蘭新月社區，而且老實說，這社區把我搞得暈頭轉向。

儘管我猜測成真的可能性愈來愈小，但我仍日復一日，益加持之以恆地去執行我的猜測。我就是這種個性。

我要找的寓所是六十一號。找得到嗎？不行，我找不到。我從一號寓所仔仔細細地找到三十五號，但走到這裡威布蘭新月社區好像就到盡頭了。路底是一條明確標著艾巴尼路的通道橫在面前。我轉回頭，道路北面沒有任何房屋，只有一堵牆。牆後面有一排排現代公寓聳立而起。這些公寓的入口顯然在另一條馬路上，幫不上忙。

我抬頭查看剛剛經過的宅邸號碼：二十四、二十三、二十二、二十一、黛安娜小屋（應該就是二十號，門柱上一隻黃色的貓正用爪子洗臉），十九……

這時十九號的門開了，一個女孩像枚子彈似地從裡面衝了出來，沿小道飛奔著，她邊跑邊大聲尖叫，使她更像一枚呼嘯而至的飛彈。她叫聲又尖又細，悲慘而淒厲。穿過院門後，這個女孩衝過來，和我撞了個滿懷，衝力之大幾乎把我撞出了人行道。她不只撞我，還緊緊抓住我不放……那種抓法顯得非常瘋狂、絕望。

「冷靜，」我站穩身子，恢復了平衡後說。我輕輕搖了她一下。「冷靜一下。」女孩安靜了下來。她仍然緊緊抓住我不放，但已不再尖叫，相反地，她大口喘著氣……低沉地嗚咽著。

我不敢說我擅長應付這種情況。我問她有什麼事，但馬上意識到這個問題太軟弱無力，於是改口問道：「發生什麼事了？」

女孩深深吸了一口氣。

「那裡！」她朝身後指了一下。

「怎麼了？」

「有個男的躺在地板上……死了……她就要踩到他身上了。」

「誰要踩到？為什麼？」

「我想……是因為她眼睛看不見。那個男人身上都是血，」她低頭看了看，鬆開緊抓住我不放的手。「我身上也有，我也沾到血了。」

「是有血，」我邊說邊看看我大衣袖子上的血跡。「我身上現在也沾到了，」我指指袖子，嘆了口氣，衡量了一下當前的情勢。「你最好帶我進去看一下。」我說。

聽到這裡，她又開始劇烈抖動起來。

「我不……我不能……我不想再進去了。」

「那好吧。」

我看了看四周，似乎沒有合適的地方來安頓這個處於半暈眩狀態的女孩。我輕輕攙扶她坐在人行道上，靠著鐵圍籬。

「你待在這裡，」我說，「等我回來，我不會去很久。你不會有事的。如果你覺得頭暈，就向前傾，把頭放在兩膝之間。」

「我……我現在覺得好多了。」

她不太確定地說道，但我不想再討論這點。我拍拍她的肩膀安慰她一下，然後沿著小徑快步走去。穿過正門進了屋子，我在門廊猶豫了一下，朝左邊的門內望去，那是個空無一人的餐廳。我穿過門廳，走進對面的客廳。

我首先看到的是，一位頭髮灰白的老婦人端坐在椅子上。當我走進房內時，她迅速地轉過頭來問道：「是誰？」

我立刻意識到，這位婦人是個盲人。她那雙直盯著我的眼睛，實際上是集中在我左耳後的某一點。

我馬上答話，並直入正題說：「一位小姐從這裡衝到大街上，說這裡有個男人死了。」

說這些話時我自己都覺得非常荒謬可笑。在這樣整潔乾淨的房間裡，還有一位安詳的老人雙手交握坐在椅子上，看起來不該有這種事。

但她立刻回答我。

「在沙發後面。」她說。

我繞著沙發的一角走過去，接著看到了一雙伸出來的手臂，一雙暗淡無光的眼睛，還有凝固的血漬。

「這是怎麼發生的？」我猛然發問。

「我不知道。」

「可是……好吧，他是誰？」

「我不清楚。」

「我們必須通知警察。」我向四周看了看問道：「電話在哪裡？」

「我沒有電話。」

我更仔細看著她。

「你住在這兒？這是你的房子？」

「是的。」

「可以告訴我這是怎麼回事嗎？」

「當然可以。我買東西回來——」我注意到購物袋放在靠門的一把椅子上。「我進了屋子以後，馬上就察覺到有人在房裡。一個人眼睛看不見的時候，感覺會特別靈敏。我問誰在那裡，但沒人回答，只聽見有個人急促的呼吸聲。我朝那個聲音走過去……那時這個人大聲尖叫起來，說什麼有人死了、我就要踩在他身上了，接著這個人又尖叫著從我身邊衝了出去。」

我點了點頭，她們的陳述是吻合的。

「那麼你接下來做了什麼？」

「我小心地朝前走，然後我的腳碰到了一個東西。」

「然後呢？」

「我跪下來，摸到了什麼東西……是一隻男人的手。手都涼了，已經完全沒有脈搏……於是我站了起來，走到這兒坐下，等人來。一定會有人來。那個女孩，不管她是誰，一定會去報警。我認為最好還是不要離開房間。」

這位婦人的鎮靜讓我印象深刻。她沒有大聲喊叫，也沒有嚇得東倒西歪地逃出屋外，她只是平靜地坐下來等待。這是很明智的做法，但得要有很大的能耐。

她問道：「你是誰啊？」

「我叫科林．拉姆，剛才碰巧從這兒路過。」

「那個女孩在哪兒？」

「我把她安頓在門口，她受到很大的驚嚇。離這裡最近的電話亭在哪裡？」

「沿著這條路往前走，大約五十碼遠的轉角處有個電話亭。」

「知道了，我記得曾從那兒經過。我要打個電話給警察，你——」

我猶豫了一下，不知道該說：「你能不能一直待在這裡？」還是說：「你在這裡沒問題吧？」

她解決了我的困境。

「你最好讓那個女孩到屋子裡來。」她果斷地說。

「我不知道她願不願意進來。」我遲疑不決地說。

「當然不要帶她到這個房間，讓她待在另一邊的餐廳裡。告訴她，我正在為她泡茶。」

她站了起來，朝我走來。

「可是，你還可以泡——」

一絲冷笑在她臉上一閃而過。

「年輕人，我搬來住進這所房子是十四年前的事了，每天三餐都是我自己在廚房裡動手做的。眼睛看不見並不表示我毫無用處。」

「對不起，我說傻話了。能不能告訴我你的名字？」

「蜜莉森．佩瑪……小姐。」

我出了門，沿著小路朝前走。那個女孩抬頭看我，掙扎著要站起來。

「我……我覺得現在稍微好些了。」

我扶她站了起來，愉快地說：「很好。」

「那兒……那兒有個人死了，對不對？」

我說是的。

「是有人死了。我正要到前面那個電話亭，打電話通知警方。如果我是你，我就到屋子裡等著。」接著我提高嗓門，以防她不同意，「你到餐廳去——進屋子後的左邊，佩瑪小姐正在為你準備茶水。」

「她就是佩瑪小姐？她眼睛看不見？」

「對。當然了，這對她一定也是個打擊，但她非常理性。來，我帶你進去。在警察到來之前，喝杯茶對你會有好處。」

我搭著她的肩膀，扶著她沿小徑往前走。我讓她舒適地坐在餐廳的桌子旁，然後匆忙走向電話亭。

§

一個死板的聲音回答道：「克勞汀警察局。」

「哈凱松警探在嗎？」

那個聲音又小心翼翼地問道：「我不知道他在不在，你是哪一位？」

「告訴他我是科林‧拉姆。」

「請稍等一下。」

我等了一會兒，然後聽到了迪克‧哈凱松的聲音。

「科林嗎？沒想到你會這時候找我。你在哪兒？」

「克勞汀，確切地說，是在威布蘭新月社區。這裡的十九號寓所有一個男人躺在地板上，死了，我想是被刺死的，死了大約一個半小時左右。」

「誰發現的？你嗎？」

「不是，我是不相干的路人。是有個女孩像隻地獄來的蝙蝠，突然從屋內飛奔而出，幾乎把我撞倒在地。她說有個男人躺在地板上死了，一個瞎眼太太踩在他身上。」

「你不是在騙我吧？」迪克露出懷疑的口氣。

「聽起來確實讓人難以置信，我承認。可是，事實就是我說的這樣。那個盲眼女士是屋主蜜莉森‧佩瑪小姐。」

「她正在踩那位死者嗎？」

「不是你想的那樣。她的眼睛看不見，所以不知道這個人躺在那兒。」

「我們馬上行動，你在那兒等我。那個女孩你怎麼處理？」

「佩瑪小姐正在為她泡茶。」

迪克說，這聽起來還挺溫馨的。

／02

警方封鎖了威布蘭新月社區十九號現場。法醫、警察、攝影師和幾名指紋鑑識員行動迅速，每個人都忙於例行公務。

終於，哈凱松警探到了。他身材高大，臉部毫無表情，眉毛很有個性，看起來像尊神像。他進來看到大家都在按部就班執行任務，而且做得非常仔細。他最後看了一眼屍體，和法醫簡短地交換了一些意見，然後穿過門廊來到餐廳。餐廳裡，佩瑪小姐、科林．拉姆和一個身材修長的女孩三個人坐在那兒，茶杯已經空了。這個女孩有一頭棕色鬈髮和一雙略顯驚恐的大眼睛。「相當漂亮，」警探自言自語道。

他向佩瑪小姐自我介紹道：「我是哈凱松警探。」

他對佩瑪小姐略知一二，儘管在工作上他們從未有過接觸。他曾經注意過她，知道她以前是位學校教師，還知道她的工作是在阿倫伯格學院教視障兒童點字法。在她這幢乾淨、簡樸的房子裡發現一個男人被謀殺，幾乎是不可能的——可是，人們愈認為不可能發生的事情，卻往往愈容易出現。

「發生這樣的事情真可怕，佩瑪小姐，」他說，「我想，對你來說一定是個很大的打擊。我需要從你們這兒精確了解事情的經過。我知道，是——」他迅速地瞄一眼警佐遞給他的記事本。「希拉．韋布小姐發現屍體。佩瑪小姐，如果你允許的話，我想借用一下你的廚房，並和韋布小姐一起到那兒，這樣我們就不會受到干擾了。」

他打開連接餐廳和廚房的門，等著這位女孩過來。廚房裡已經有一位年輕的便衣警察，他正趴在一張「富美家防火板面」的小桌子上，悄無聲息地寫著什麼。

「這把椅子看起來很舒服。」哈凱松邊說邊拉過一把有現代氣息的細骨木製靠椅。

希拉．韋布神情緊張地坐了下來，一雙驚恐的大眼睛盯著他看。

哈凱松差點衝口說道：「我不會吃掉你，親愛的。」不過他還是抑制住了自己的衝動，接著說道：「沒什麼好擔心的。我們只想確實了解一下情況。你的名字叫希拉．韋布……你的住址是……」

「帕默斯頓路十四號，煤氣廠再過去。」

「好的，我知道了。我想，你是有工作的，對不對？」

「是的。我是一名速記員，在馬丁代小姐的打字社工作。」

「你指的是卡文迪打字社。這是打字社的全稱，對吧？」

「是的。」

「你在那兒工作多久了？」

「大約一年。嗯，實際上是十個月。」

「了解。現在請解釋一下，你今天怎麼會到威布蘭新月社區十九號來。」

「嗯，是這樣的，」希拉．韋布這時說起話來較有自信了。「這位佩瑪小姐打電話到打字社，說要找一名速記員，請她三點鐘到這裡來。所以我吃完午飯剛回到辦公室，馬丁代小姐就叫我過來了。」

「這只是例行分派，對吧？我的意思是說，正好輪到你嗎？或者，你們是如何分配工作的？」

「倒不是，是佩瑪小姐特別指名要我來的。」

「佩瑪小姐指名要你來。」哈凱松的眉毛動了動，「原來如此……是不是因為你以前為她服務過？」

「沒有。」希拉馬上回答。

「沒有？你確定？」

「哦，是的，我確定。我是說，她很容易讓人記住，這也是我覺得奇怪的地方。」

「確實如此。好吧，我們先不討論這點。你是什麼時間到達這裡？」

「一定是在快三點的時候，因為那個咕咕鐘——」她突然停住不說，眼睛睜得大大的。

「真奇怪，真的很奇怪，當時我根本就沒注意到。」

「你沒注意到什麼，韋布小姐？」

「怪了，那些鐘。」

「那些鐘怎麼了？」

「那個咕咕鐘完完整整叫了三下，但是其他時鐘顯示的時間都快了大約一個小時。真是奇怪！」

「的確很奇怪。」警探表示贊同地說，「你是什麼時候注意到屍體的？」

「我繞到沙發後面。那個屍體……那個人……就躺在那兒。真可怕，真的好可怕……」

「我想，一定很可怕。你認識這個人嗎？你以前有沒有見過他？」

「哦，沒見過。」

「你確定？你知道，他現在看起來的模樣可能和平常很不一樣。好好想一想，你確定以前從未見過他？」

「我確定。」

「好的，就這樣。後來你做了什麼？」

「我做了什麼？」

「是的。」

「嗯，沒做什麼……什麼都沒做，我做不了。」

「了解。你碰都沒碰他一下嗎？」

「有……有，我摸了他一下。看看他是不是……我是說，我只是想看看……可是他全身……冰涼……而且，而且我手上還沾了血，真恐怖，又濃又黏。」

她開始顫抖起來。

「好了，好了。」哈凱松以長輩的口吻說，「那些都過去了，把沾在手上的血忘掉吧。再談談後來發生的情況，接下來發生了什麼事？」

「我不知道……噢，對了，她回來了。」

「你指的是佩瑪小姐？」

「對。那時我不知道她就是佩瑪小姐。她回來的時候，手裡拿著一個購物袋。」

她說這話時把重音放在「購物袋」上，好像那是什麼古怪、不可思議的東西。

「當時你有說什麼嗎？」

「我想我當時什麼都沒說……我想說話，可是說不出來。我覺得這裡完全哽住了。」她指了指喉嚨。

警探點點頭。

「當時……當時她問：『誰在那兒？』然後她走到沙發後面，我覺得……我想她就要……就要踩到屍體了，於是我就大叫起來……一喊叫起來我就停不住了，接著我就跑出房間，從前門衝了出去——」

「像隻地獄來的蝙蝠。」警探想起了科林的描述。

希拉．韋布用那雙驚恐的眼睛看著他，出人意料地說了句：「對不起。」

「沒什麼好對不起的。這段經歷你講得很好。現在不必再想那麼多了。哦，還有一點，你為什麼會到那個房間去呢？」

「為什麼？」她看起來迷惑不解。

「是啊，我想你到這裡的時候可能早了幾分鐘，而且你一定先按了門鈴。但既然沒人來開門，為什麼你就自己進來了呢？」

「哦，那個啊，因為她告訴我可以進來。」

「誰告訴你？」

「佩瑪小姐。」

「可是我以為你根本就沒有和她說過話。」

「是沒有，是馬丁代小姐轉告我，說我可以進來，可以先到門廳右邊的客廳等著。」

「哦。」哈凱松思忖道。

希拉．韋布忐忑不安地問：「是不是……是不是可以了？」

「我想可以了。也許還需要請你在這兒多等十分鐘。萬一有什麼問題，我可能還要問你一下。在這之後，我會派警車送你回家。你的家人——你有家人嗎？」

「我父母都過世了，我和姨媽住在一起。」

「你姨媽的名字是——」

「羅頓女士。」

警探站了起來，伸手握別。

「非常感謝，韋布小姐。」他說，「今天晚上好好休息一下。有這麼一段經歷，是需要好好休息一下。」

當希拉穿過房門走進餐廳時，她朝他羞怯地笑了笑。

「照顧一下韋布小姐，科林。」警探說，「佩瑪小姐，能麻煩你到這兒來一下嗎？」

哈凱松剛把手伸出一半，要為佩瑪小姐引路，她已步履堅定地從他身邊走了過去，並在靠牆的地方用指尖觸摸到一把椅子，她將它拉出來大約一英尺，便坐了下來。

哈凱松把房門關上。他還沒開口說話，蜜莉森·佩瑪突然問道：「那個年輕人是誰？」

「他叫科林·拉姆。」

「他自己也這麼說。可是他是誰？為什麼到這裡來？」

哈凱松以略微驚異的眼光看著她說：「當韋布小姐從房間裡尖叫著衝出去的時候，他正巧在街上走著。他進來以後，了解了大致情況，然後就打電話給我們。我請他回到這兒，在此等候。」

「你和他說話的時候，直稱他科林。」

「你的觀察力非常敏銳，佩瑪小姐（觀察敏銳？這個字眼似乎不太恰當，但也沒有更合適的詞了）。科林．拉姆是我的朋友，可是我有段時間沒見到他了。」他接著又說了一句：「他是一名海洋生物學家。」

「哦，是這樣。」

「佩瑪小姐，現在你能不能為我陳述一下這個驚人的事件？」

「非常樂意，只是我能說的恐怕微乎其微。」

「我想，你在這兒已經定居了一段時間，對吧？」

「從一九五〇年開始就住這兒。我是……我以前是一名學校教師。當他們告訴我視力退化的毛病無藥可醫，而且很快就會失明時，我就訓練自己熟練點字法和其他技能，好幫助盲人。我現在在阿倫伯格啟明學院工作。」

「謝謝。現在請你談談今天下午發生的事。你知道會有訪客嗎？」

「不知道。」

「我向你描述一下死者，看看你能否想起這個人來。他身高五點九到六英尺，年齡大約六十歲，黑色頭髮正轉灰白，棕色眼睛，鬍子修得很乾淨，臉頰瘦削，下巴結實，營養很好但不算太胖，身穿深灰色西裝，雙手保養得很好。可能是銀行職員、會計師、律師或其他類似的專業人員。這些能讓你想起任何人來嗎？」

蜜莉森．佩瑪認真思考了一下，然後回答說：「我不能說可以。這是一個很籠統的描述，許多人都有這些特徵，他有可能是我在某個場合見過或遇過的某個人，但並不是我熟悉的人。」

「最近你有沒有收到過什麼人的來信，表示要拜訪你？」

「完全沒有。」

「很好。那麼，你打電話給卡文迪打字社，要找一名速記員，而且——」

她打斷他的話說：「抱歉，根本就沒有你說的這回事。」

「你沒有打過電話給卡文迪打字社，要找——」哈凱松盯著她說。

「我屋子裡沒有電話。」

「但是在街那頭有個電話亭。」哈凱松警探說。

「對，沒錯。但我向你保證，哈凱松警探，我根本不需要速記員，而且沒有……我再說一遍，我沒有打電話到這個什麼卡文迪，提出這樣的要求。」

「你也沒有特別點名要希拉・韋布小姐過來？」

「我從來沒聽過這個名字。」

哈凱松凝視著她，感到非常驚訝。

「你的前門沒有上鎖。」他指出這點。

「白天我經常不鎖門。」

「這樣任誰都可以隨便進來。」

「就這件案子而言，的確是有人自己進來了。」佩瑪小姐冷冷地回答。

「佩瑪小姐，根據法醫的檢驗，這個人死亡的時間大約是在一點三十分到兩點四十五分之間。這段時間你在什麼地方？」

佩瑪小姐想了一下說：「一點三十分的時候，我不是已經離開就是正準備離開屋子，因為我要去買些東西。」

「你能不能詳細告訴我，你去了哪些地方？」

「讓我想一想。我先去了郵局，就是艾巴尼路上那間，在那兒寄了一個包裹、買了一些郵票，然後又去添購一些日用品；對了，我還在布莊，就是菲爾雷恩布莊買了些鈕釦和安全別針。之後我就回這裡來了。我可以準確地告訴你我回來的時間。因為走到大門口的時候，我聽見咕咕鐘『布穀、布穀』地叫了三聲，在路上就聽得見了。」

「你其他那些鐘怎麼樣呢？」

「你說什麼？」

「你其他的鐘好像都快了一個小時。」

「快一個小時？你說的是放在房角的那個老爺鐘嗎？」

「不只是那個，客廳裡其他的鐘都是如此。」

「我不明白你說『其他的鐘』是什麼意思。我的客廳裡根本就沒有什麼其他的鐘。」

03

哈凱松瞪大了眼睛說：「少來了，佩瑪小姐，那放在壁爐台上的德勒斯登瓷鐘是怎麼回事？還有一個法國小鐘，鍍金的；那個銀色旅行鐘呢？再來是……哦，對了，一個刻著『蘿絲瑪莉』字樣的鐘。」

這次輪到佩瑪小姐瞪大了眼睛，她說：「我看不是你瘋了，就是我瘋了，警探先生。我向你保證，我根本就沒有什麼德勒斯登瓷鐘，也沒有……你怎麼說的，刻著「蘿絲瑪莉」字樣的鐘，更沒有法國鍍金鐘，以及……另一個是什麼鐘？」

「銀色旅行鐘。」哈凱松鈍然說道。

「這也沒有。如果你不相信我說的話，可以問問幫我打掃的清潔婦，她叫柯廷太太。」

哈凱松警探回過神來。佩瑪小姐毫不猶豫的回答聽來十分可信，他停了一會兒，整理一下腦子裡的思緒，然後站起身來，對佩瑪小姐說道：「佩瑪小姐，不知道你能否陪我到隔壁房間去一下？」

「當然可以。說實在的，我也很想親自去看看那些鐘。」

「看看？」哈凱松對她這個說法提出了疑問。

「說『檢查』可能比較合適。」佩瑪小姐說，「不過警探先生，即使盲人也會使用傳統的說話方式，儘管這和他們的能力不相符合。我說我想去看看那些鐘，意思是，我想用手指去檢查、觸摸它們。」

哈凱松走出廚房，佩瑪小姐跟在後面。他們穿過小小的門廊走進客廳，指紋鑑識員抬頭看了看他。

「我差不多都完成了，長官。」他說，「你現在可以隨便動任何東西。」

哈凱松點了點頭，拿起那個刻有「蘿絲瑪莉」字樣的鐘，放在佩瑪小姐手上。佩瑪小姐認真地摸著。

「這似乎是個很普通的旅行鐘，」她說，「皮革摺疊的那種。這鐘不是我的，哈凱松警探。而且我確定，在我一點半離開家的時候，這個鐘還不在這裡。」

「謝謝。」

警探從她手裡接過鐘來，接著又小心翼翼地從壁爐台上拿起那個德勒斯登小鐘。

「小心拿著，」他把鐘放進她手裡時說，「這個很容易打碎。」

蜜莉森．佩瑪小姐用她柔纖的指尖觸摸這個小瓷鐘，然後她又搖了搖頭。

「這個鐘一定很漂亮，」她說，「但也不是我的。你說它原來放在哪裡？」

「在壁爐台右邊。」

「那兒應該有一個瓷燭台，和另一個是成對的。」佩瑪小姐說。

「嗯，」哈凱松說，「那兒是有一個燭台，但它已經被推到旁邊了。」

「你說還有另一個鐘？」

「還有兩個。」

哈凱松把德勒斯登瓷鐘接過去，又把法國鍍金小鐘遞給她。她很快摸了一下，然後遞回來說：「不是，這也不是我的。」

他把銀鐘又遞給她，同樣的，她又遞了回來說：「這個房間原來只有一個老爺鐘，放在靠窗的角落那兒——」

「沒錯。」

「還有一個咕咕鐘，掛在門邊的牆上。」

哈凱松發現，一時很難想出來下一步要問她什麼。他心中毫無負擔地審視著面前這位婦人，因為他知道她不可能用目光回敬他。

她眉頭微皺，顯出困惑的神情，突然說：「我不懂這是怎麼回事，真的不了解。」

她伸出一隻手，熟門熟路地坐了下來。哈凱松看了看站在門邊的指紋鑑識員。

「這些鐘你都檢查過了？」他問。

「每件東西都檢查過了，長官。鍍金的那個鐘上沒有指紋，也不會有，因為表面印不上去。瓷鐘也是這樣。但皮革旅行鐘和銀鐘上也沒有指紋，這就有點違反常理，正常情況應該有些指紋才對。另外，所有這些鐘都沒上發條，它們都設定在相同的時間：四點十三分。」

「房間裡有其他指紋嗎？」

「大約有三到四組不同的指紋，應該都是女人的。他口袋裡的東西都放在桌上了。」

他說著點點頭朝那個方向示意。哈凱松注意到一張桌子上放著一小堆東西，於是走過去查看。桌子上有一個皮夾子，裡面裝著七英鎊十便士、一些零錢、一塊沒有標識的真絲手帕、一小盒消化藥片和一張名片。哈凱松彎下腰來看這張名片。

R‧H‧柯里先生

城鄉保險有限公司

丹佛街七號，倫敦，W2

哈凱松回到佩瑪小姐坐著的沙發那兒問道：「你是不是正好在等一家保險公司的人來拜訪你？」

「保險公司？沒有。」

「城鄉保險公司。」

佩瑪小姐搖搖頭。

「我從沒聽過這家公司。」

「你最近沒有打算申請什麼保險嗎？」

「沒有，我沒這個打算。我在朱維保險公司投保了火險和竊盜險，它在這裡有家分公司。我沒有保壽險，我既沒有家人也沒有親屬，投保壽險沒什麼意義。」

「了解。」哈凱松說，「柯里這個名字你有什麼印象嗎？R・H・柯里先生？」他仔細觀察她的表情，可是看不出她臉上有任何反應。

「柯里，」她重複著這個名字，接著搖了搖頭說，「這不是十分常見的名字，對吧？我想我從未聽過這個名字，也沒認識叫這個名字的人。這是那個死者的姓名嗎？」

「可能是。」哈凱松回答說。

佩瑪小姐猶豫了一會兒，然後說道：「你要不要我去……去摸一下……」

他馬上就明白了她的意思。

「你願意嗎，佩瑪小姐？如果這樣的要求不會太過分的話。我不是很了解這些，不過你用手親自摸索一下，可能會比光聽我的描述更能了解這個人的模樣。」

「確實如此。」佩瑪小姐說，「我知道，這不是一件愉快的事，可是如果你覺得這樣對你有所幫助的話，我願意去做。」

「謝謝。」哈凱松說，「我為你引一下路——」

他帶她繞著沙發，告訴她蹲下身子，隨後把她的雙手輕輕放在那個男人臉上。她顯得十分平靜，臉上一點表情都沒有。她的手指觸摸著那人的頭髮、耳朵，並在左耳後面停頓了一會兒，接著是鼻子、嘴巴和下巴。然後她搖了搖頭，站了起來。

「我完全清楚這個人長什麼樣了。」她說，「可是我很肯定，這個人我從沒見過，也不認識。」

指紋鑑識員收好了他的工具箱走出房間，接著又把頭伸進來。

「他們要把他搬走了。」他指著屍體說，「可以搬走了嗎？」

「可以，」哈凱松警探說，「請到這邊坐，好嗎，佩瑪小姐？」

他讓她坐在角落的一把椅子上。兩名男子走進房間，迅速又專業地移走了屍體。哈凱松先到大門口去了一下，然後又回到客廳。他靠著佩瑪小姐坐下來。

「這是一件不同尋常的案子，佩瑪小姐。」他說，「我想和你核對一些要點，看看我記的是否正確；如果錯了，請指出來。今天你沒有約任何人、沒有要投保任何保險、沒有接到任何信函說保險公司今天會派人來拜訪你，是不是這樣？」

「非常正確。」

「你不需要速記員來為你服務，沒有打電話要卡文迪打字社三點鐘派人到你這兒？」

「這也非常正確。」

「當你大約一點三十分離開房子的時候，這個房間裡只有兩個鐘，咕咕鐘和老爺鐘，沒有其他的鐘。」

佩瑪小姐仔細思考後回答說：「如果要求絕對準確，這一點我不敢保證。因為眼睛看不見，房間裡不常用的東西在或不在，我是注意不到的。也就是說，我可以確定今天一大早這房間裡有哪些東西，因為我打掃過房間，當時每件東西都在原位。我常自己打掃房間，因為清潔婦往往略過裝飾品不清理。」

「今天早上你離開過這所房子嗎？」

「是的。我像往常一樣，十點鐘到阿倫伯格學院。在那兒上課到十二點一刻。回到這兒時大約是十二點四十五分。我自己炒了些蛋，泡了一杯茶，隨後又出去了。我說過，當時是一點半。另外，我是在廚房吃飯，沒有到這個房間來。」

「了解。」哈凱松說，「既然你確實指出，今天早上十點時這裡沒有其他的鐘，那它們很可能是在那之後的上午時間被放進來的。」

「這一點，你得問問為我打掃的柯廷太太。她通常十點左右到這兒，離開的時間大約是十二點。她住在迪普街十七號。」

「謝謝你，佩瑪小姐。現在我們討論一下以下的狀況，如果你想到了什麼，請告訴我。今天早上某個時間，有人將四個鐘放到這個房間裡。這四個鐘的指針都停在四點十三分，這個時間對你有什麼意義嗎？」

「四點十三分。」佩瑪小姐搖了搖頭說，「對我來說，毫無意義。」

「我們先略過這些鐘，再談一下那個被謀殺的男子。假如你沒有告訴清潔婦說這個人要來，她似乎不可能讓他進來，而且讓他待在這個房間裡。不過這一點，我們可以從她那兒得到答案。這個人可能是為了某種原因到這兒來拜訪你，不是為公事，就是私人因素。他是在一點半和兩點四十五分之間被刺身亡的。如果他是依約而來，但你說你對此一無所知；也許他與保險有什麼關係，不過你對這一點又愛莫能助。因為門沒有上鎖，所以他可以進到屋子裡坐下來等你，但這又是為什麼呢？」

「真是亂七八糟。」佩瑪小姐不耐煩地說，「所以你認為這個人——這個叫柯里的——是他帶這些鐘來的？」

「可是沒看到裝這些鐘的箱子。」哈凱松說，「他不可能把四個鐘裝在口袋裡。佩瑪小姐，請你仔細想一想，有沒有什麼和鐘有關的事情？或者不是鐘，而是四點十三分，四點十三分這個時間？」

她搖搖頭說：「我一直告訴自己，這一定是瘋子所為或者有人走錯了房子。可是即便如此，也不能真正解答什麼問題。好了，警探，我真的是愛莫能助。」

一名年輕警員朝房間裡探了探。哈凱松走到門廳見他，接著向大門走去。他與在那兒的工作人員交談了幾分鐘。

「現在你可以送那位年輕小姐回家了。」他說，「地址是帕默斯頓路十四號。」

他回到餐廳，透過敞開的廚房門，聽到佩瑪小姐正在洗碗槽那兒忙碌著。他站在廚房門口說道：「我打算把那些鐘帶走，佩瑪小姐。我會留一張收據給你。」
「這樣最好，警探先生，它們不是我的——」
哈凱松又轉向希拉．韋布說：「你現在可以回家了，韋布小姐，警車會送你回去。」
希拉和科林站了起來。
「科林，送她上車，好嗎？」
哈凱松邊說邊拉一把椅子到桌前，開始匆匆書寫收據。
科林和希拉步出房子，走上那條小路。突然，希拉停下來說：「我的手套……我把它忘在——」
「我去替你拿。」
「不用了，我自己才知道放在哪裡。現在我不怕了，因為他們已經把屍體運走了。」
她跑回去，過一兩分鐘後回來。
「很抱歉……那個時候我表現得那麼傻。」
「任何人都會那樣。」科林說。
希拉上了車，哈凱松也過來了。等車開走後，他對那位年輕警員說：「把客廳的那些鐘小心包好……除了牆上的咕咕鐘和那個大老爺鐘以外，其他都要包上。」
他又交代了幾件事情，然後轉向他的朋友說：「我要去跑幾個地方，你想去嗎？」
「正想去呢。」科林回答說。

04

科林・拉姆的自述

「我們到哪兒去？」我問迪克・哈凱松。

他對駕車的司機說：「到卡文迪打字社，在宮殿街，海濱廣場右邊方向。」

「好的，長官。」

車子慢慢前行。這時附近已經聚集了一些人，好奇地引頸觀望著。那隻黃貓仍舊坐在隔壁黛安娜小屋的門柱上，但牠不再用爪子洗臉了，而是直挺挺地坐著，尾巴輕輕甩動，目光凝視人群，一副對萬物之靈的人類不屑一顧的樣子，這是貓輩、駱駝之流的特權。

「先去卡文迪打字社，然後去清潔婦那兒，按這個順序進行，」哈凱松說，「因為時間緊急。」他邊說邊看了一下錶。「四點多了。」他停頓了一下，又說：「那個女孩相當有魅力，對吧？」

「沒錯。」我回答。

他朝我這兒饒富意味地看了一眼說：「可是她講了一個很不尋常的經歷，這件事要愈快確認愈好。」

「你不會認為她——」

他馬上打斷了我的話。

「我向來對發現屍體的人感興趣。」

「可是那個女孩嚇得都快失魂了！如果你聽到她尖叫的聲音……」

他又以古怪的眼光看了我一眼，再次強調她是位非常有魅力的女孩。

「科林，你怎麼遊蕩到威布蘭新月社區來了？羨慕我們這些高貴的維多利亞建築？還是來辦事的？」

「我是來辦事的。我在找六十一號寓所，可是找不到。可能沒這個號碼吧？」

「怎麼會沒這個號碼！號碼總共是到……八十八號，我想。」

「可是你知道，迪克，當我走到三十五號的時候，社區就到底了。」

「對這兒不熟悉的人，總是被搞得暈頭轉向。如果你朝右走到艾巴尼路，然後再向右轉，就會發現威布蘭新月社區的另一邊。它是背靠背建起來的，你看，花園也彼此相連。」

「原來是這樣。」當他詳細介紹完這個特殊地景時，我回答說，「就像倫敦的那些廣場和花園。例如安斯洛廣場，不是嗎？或者卡多根廣場。你從建築物的某一端進去，接著它突然就變成一座廣場或花園，連計程車也常常找不到路。所以，還是有六十一號寓所囉？

你知道誰住在裡面嗎？」

「六十一號？讓我想想……對了，是布蘭德，一個建築商。」

「天哪，」我說，「糟透了。」

「你要找的不是建築商？」

「不，我根本沒想到是一個建築商。除非……他最近才搬到這兒，才剛開始執業？」

「我想布蘭德是在這兒出生的。他絕對是本地人，做這行已經好幾年了。」

「真讓人失望。」

「他是一個非常差勁的建築商。」他激昂地說，「常偷工減料，房子乍看起來還像點樣子，可是等你一住進去，東西便一件件掉落毀壞，什麼問題都來了。他有時也會做些敗德取巧的勾當，詐欺什麼的，可是總能僥倖過關。」

「引我上鉤沒什麼好處，迪克。我想找的那個人應該是個正直清廉的人。」

「布蘭德大約在一年前繼承了一大筆錢……確切地說，是他妻子繼承的。他太太是加拿大人，戰爭時期來到這裡，遇見了布蘭德。她家人反對她和布蘭德結婚，因此她結了婚之後，家裡差不多就和她斷絕了聯繫。去年她一個富有的叔公死了，而他唯一的兒子在一次空難中喪生，加上戰爭傷亡或這個那個原因，布蘭德夫人成了家族裡唯一倖存的人，所以他把錢都留給了她。我相信，這筆遺產也挽救了瀕臨破產的布蘭德。」

「你似乎對布蘭德先生很了解。」

「哦，是的，你知道，稅務局總是對一夜之間暴富的人特別感興趣。他們會懷疑這個人是否玩了點騙人的把戲，瞞天過海，所以就會做調查。但我們調查後，發現他一切正常。」

「不管怎麼說，」我說，「對這種一夜致富的人我不感興趣，這不是我要的類型。」

「不是？你已經找到了嗎？」

我點了點頭。

「那是結束了？或者還沒？」

「這就說來話長了。」我有意逃避話題。「晚上我們是不是照計畫一起吃飯，還是你得繼續忙這個案子？」

「不用，不會影響。現在首先要做的是讓局裡去調查，我們要找出所有與柯里先生有關的資料。一旦知道他是誰、他是做什麼的，我們就可以弄清楚是誰想取他的性命。」他朝窗外看了看。「我們到了。」

卡文迪打字社位於最大的商店街上，這條馬路有個相當氣派的名字：宮殿街。如同此處的很多房舍，這個打字社也是從一棟維多利亞建築改建而成。它的右邊有一棟類似的房子，招牌上寫著：「攝影師艾德溫．格蘭，證照、兒童照和婚紗照等」字樣。為了渲染這種氣氛，櫥窗裡還陳列著從嬰兒到六歲各個年齡孩童的放大照片，大概是為了吸引那些溺愛孩子的母親。另外還陳列出幾對新人的婚紗照，表情羞怯的男士手挽著幸福微笑的女孩。卡文迪打字社的另一邊是幾家老式陳舊的煤炭公司。再過去又是幾座老房子，不過已經被拆毀；還有一幢金碧輝煌的三層建築，招牌上寫著：「東方咖啡館」。

哈凱松和我走上四級台階，穿過敞開的前門，依著門右邊貼著的「請進」標示走了進去。這是一個寬敞的房間，三位年輕小姐正認真地在打字。其中兩個忙著工作，沒有注意到有陌生人進來，第三位是在一張放有電話機的桌上打字，正對著大門。她看見我們進來，就停下手中的工作，以詢問的眼光看著我們。她嘴裡正含著糖果之類的東西，等把糖果塞到適當位置後，她以患腮腺炎才有的腔調問我們。

「有什麼事嗎？」

「馬丁代小姐在嗎？」哈凱松問。

「她現在正忙著打電話——」這時聽見喀啦一聲，女孩便拿起話筒，按下一個按鈕，接著說道：「有兩位先生要見你，馬丁代小姐。」她看看我們，問：「請問你們的大名？」

「哈凱松。」迪克說。

「一個是哈凱松先生，馬丁代小姐。」

她放下話筒，站起身來。「請這邊走。」她說，朝一扇用銅板標示著「馬丁代小姐」字樣的門走去。她打開房門，自己貼靠在門上，讓我們過去後，說：「這是哈凱松先生。」接著便關上門走了。

馬丁代小姐從她坐著的大桌子後面抬起頭來看了看我們。她看起來精明幹練，年齡大約五十，一頭淺紅色頭髮蓬鬆地朝上梳起，目光銳利。

她逐一看了看我們兩個人，問道：「哈凱松先生？」
迪克拿出一張名片，遞給了她。我悄悄地在靠門的一把直椅上坐了下來。
馬丁代小姐的沙色眉毛高高挑起，顯出驚訝又略微不悅的樣子。
「哈凱松警探？有何貴幹，警探先生？」
「我是來向你詢問一些資訊，馬丁代小姐。我相信你可以幫得上忙。」
從迪克的語氣聽來，我判斷他要運用他的魅力，以旁敲側擊的方法來問話。但我懷疑馬丁代小姐會吃這一套，她是那種法國人所說的「難纏的女人」。
我仔細看了看房間的布局。馬丁代小姐辦公桌上方的牆上，張掛著收集來的各種簽名照。我認出其中一個是阿蕊登・奧利薇夫人，她是一名偵探小說作家，我和她略有交情。照片上用粗黑體簽名，寫著「你忠誠的阿蕊登・奧利薇」；另一張照片是一位大約十六年前去世的恐怖小說作家，上面簽著「感謝你的蓋瑞・葛雷森」；蜜莉安・霍格是一位女作家，專門寫浪漫愛情小說，她的照片上簽著「你永遠的朋友蜜莉安」；代表性愛作家的是一張頭上光光、表情怯怯的男士照片，上面用小小的字體簽著「感謝你的亞曼・萊文」。牆上這些照片有個共同之處，那就是男士大都手拿菸斗，身著花呢服裝；女士則表情誠摯，裝束是穿裘戴皮。
正當我在東張西望的時候，哈凱松開始發問：「據我了解，你雇用了一個叫希拉・韋布的女孩，對吧？」

「是的，恐怕現在她不在這兒，至少──」

她按了一下對講機，對外間辦公室說：「艾娜，希拉．韋布回來了嗎？」

「沒有，馬丁代小姐，還沒回來。」

馬丁代小姐關上對講機。

「今天下午她出去執行一項業務，」她解釋說，「我本以為她現在應該回來了。也許她直接去海濱廣場盡頭的柯琉飯店了，她五點鐘在那兒有個約。」

「我知道了。」哈凱松回答，「能請你談談希拉．韋布小姐的一些情況嗎？」

「我能告訴你的也不多。」馬丁代小姐說，「她在這兒才……讓我想想，嗯，大約一年的時間。她的工作表現很不錯。」

「你知道她先前在哪兒工作嗎？」

「如果你真的需要知道這些資料的話，我應該可以找出來，哈凱松警探，她的檔案應該存放起來了。就我記憶所及，她原來在倫敦工作，那兒的老闆對她的評價也相當好。我記得她工作的地方是家營業公司──好像是個房屋仲介公司，我不太確定。」

「你說她的工作表現不錯？」

「完全勝任。」馬丁代小姐說。顯然她不是那種善於表揚別人的類型。

「不是一流的嗎？」

「對，還說不上是一流的。她打字速度中上，教育程度還算可以，打起字來非常細心、準確。」

「除了工作關係以外，你對她的個人生活了解嗎？」

「不了解。我知道她和姨媽住在一起。」說到這裡，馬丁代小姐顯得有點煩躁。「我可以請教一下嗎，哈凱松警探，為什麼你要問這些問題？這個女孩是不是惹上什麼麻煩了？」

「這倒不是，馬丁代小姐。你知道一位叫蜜莉森・佩瑪小姐的嗎？」

「佩瑪。」馬丁代小姐說，她那沙色的眉毛皺成一團。「什麼時候……哦，對了，希拉今天下午就是到佩瑪小姐家，約好的時間是三點。」

「這個工作是怎麼約定的，馬丁代小姐？」

「電話約定的。佩瑪小姐打電話來，說她需要一名速記員，問我能不能把韋布小姐派給她。」

「她特別指名要希拉・韋布？」

「是的。」

「這通電話是什麼時候打過來的？」

馬丁代小姐想了一會兒說：「電話是我接的，那表示是在午休時間。確切來說，我想是在大約一點五十分的時候。不管怎麼說，是在兩點以前。噢，對了，我想起來了，我在記事本裡記了下來，是一點四十九分。」

「是佩瑪小姐親自打來的嗎？」

馬丁代小姐好像有些驚訝地回答說：「我想是的。」

「可是你沒聽過她的聲音吧？你不認識她本人吧？」

「對，我不認識她。她說她是蜜莉森・佩瑪小姐，並給了我她的地址，是威布蘭新月社區的某號寓所。然後，就像我剛剛說的，她指名要希拉・韋布過去，並說如果她有空的話，三點到她那兒。」

十分清楚、明確的陳述。我感覺，馬丁代小姐是個優秀的證人人選。

「請你告訴我，到底發生了什麼事？」馬丁代小姐說，她顯得有些迫不及待了。

「嗯，你知道嗎，馬丁代小姐，佩瑪小姐本人否認打過這通電話。」

馬丁代小姐瞪大眼睛。

「真的？多不可思議。」

「其實，雖然你說有這樣一通電話，但你並不能肯定那就是佩瑪小姐打的電話。」

「是啊，我當然無法肯定了，我不認識這個人。但我真的不明白這樣做是為了什麼，這是不是一個騙局？」

「並不僅僅如此。」哈凱松說，「這個佩瑪小姐——或不管是誰——有沒有解釋為什麼特別指名要希拉・韋布小姐去？」

馬丁代小姐想了一會兒說：「我記得她說以前希拉・韋布為她服務過。」

「那是真的嗎？」

「希拉說她不記得為佩瑪小姐做過事，不過這也難說，警探先生。其實，這些女孩子經常到不同的地方、不同的人那裡，所以幾個月前發生的事，她們是有可能會忘記。而且那一點，希拉也不太肯定，她只說想不起來曾去過那兒。可是，警探先生，即使這是一個騙局，我還是不明白你的問題在哪裡。」

「我剛要說到這一點。韋布小姐到了威布蘭新月社區十九號之後，她直接進了房子並走到客廳裡。她告訴我說這是依據指示行事，是這樣嗎？」

「沒錯。」馬丁代小姐回答，「佩瑪小姐說她可能會晚點到家，希拉可以進屋裡等她。」

「當韋布小姐走進客廳時，」哈凱松接著說，「她發現一個男子躺在地板上死了。」

馬丁代小姐目不轉睛地看著他，好一會兒之後才終於說得出話來。

「你說有人死了，警探先生？」

「被謀殺了，」哈凱松回答說，「實際上是被刺身亡。」

「哦，老天！」馬丁代小姐說，「這孩子一定很慌張。」

馬丁代小姐似乎是個用詞保守的人。

「你聽過柯里這個名字嗎，馬丁代小姐？R．H．柯里先生？」

「沒有，不認識。」

「他在城鄉保險公司工作，你想得起來是誰嗎？」

馬丁代小姐仍舊搖了搖頭。

「你知道我哪裡為難了吧。」警探說，「你說佩瑪小姐打電話給你，要希拉·韋布三點去她家，可是佩瑪小姐完全否認。而希拉·韋布到了那兒，卻發現有人死了。」

他說完，等著馬丁代小姐的反應。馬丁代小姐看著他，一片茫然。

「對我來說，這真是不可思議的事。」她沒有配合地說。

迪克·哈凱松嘆了口氣，站了起來。

「你這個地方很不錯，」他禮貌地說，「你經營這個行業已有一段時間了吧？」

「十五年了。我們的生意很好。剛開始規模比較小，可是我們一直在擴大業務，幾乎快應付不過來了。現在我雇了八個女孩，她們一天到晚都忙得不可開交。」

「我看得出來，你承接的大都是文學作品。」哈凱松抬頭看了看牆上掛著的簽名照說。

「是的，剛開始我鎖定的對象都是作家。我擔任名恐怖小說家蓋瑞·葛雷森先生的祕書好多年。實際上，就是從他那兒建立了人脈，才成立了這家公司。我認識許多他的同行，他們也幫我介紹生意。我十分熟悉作家們的要求，這點很管用。在一些必要資訊上，我可以提供有效的服務，像各種日期、名句引述、法律常識、警察辦案程序以及下毒的方法等等。另外我還可以為把小說場景設在國外的作者提供外國人的名字、地址、飯店等等。過去大家對正確性不太挑剔，可是現在的讀者隨時都可能寫信給作者，指出各種芝麻大小的錯誤。」

馬丁代小姐停下來。哈凱松有禮貌地說：「我相信你一定對自己的表現相當滿意。」

他向門口走去，我在他到達之前打開門。

在外間辦公室，三個女孩正準備離開，打字機的蓋子已經闔上。負責接待的艾娜小姐正可憐兮兮地站在那兒，一手拿著尖尖的鞋跟，一手拿著掉了跟的鞋子。

「我才買了一個月，」她嗚咽著說，「這鞋還很貴。都是那個討厭的格柵板——就在轉角那個蛋糕店的地方，離這兒不遠。我的鞋後跟卡進去後就掉下來了。我沒辦法走路，只好把兩隻鞋都脫掉，帶幾個小麵包就回來了。我這樣子怎麼回家？怎麼上公車——」

就在這個時候，艾娜注意到我們來了，急忙把那隻麻煩的皮鞋藏了起來，擔心地看了一眼馬丁代小姐。我猜馬丁代小姐不是那種喜歡穿高跟鞋的女人，她現在穿的就是很實用的平底皮鞋。

「謝謝你，馬丁代小姐。」哈凱松說，「抱歉占用了你那麼多的時間。如果你又想起什麼——」

「當然了。」馬丁代小姐很唐突地打斷了他的話。

我們上了車之後，我說：「儘管你十分懷疑，但看來希拉．韋布所說的話都是真的。」

「好吧，好吧。」迪克說，「你贏了。」

05

「媽！」厄尼．柯廷喊道。

他趴在窗玻璃上，不停滑動一個小小的金屬模型，一邊發出嗡嗡低鳴和呼嘯的聲音，似乎在模擬火箭穿過外太空飛向金星的過程。他停了一下問道：「媽，你看那是什麼？」

柯廷太太是個嚴肅的女人。她正在洗碗槽忙著洗刷碗碟，對兒子的話沒有任何反應。

「媽，有一輛警車停在我們房子外面了。」

「你就不能不說謊嗎，厄尼！」柯廷太太一邊說，一邊把碗盤砰的一聲放在滴水板上。

「你知道以前我怎麼告訴你的。」

「我又沒有說謊，」厄尼理直氣壯地說，「真的是一輛警車啊，還有兩個人下車了。」

柯廷太太突然轉向兒子。

「你到底幹了什麼事？」她問道，「就知道讓我們丟人現眼！」

「我才沒有，」厄尼辯解道，「我什麼都沒幹。」

「那不然就是找阿爾夫的。」柯廷太太說，「他和他那幫狐群狗黨！我告訴過你，你老爸也告訴過你，那夥人不是好東西，最後一定會害你惹上麻煩！先是上少年法庭，然後十之八九要送到少年拘留所。我可不想有這種結果，你聽到沒有？」

「他們快到前門了。」厄尼大聲喊道。

柯廷太太放下手邊的工作，和兒子一起趴在窗戶上朝外看。

「哎！」她小聲叫了一下。

就在這個時候，他們聽到了敲門聲。柯廷太太在茶巾上快速擦了擦手，然後走去過道打開房門。她以敵視和懷疑的目光看著站在台階上的那兩個人。

「柯廷太太嗎？」高個子的那個面帶微笑地問。

「沒錯。」柯廷太太回答。

「我可以進去一下嗎？我是哈凱松警官。」

柯廷太太不太情願地後退幾步。她拉開大門，領著警探進入屋內。這是一個整潔乾淨的小房子，給人的印象是很少有人進來。這個印象還真是沒錯。

厄尼非常好奇，從廚房沿著走道過來，悄悄閃進門內。

「那是你兒子嗎？」哈凱松警探問道。

「是的。」柯廷太太回答，接著又以挑釁的口氣說了句：「不管你怎麼說，他可是個好孩子。」

「我相信是的。」哈凱松警探很有禮貌地說。

柯廷太太臉上的表情稍微緩和。

「我來這兒是想問你幾個關於威布蘭新月社區十九號的問題。據我了解，你在那兒工作？」

「我又沒說不是。」柯廷太太還是沒擺脫先前的情緒。

「是為一位蜜莉森．佩瑪小姐工作。」

「對，我替佩瑪小姐打掃。她是個很好的人。」

「她眼睛看不見。」哈凱松警探說。

「沒錯，真可憐……但誰又能這麼說呢？她只要摸著東西，就能準確無誤地找到她要走的路，出門過街也一樣，還可以過十字路口。她不是那種容易大驚小怪的人，不像一些我認識的人。」

「你都是早上過去工作的？」

「對。我每天大概九點半到十點之間去，十二點或者做完了就離開。」她突然又問了一句：「不是有什麼東西被偷了吧？」

「正好相反。」警探回答，想到了那四座鐘。

柯廷太太疑惑地望著他。

「出了什麼麻煩？」她問道。

「今天下午，有人發現一名男子死在威布蘭新月社區十九號的客廳裡。」

柯廷太太的眼睛瞪得大大的，而厄尼則興奮得上下蠕動。他剛張嘴叫了聲「酷」，又想到最好不要引起注意，便立刻閉上嘴巴。

「死了？」柯廷太太難以置信地問，又以更懷疑的口吻說：「在客廳？」

「對，他是被刺死的。」

「你是說，這是謀殺？」

「對，是謀殺。」

「凶手是誰？」柯廷太太追問。

「恐怕我們還沒進展到這個地步。」哈凱松警探說，「我們想，也許你能幫助我們。」

「我對謀殺的事情可是一無所知。」柯廷太太斷然回答。

「當然，可是我們有一兩個問題要問你。比如說，今天早上有沒人來這所房子？」

「我記得沒有，今天沒有人來。是什麼樣的人？」

「是個上年紀的人，大約六十歲，衣著體面，穿深色西裝。他可能說自己是保險員。」

「我不會讓他進來的，」柯廷太太說，「管他是什麼保險員或賣真空吸塵器、賣大英百科全書的，不管他賣什麼東西。佩瑪小姐最討厭有人上門推銷，我也是。」

「死者的名字，按照他身上的名片寫的，叫柯里先生。你以前聽過這個名字嗎？」

「柯里？柯里？」柯廷太太搖了搖頭。「聽起來像是印度人。」她狐疑地說。

「哦，不是。」哈凱松警探說，「不是印度人。」

「是誰發現的……佩瑪小姐嗎？」

「是一位年輕小姐，她是一名速記員，因為一場誤會跑到那兒去，她以為佩瑪小姐要她去做速記。就是她發現屍體的，而幾乎同時佩瑪小姐也回到家裡。」

柯廷太太深深地呼出一口氣。

「亂七八糟！」她說，「真是亂七八糟！」

「我們可能需要你去看看這具屍體，看你有沒有在威布蘭新月社區見過這個人，或者他以前有沒有到過那棟房子。」哈凱松說，「佩瑪小姐很肯定這個人從未到過她那兒。現在我有幾個問題想問你：你記不記得客廳裡有多少個鐘？」

柯廷太太毫不猶豫地立刻回答：「一個是在房角的那座大鐘，他們叫它老爺鐘；還有一個是掛在牆上的咕咕鐘，它會彈出來叫『布穀』，有時候會嚇你一跳。」她又匆匆加了一句：「這兩個鐘我都沒有碰過，我從來就不去動它們，佩瑪小姐喜歡親自幫它們上發條。」

「它們沒有什麼問題。」警探向她保證並問道，「你確定今天早上那個房間裡只有這兩座鐘？」

「當然。該有其他什麼鐘嗎？」

「比如說，你有沒有發現那裡有個銀色方形小鐘，一般叫旅行鐘；或者一個鍍金小鐘，放在壁爐台上；還有一個雕花的瓷鐘；或是一個上面刻著『蘿絲瑪莉』的皮革鐘？」

「當然沒有，沒有這些東西。」

「如果它們在房間裡，你會注意到嗎？」

「當然會了。」

「這四座鐘顯示的時間都比咕咕鐘和老爺鐘快一個小時。」

「一定是外國時間。」柯廷太太說，「我和我老公有一次坐長途汽車在瑞士和義大利旅行，那裡的時間就快了整整一個小時，這一定和歐洲共同市場有關。我真受不了這個歐洲共同市場，我先生也受不了，英國就已經夠好了。」

哈凱松警探不想被拖入政治話題。

「你可以準確地告訴我，今天早上你是什麼時候離開佩瑪小姐家的嗎？」

「十二點一刻，差不多。」柯廷太太說。

「那時佩瑪小姐在家嗎？」

「不在，她還沒回來。通常她會在十二點到十二點半之間回來，但也不一定。」

「那麼她是什麼時間離開房子的？」

「我到她那兒之前她就走了。我到的時間是十點。」

「好，謝謝你，柯廷太太。」

「那些鐘的事聽起來很奇怪。」柯廷太太說，「也許佩瑪小姐去過拍賣會。它們是古董，對吧？照你說的，聽起來像是古董。」

「佩瑪小姐經常去拍賣會嗎？」

「四個月前左右，她在一次拍賣會買了一張毛氈——狀況還很好，她告訴我說非常便宜。她還買了一些天鵝絨窗簾，需要剪裁一下，不過跟新的差不多。」

「她不常在拍賣會買古玩、畫或瓷器之類的東西吧？」

柯廷太太搖搖頭說：「就我所知是不會。不過當然了，在拍賣會上很難說，不是嗎？我是說，你會失去自制力的。然後回到家你便會自言自語說：『我買這個幹嘛呢？』有一次我買了六罐果醬，可是想想自己做還更便宜咧。那些杯子盤子啊也是這樣，這種東西我在星期三的市集裡可以買到更好的。」

她喪氣地搖搖頭。哈凱松警探知道無法得到更多訊息，於是離開了。這時，厄尼開始對剛剛的話題發揮想像力。

「謀殺，酷！」厄尼叫道。

剎那間，充塞他腦中的外太空戰爭完全被這個真實又震撼的事件給取代了。

「不會是佩瑪小姐幹的吧？」他滿懷希望地揣測。

「別亂說話，」他媽媽說。這時她掠過一個念頭。「不知道該不該告訴他——」

「告訴他什麼，媽？」

「沒你的事。」柯廷太太說，「沒什麼。」

06
科林·拉姆的自述

我們吃了兩份可口的牛排，暢飲了幾杯生啤酒。迪克·哈凱松打了個飽嗝，說他覺得好多了，接著又說：「死掉的保險員、無主的怪鐘、尖叫的女孩，都見鬼去吧！科林，讓我聽聽你的近況，我還以為你已經從這行消失了，沒想到你會在克勞汀的後街閒蕩，不過我先告訴你，在克勞汀，海洋生物學家派不上用場。」

「別看不起海洋生物學，迪克，這可是一門非常有用的學科。只是一開口提到這門學科，人們就感到枯燥乏味，生怕你開始談論它，所以你永遠沒有機會進一步解釋。」

「也沒機會透露消息，對吧？」

「你忘了，」我冷冷地說，「我真的是一名海洋生物學家，我拿的是劍橋的學位，雖然不是什麼好學位，好歹也是個學位。它是門很有趣的專業，將來有一天我會再回去。」

「當然了，我知道你一直在幹什麼。」哈凱松說，「恭喜啦。拉金的審判下個月開始，對吧？」

「嗯。」

「那麼長一段時間，他竟然都能安然無恙地把東西弄出去，真讓人驚訝。應該有人會起疑才對。」

「但就是沒人懷疑到他，你知道。一旦你認定某個人是個大好人，就再也不會懷疑他可能是個壞人了。」

「他一定很聰明。」迪克評論道。

我搖搖頭說：「不，我不覺得，真的。我覺得他只是聽令行事。他有管道接觸到非常重要的文件，他把文件夾帶出去，對方拍下這些文件後再還給他，當天文件就又回到原來的地方。安排得非常高明。他養成一個習慣，每天都在不同的地方吃午餐。我們認為，在他掛大衣的地方總是有另外一件和他一模一樣的大衣——但那件大衣的主人並不總是同一個人。大衣被對調了，但掉包的那個人從來就不和拉金說話，拉金也沒和他說過話。我們很想對這樣的高明伎倆有多一些了解，可是他們在時間上配合得天衣無縫，看來某位仁兄很有頭腦。」

「這就是你還待在波特伯里海軍基地的原因吧？」

「對，我們掌握了海軍這邊的人，也掌握了倫敦的那幫人。我們知道拉金在什麼時候、什麼地方、用什麼方式得到報酬。不過還是有個缺口。我們發現這兩方之間還存在著一個很小的組織，這就是我們想多了解的地方，因為它正是幕後主使者藏身之所在。他們一定在某個地方有個總部，其計畫能力周密，可能不只虛晃過一招，而是七、八招都有了。」

「拉金這樣做是為了什麼？」哈凱松好奇地問，「他是個政治理想主義者嗎？還是為了標榜自己？或者純粹是為了錢？」

「他根本就不是什麼理想主義者。」我回答說，「我覺得，就是為了錢。」

「如果是這樣，怎麼沒有循線盡速逮到他呢？他一定很快就把錢財揮霍掉了，不是嗎？他不會把錢積攢起來吧。」

「哦，沒錯，他一有了錢馬上就大肆揮霍。實際上，我們逮到他的時間比限期還早了一點點。」

哈凱松若有所悟地點點頭。

「我明白了。你栽了跟頭，所以你就利用了他一下，是這樣嗎？」

「多少有點吧。在我們逮到他之前，他已經偷帶出去一些相當有價值的情報，於是我們乾脆讓他傳送更多表面看來也很有價值的情報。在這行裡，有時候我們不得不讓自己看起來就像個笨蛋。」

「我想我不會喜歡你的工作，科林。」哈凱松思忖著說。

「它是不像一般人想像的那麼精采刺激。」我說，「事實上，這種工作非常枯燥乏味，不過也有別的樂趣。現在，我們覺得根本沒有真正的祕密了。我們知道他們的祕密，他們也知道我們的祕密；我們的情報員經常也是他們的情報員，而他們的情報員不久也會變成我們的情報員，最後雙重間諜變成了大家的噩夢！有時候我覺得，其實每個人都知道其他人的祕密，只是大家有默契地進行一個共同的陰謀，彼此假裝毫不知情。」

「我理解你的意思。」迪克若有所思地說。接著他又好奇地看著我說：「我可以了解你還在波特伯里賴著不走的原因，可是克勞汀離波特伯里有十英里遠呢。」

「我真正在找的，」我說，「是『新月』。」

「新月？」哈凱松露出迷惑不解的表情。

「對，或者說和月亮有關的名字，比如弦月、皓月等等。我是從波特伯里開始進行的，那裡有家酒館叫『月牙』，我花了很長時間在那兒，因為這名字聽起來感覺很好。再來還有『星月』、『皓月』、『彎月』，還有一個『十字架與月牙』……在一個叫西默德的小地方。可是我一無所獲。後來我放棄『明月』，專找跟新月有關的名字。在波特伯里就有好幾個新月：蘭伯里新月、奧德里新月、利弗米新月和維多利亞新月……」

我看到迪克一臉茫然，便笑了起來。

「別一副摸不著頭腦的樣子，迪克。我還是有了具體發現才會繼續下去的。」

我拿出皮夾，抽出一張紙遞給他。這是一張飯店的便箋，上面畫了一幅簡略圖。

「一個叫漢伯里的小夥子皮夾裡放著這張紙。漢伯里在拉金這個案子裡做了許多事，他很能幹，非常能幹。他在倫敦被一輛肇事逃逸的車子撞死了，沒有人看到車牌號碼。我不知道這上面是什麼意思，但這是漢伯里草草記下或抄下來的情報，因為他認為很重要。他想到

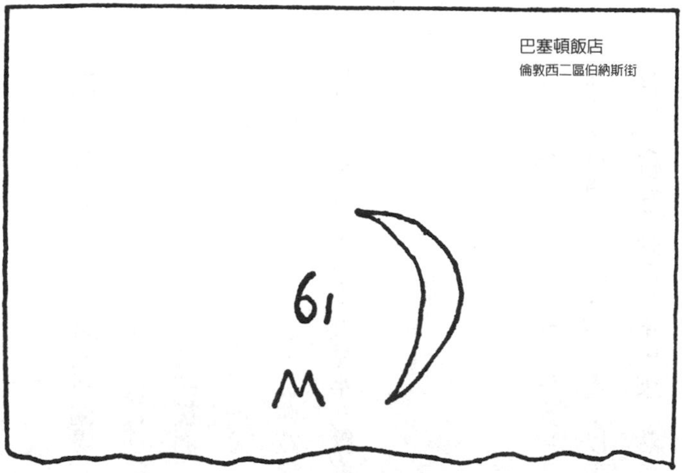

什麼呢？或者他看到、聽到什麼了吧？而這些情況可能和月亮或新月、數字六十一和大寫字母M有關。他死了以後我接下這個案子。儘管我不清楚要找的是什麼，不過我還是很確信可以從中尋獲線索。我不知道六十一的意思是什麼，也不知道M的意思是什麼。我正以波特伯里為中心向外展開尋找，三個星期馬不停蹄，卻仍一無所獲。克勞汀就在我的路線上。實情就是如此。老實說，迪克，我對克勞汀沒抱太大希望。這裡只有一個地方與新月有關，就是這社區。我打算先沿著威布蘭新月社區轉一轉，看看我要找的六十一號寓所，然後再向你打聽一下有沒有什麼內線消息能有所幫助。這就是今天下午我做的事情……可是我找不到六十一號。」

「我說了，六十一號住著一個本地建築商。」

「那我要找的就不是他。他們有沒有請外國幫傭？」

「有可能，現在很多人都這樣做。如果有，會有記錄，明天我去查一下。」

「多謝了，迪克。」

「明天我打算對十九號寓所兩邊的住家進行例行調查，問問他們有沒有看見什麼人來過這所房子。我也可能調查十九號後面的那些住家，就是花園和十九號連在一起的那幾家。我想六十一號差不多正好在十九號後面。如果你願意，我可以帶你一起去。」

這正中我下懷，我欣然表示同意。

「我就當你的拉姆警佐，為你做筆錄。」

我們商定第二天早上九點半在警察局見。

§

第二天早上，我準時到了警察局，卻發現我這個朋友正在大發雷霆。

等他讓那個苦瓜臉的手下走了以後，我關切地問他發生了什麼事。

有好一會兒他話都說不出來，然後才氣急敗壞地說道：「就是那些該死的鐘！」

「又是那些鐘？這次是怎麼回事？」

「其中一個鐘不見了。」

「不見了？哪一個？」

「那個皮革旅行鐘，上面刻著『蘿絲瑪莉』的那個。」

我噓了聲口哨說：「真是離奇，這到底是怎麼搞的？」

「這些該死的白癡——我也是其中之一，我想。」（迪克向來非常誠實。）「小事疏忽，大錯難免。是這樣，昨天那些鐘都好好地放在客廳裡，我讓佩瑪小姐逐一摸了一下，讓她看看是不是認得，她沒幫上忙。接著他們就過來把屍體搬走了。」

「接下來呢？」

「我出去到門口查看了一下，然後就回到屋子裡，和在廚房的佩瑪小姐說了幾句話。我對她說我得把這些鐘帶走，要寫一張收據給她。」

「我想起來了，我有聽見你這麼說。」

「接著我就告訴那個女孩，會派一輛車送她回家，我還要你送她上車。」

「沒錯。」

「我把收據給了佩瑪小姐，儘管她說沒必要，因為這些鐘也不是她的。隨後我趕上你們，告訴愛德華，去把客廳那些鐘小心包好送回來，除了那個咕咕鐘和老爺鐘之外，其他都要帶回來。我錯了。我應該非常明確地說『四個鐘』。愛德華說他立刻就進了客廳，照我說的做了；但他堅持說，除了那兩個固定的鐘之外，剩下的只有三個鐘。」

「但這段時間沒有很久。」我說，「也就是說——」

「有可能是佩瑪那個女人把它拿走的。她可能在我離開房間之後拿了那個鐘，直接就進了廚房。」

「有道理。可是她為什麼要這樣做呢？」

「我們不知道的事情還多著呢。有可能是其他人拿的嗎？會不會是那個女孩？」

我想了一下說：「我認為不可能。我——」

我突然停了下來，猛地想起了什麼。

「那是她囉。」哈凱松說，「說下去，是什麼時候？」

「在我們出門朝警車走去的時候。」我鬱悶地說，「她發現手套忘了拿。我說：『我去替你拿。』而她說：『我自己才知道放在哪裡。現在我不怕了，因為屍體已經運走了。』接著她跑進房子。不過她也就只進去一分鐘的時間——」

「她回來找你時，有把手套戴上或是拿在手裡嗎？」

我猶豫了一下說：「有……有，我想有吧。」

「顯然她沒有。」哈凱松說，「不然你不會猶豫不決。」

「她很可能把它們塞進手提包裡了。」

「我的麻煩在於，」哈凱松以一種責備的口氣說，「你已經喜歡上那個女孩了。」

「別開玩笑了。」我極力為自己辯解。「昨天下午我才第一次見到她，而且完全稱不上有個浪漫的序曲。」

「這可就難說了。」哈凱松說，「男人並不是每天都會遇到女孩子用十足維多利亞作風的求救方式，大呼救命地投懷送抱，讓他們覺得自己是個英雄。你不要再維護她了，就這麼簡單。你也看到了，這女孩可能和這樁謀殺案牽連甚深呢。」

「你是說，這麼瘦弱的女孩會拿刀刺死一個男人，再把凶器藏得連你們那些警探都找不到，然後故意尖叫著衝出房子，撞到我身上？」

「把我這輩子遇過的事說給你聽，你一定會十分驚訝。」哈凱松沉著臉說。

「難道你不知道，」我憤憤不平地問，「我的生活裡到處都是美麗的間諜，每個國家的都有？根據權威的統計，她們每個人都能讓美國的私家偵探忘記自己的抽屜裡放了多少子彈，所以我對女人的魅力已經免疫了。」

「每個人最終都會敗走滑鐵盧。」哈凱松說，「這要看有沒有遇到你喜歡的類型，希拉·韋布似乎就是很合你的胃口。」

「好了，我不明白你為什麼老鎖定她不放。」

哈凱松嘆了口氣說：「我不是鎖定她不放——我總得找個地方著手。屍體是在佩瑪小姐的房子裡發現的，這使她有了嫌疑。屍體是由那個韋布小姐發現的——我不必再告訴你了吧，第一個發現屍體的人往往也是最後見到他活著的人。在沒有找到更多證據之前，這兩個人很難擺脫嫌疑。」

「我進入那個房間時剛過三點，而那個人已經死了至少半個小時，也許更久，這個你怎麼解釋？」

「希拉・韋布吃午飯的時間是在一點三十分到兩點半之間。」

我氣呼呼地看著他問道：「在柯里那邊有沒有發現什麼？」

哈凱松相當無奈。

「沒有！」

「沒有……你什麼意思？」

「就是這個人根本不存在，沒有這樣一個人。」

「城鄉保險公司怎麼說？」

「什麼也說不了，根本就沒有這個公司。雖然名片上寫著柯里先生來自丹佛街，但其實並沒有什麼柯里先生，也沒有丹佛街七號等等。」

「有意思。」我說，「你是說他身上帶的是假名片，上面印的是假名字、假地址和假公司？」

「有可能。」

「你認為背後的陰謀是什麼？」

哈凱松聳了聳肩說：「目前只能猜測。也許他專門詐騙保險金，也許他以這為幌子進入別人家裡，再進行詐騙。他可能是個騙子，或者是個專門打聽小道消息的人，或者是徵信社的人。我們並不清楚。」

「不過，你會找到答案的。」

「哦，是的，我們最後總會知道。我們把指紋送去檢驗了，看看他是不是有前科。如果有，這個案子就前進了一大步；如果沒有，那就很難辦了。」

「也許是個私家偵探，」我思考之後說，「我比較喜歡這個看法，這樣就有了……各種可能性。」

「可能性，到目前為止我們多得是。」

「什麼時候開庭？」

「後天。相當正式，不過結果會是休庭。」

「驗屍結果呢？」

「哦，是一把利器刺死的，像是菜刀之類的利器。」

「那就把佩瑪小姐排除了，對不對？」我若有所思地說，「眼睛失明的女人不可能刺得死一個男人。她眼睛真的是失明了嗎？」

「嗯，是的，她是瞎了。我們調查過了，確實像她說的那樣，她以前在一所北部鄉下的學校教數學——她十六年前眼睛就失明了——擔任點字法的訓練等等，最後在這兒的阿倫伯格學院謀了一個職位。」

「我猜，她或許有精神問題？」

「你是說，她對各種時鐘和保險員有『病態摯愛』？」

「這很難用言語表達。」我不覺興匆匆地說，「就像阿蕊登．奧利薇最倒楣的時候，或者是蓋瑞．葛雷森在事業頂峰時期那樣——」

「繼續繼續，你高興就好，反正你又不是負責這個案子的可憐警探，你不用向刑事主任或警察局長交代，什麼都不用管。」

「哦，也許我們可以從鄰居那兒得到一些有用的資訊。」

「我懷疑。」哈凱松刻薄地說，「就算這個人是在前庭的花園裡被刺死，再被兩個蒙面人拖進屋子裡，也不會有人剛好從窗戶看到他們。遺憾的是，這裡不是鄉下地方。威布蘭新月社區是高級住宅區。一點鐘這種時刻，最有可能看見什麼的女傭們都已經回家了。這裡甚至連一輛嬰兒車都沒有——」

「難道沒有老弱病殘的人整天倚靠窗戶坐著？」

「這正是我們在找的人，可是到目前為止都沒找到。」

「問過十八號和二十號了嗎？」

「十八號住的是沃特豪斯先生和他姐姐。沃特豪斯先生是『蓋恩福與斯威特律師事務所』的負責人，他姐姐大半時間都在照顧他。我只知道二十號裡面住的那個婦人養了大約二十隻貓。我不喜歡貓——」

我對他說，警察這行真是不好幹，接著我們就出發了。

07

在威布蘭新月社區十八號寓所門口的台階上，沃特豪斯先生正心神不定地徘徊著，同時偈促不安地回頭看看他姐姐。

「你確定你不會有事？」沃特豪斯先生問道。

沃特豪斯小姐氣鼓鼓地哼了一聲。

「我不知道你到底想說什麼，詹姆斯？」

沃特豪斯先生看起來很不好意思，他太常露出這種表情，這其實已是他慣有的面貌。

「嗯，我只是覺得，親愛的，因為昨天隔壁發生了謀殺案……」

沃特豪斯先生已經準備好到他的律師事務所去。他外表整潔，頭髮灰白，腰微駝，臉色不是呈粉紅而是灰白，但並非不健康的臉色。

沃特豪斯小姐長得高大瘦削。她屬於自己不犯錯、也絕不能容忍他人犯錯的那種人。

「因為昨天有人在隔壁家被殺了，所以今天我也會遇害，有這種道理嗎，詹姆斯？」

「啊，艾迪絲，」沃特豪斯先生說，「這得看是誰犯的罪，難道不是嗎？」

「你是認為，有人會在威布蘭新月社區走來走去，特意從每一家都選定一個受害者下手，是嗎？詹姆斯，這想法是褻瀆神靈啊。」

「褻瀆神靈，艾迪絲？」沃特豪斯先生驚奇地問，他還從未用這樣的口氣說過話。

「這讓人想起了猶太人的逾越節[2]。」沃特豪斯小姐說，「提醒你，這是《聖經》裡的記載。」

「我覺得這未免有點牽強附會了，艾迪絲。」沃特豪斯先生說。

「我倒想看看誰敢到這兒來殺我。」沃特豪斯小姐精神奕奕地說。

她弟弟心裡想道，這看來的確不可能。如果他自己真要選擇一個謀殺對象的話，絕不會選擇他姐姐。如果有人企圖這樣做，更可能的結果是，凶手會被撥火棍或頂門鉛棍打出門外；而且交給警察的時候，凶手已經是頭破血流、被羞辱得無地自容了。

「我只是說，」他說，臉上不好意思的神情顯得更嚴重了。「我們這裡，嗯，顯然有存心不良的傢伙進入。」

「我們還不清楚到底發生了什麼事。」沃特豪斯小姐說，「現在各種各樣的流言蜚語都有，今天早上黑德太太就講了好些離奇的故事。」

「對對，我想也是。」

沃特豪斯先生邊說邊看了看手錶。他一點兒也不想聽饒舌女僕說的故事，他姐姐則總是孜孜不倦地要戳穿這些聳人聽聞的奇談，但畢竟還是喜歡聽。

「有些人正傳言，」沃特豪斯小姐說，「這個男的是阿倫伯格學院的財務主管或理事，說是帳目上出了問題，所以他到佩瑪小姐那兒進行調查。」

「那是說佩瑪小姐殺了他？」沃特豪斯先生有點感興趣地說，「一個失明的婦人？一定是——」

「她用電線繞在他脖子上把他勒死。」沃特豪斯小姐說，「當然了，他沒有提防。有誰會提防一個盲人呢？我一點都不相信這個說法。」她又加了一句：「我非常清楚，佩瑪小姐人品極好。儘管很多問題我和她的看法不盡相同，我也不會因此把任何犯罪嫌疑都推到她身上，我只是覺得，她這人的很多觀點滿極端又不合情理，畢竟除了教育之外，生活還有許多層面。你看這些用玻璃建造的新建中學，怪模怪樣的，你可能會認為那是打算種黃瓜或番茄的地方。我相信，夏天時那對孩子們會非常不利。黑德太太親口對我說，他們家的蘇珊就不喜歡那些新教室，說坐在裡面不能專心聽課，因為有那些窗戶，她總是情不自禁往外看。」

2 〈出埃及記〉記載，神為拯救以色列人脫離在埃及為奴之境，藉摩西之手降下十災，刑罰埃及人，最末一災是擊殺所有埃及頭生人畜。擊殺之日即「逾越節」。

「老天，老天，」沃特豪斯先生再看一次手錶。「好了，好了，我恐怕要遲到了。再見，親愛的，把自己照顧好。最好把門鏈扣上吧？」

沃特豪斯小姐又哼了一聲。沃特豪斯先生走後，她關上大門打算上樓去，突然她想了一下，走向她的高爾夫球袋，拿出一根球棒靠在前門附近。「可以了。」沃特豪斯小姐頗為滿意地說。當然了，詹姆斯說的全是廢話。不過，防患未然總不會錯。在她看來，這年頭大家主張把那些精神病患從醫院放出來，讓他們過正常人的生活，這樣做倒使正常人的生活隨時都有了危險。

黑德太太急急忙忙上樓時，沃特豪斯小姐正在臥室裡。黑德太太身材矮小渾圓，像顆皮球；她對任何發生的事情都興趣濃厚。

「有兩位先生想見你。」黑德太太興致勃勃地說，「不過，」她又加了一句：「他們不算真正的紳士，他們是警察。」

她猛地遞過來一張名片，沃特豪斯小姐接了過來。

「哈凱松警探，」她唸道，「你把他們帶到客廳了嗎？」

「沒有。我讓他們在餐廳待著呢，我已經把早餐收好了，我覺得那個地方更合適。我是說，他們畢竟只是警察。」

沃特豪斯小姐實在不懂這是哪門子的邏輯，不過她還是回答道：「我這就下去。」

「我猜他們是來問你佩瑪小姐的情況。」黑德太太說，「想知道你有沒有注意到她有什麼不正常的地方。有人說那些狂躁症患者發作起來非常突然，事先幾乎看不出徵兆。不過，你也知道，總是還有一些跡象，比如講話的方式等等。他們說，可以從眼神看出來。但對眼睛失明的人來說，這就不靈了，對不對？唉——」她說著搖了搖頭。

沃特豪斯小姐快速下樓走進餐廳，雖然有幾分好奇，但臉上仍帶著慣有的好鬥神情。

「哈凱松警探？」

「早安，沃特豪斯小姐。」

哈凱松站了起來。和他一起的是一位高大黝黑的年輕人。沃特豪斯小姐沒和這個年輕人打招呼，也沒聽到他模糊的喃喃一聲：「我是拉姆警佐。」

「希望我沒有來得太早打擾了你。」哈凱松說，「但你想必知道我們來的目的，你已經聽說昨天隔壁發生的事件了嗎？」

「隔壁鄰居家發生了謀殺案，這當然會引起我的注意了。」沃特豪斯小姐說，「我甚至還得打發掉一兩個來問我有沒有看到什麼的記者。」

「你把他們打發走了？」

「當然。」

「你做得相當正確。」哈凱松說，「他們就是喜歡到處打聽消息。不過我相信你十分擅長處理這類事情。」

聽到讚美之詞，沃特豪斯小姐允許自己稍微露出愉快的表情。

「希望你不會介意我們問你同樣的問題。」哈凱松說，「可是，如果你確實看到了任何有助我們辦案的事情，我將不勝感激。我想，當時你在房間裡？」

「我不知道謀殺案是在什麼時候發生的。」沃特豪斯小姐說。

「我們認為是在一點半到兩點半之間。」

「那時我是在這兒，沒錯，就在這兒。」

「那令弟呢？」

「他不回家吃午飯。到底是誰被殺了？今早的報紙就短短幾句話，好像沒說是誰。」

「我們還不清楚他的身分。」哈凱松說。

「是個陌生人？」

「好像是這樣。」

「你該不是說，佩瑪小姐也不認識這個人吧？」

「佩瑪小姐非常肯定地表示，她沒有約這個人來，也不知道這個人是誰。」

「她無法這麼肯定吧，」沃特豪斯小姐說，「她又看不見。」

「我們非常詳細地向她描述了這個人。」

「他是什麼樣的人？」

哈凱松從信封裡拿出一張有點模糊的照片，遞給了她。

「就是這個人。」他說，「你知道他是誰嗎？」

沃特豪斯小姐盯住照片看了看說：「不，不知道……我確定以前從未見過他。老天，他看起來相當體面。」

「確實是看起來很有身分的人。」警探說道，「好像是律師或商人之類的人物。」

「沒錯。照片上看來，他一點都沒有痛苦的表情，好像是在睡覺。」

哈凱松沒告訴她，在警察為這具屍體拍攝的各種照片裡，這張是視覺效果最好的。

「死亡也可以顯得非常安詳平靜。」他說，「我認為，這個人在當時絲毫沒有感覺到死亡已經來臨。」

「佩瑪小姐對這個案子怎麼說？」沃特豪斯小姐追問。

「她覺得非常困惑。」

「真離奇。」沃特豪斯小姐做出評論。

「沃特豪斯小姐，你能不能提供一些線索給我們？請你回想一下昨天的情況，比如說，在十二點半到三點之間，你有沒有從窗戶裡朝外看，或者有沒有碰巧待在花園裡？」

沃特豪斯小姐回想了一下答道：「是的，我到花園去過……讓我想想，應該是在一點之前。大約十二點五十分我從花園回來，洗完手以後就坐下來吃午餐。」

「你當時有沒有看見佩瑪小姐進了房子或離開房子？」

「我想她是進了房子——我聽到房門吱吱嘎嘎的聲音——對了，是在十二點半之後。」

「你沒有和她交談嗎？」

「哦，沒有。我聽見大門的聲響才抬頭看了看。她回家的時間通常就在那時候。我想，是在她上完課後。她在教視障兒童，這個你可能已經知道了。」

「按照佩瑪小姐的說法，她大約在一點半時又出去了，是這樣嗎？」

「嗯，我無法告訴你準確的時間，不過……是的，我記得她又經過大門了。」

「抱歉，沃特豪斯小姐，你說的是『經過大門』？」

「沒錯。當時我在客廳，那邊面對著大街。而這間餐廳，也就是我們現在坐著的地方，你也看得到是面朝著後花園。吃過午飯之後，我就端著咖啡到客廳，坐在靠窗的椅子上。我當時在讀《泰晤士報》，我想是在翻頁的時候看見佩瑪小姐從前門經過。這有什麼不尋常的地方嗎，警探先生？」

「沒什麼不尋常的地方，沒有。」警探笑笑說，「只是我知道佩瑪小姐當時打算去買些東西，還要去一下郵局。但我以為到商店和郵局最近的路程是走另一條道路。」

「這要看你去哪些商店了。」沃特豪斯小姐說，「當然，去商店走那條路是比較近，而且在艾巴尼路有一家郵局——」

「佩瑪小姐通常會在那個時間經過你家大門，對吧？」

「嗯，實際上，我不清楚佩瑪小姐通常什麼時間出門、朝哪個方向走。我也不喜歡觀察鄰居的一舉一動，警探先生。我非常忙，要做的事情太多太多了。我認識的一些人，把所有時間都用在往窗外看，注意誰走過去了、誰去找誰了。那是病人或整日無所事事、喜歡對鄰居的事情咬舌根的人才有的習慣。」

沃特豪斯小姐說起來是這樣尖刻，警探相信她心裡一定在指某個人。他馬上說道：「你說得對、你說得對。」他又接著說：「既然佩瑪小姐走過你家大門，她有可能是去打電話，對吧？那是往電話亭的方向嗎？」

「對，電話亭在十五號對面。」

「我還有一個重要問題，沃特豪斯小姐，就是你有沒有看見那名男子來訪——就是那個『神祕男人』，我記得早報上是這麼稱呼的。」

沃特豪斯小姐搖了搖頭。

「沒有，我沒看到他或其他造訪者。」

「一點半到三點之間你都在做什麼？」

「我花半個小時左右玩《泰晤士報》上的拼字遊戲，也可能更久一點，然後就來到廚房收拾午餐的碗盤。我想想……我還寫了幾封信，開了幾張支票付帳單，接著就上樓去，選了幾件準備讓人清洗的衣物。在臥室時，我聽到隔壁房裡有些聲響，我清楚聽到有人尖叫，所以自然地走到窗戶那兒，看見隔壁門口有一個年輕男子和一個女孩。那男子好像把女孩攬在懷裡。」

拉姆警官挪了挪腳，可是沃特豪斯小姐並沒有看他。很顯然，她不知道他就是她所說的那個年輕男子。

「我只能看見那個男人的後腦，他好像和那個女孩在吵什麼。最後他讓那個女孩靠著門柱坐了下來，很奇怪的做法。接著他就邁著大步走進房子裡去了。」

「在這之前不久，你有沒有看見佩瑪小姐回家？」

沃特豪斯小姐搖了搖頭。

「沒有。我是直到聽見那聲奇怪的尖叫之後才朝窗外看的。不過，我沒有很注意這件事。年輕男女在一起就愛作怪，大聲尖叫、推推擠擠、咯咯傻笑，弄出各種噪音，所以我沒想到有什麼嚴重的事。等到一些警車開來了，我才知道事情不妙了。」

「當時你做了什麼？」

「啊，很自然，我走出房子站在台階上，然後到後花園裡繞了繞，想知道到底發生了什麼事，可是從那邊看不見什麼。我走回來時，那兒已經聚集了好多人。有人告訴我說，那棟房子裡發生了謀殺案。我感到非常奇怪，確實非常奇怪！」沃特豪斯小姐臉上露出難以置信的神情。

「你還記得其他情況嗎？還有什麼可以告訴我們的嗎？」

「我想沒有了，真的沒有了。」

「最近有沒有人寄信給你、建議你買保險？有沒有人登門拜訪過你，或者打算來拜訪你？」

「沒有，沒有這類事情。我和詹姆斯都已經在『互助保險公司』投了保。當然了，我們總會收到一些傳單或廣告，不過我不記得最近收到過你說的那種東西。」

「有沒有收到一個叫柯里的人的來信？」

「柯里？沒有，完全沒有。」

「柯里這個名字你沒有一點印象？」

「沒有，我該有嗎？」

哈凱松笑了笑。

「不，我不是這個意思。」他說，「只不過碰巧死者的名字叫柯里。」

「這不是他的真實姓名吧？」

「我們也認為這不是他的真實姓名。」

「是不是騙子什麼的？」沃特豪斯小姐問道。

「等我們有了證據，才能這麼說。」

「當然，當然。你們得小心行事，我知道。」沃特豪斯小姐說，「不像附近的一些人，什麼都敢說。我在想他們怎麼就沒有被控誹謗。」

「是公然侮辱。」拉姆警佐糾正道，這是他第一次開口說話。

沃特豪斯小姐有些驚奇地看著他，彷彿先前都沒注意到他的存在，沒意識到他除了是哈凱松警探的部下以外還會是什麼人。

「對不起，我幫不上你的忙，實在對不起。」沃特豪斯小姐說。

「我也非常遺憾。」哈凱松說，「像你這樣聰明、有判斷力、富觀察力的人，應該是個優秀的人證。」

「我真希望自己當時看到了什麼。」沃特豪斯小姐說。

這時她說話的口氣充滿渴望，就像小女孩似的。

「令弟詹姆斯．沃特豪斯先生呢？」

「詹姆斯不會知道的。」沃特豪斯小姐不屑一顧地說，「他什麼都不知道。況且，當時他在海伊街的律師事務所。是啊，詹姆斯也沒辦法幫上忙。我說過，他不回來吃午餐。」

「他通常是在哪兒吃午餐？」

「通常是在三羽餐廳吃三明治、喝咖啡。那是個相當不錯的地方，專門為專業人士提供午間的快餐。」

「謝謝你，沃特豪斯小姐。好了，我們不再打擾你了。」

他說著站起身來，走向門廳。沃特豪斯小姐陪著他們。科林．拉姆拿起門邊的那根高爾夫球棍。

「這是根好球棍，」他說，「打在頭上會受傷很重。」他拿在手裡掂了一下重量。「看得出來，對任何不測你都已經有備無患了，沃特豪斯小姐。」

沃特豪斯小姐微微退縮了一下。

「其實，」她說，「我不知道球棍怎麼會放到那兒。」

她把球棍奪了回來，放到高爾夫球袋裡。

「很聰明的防身之道。」哈凱松說。

沃特豪斯小姐開門讓他們出去。

「唉，」科林．拉姆嘆了一口氣說，「從她這裡得不到太多資訊，儘管你一直在討好她。這是你一貫的作風嗎？」

「對她這種人，這招有時很能奏效。愈難對付的人愈愛聽阿諛奉承的話。」

「她就像貓得到一碟奶油時發出呼嚕呼嚕的叫聲。」科林說，「不幸的是，沒有挖到任何有意思的線索。」

「沒有嗎？」哈凱松問道。

科林掃了他一眼說：「你有什麼想法嗎？」

「有個線索非常細微，也許不怎麼重要。佩瑪小姐出門要去郵局和商店，但她是往左轉而不是往右轉；而且根據馬丁代小姐說的，那通電話是在一點五十分左右打去的。」

科林非常困惑地看著他問道：「即使她都否認了，你還是認為她有可能打了那通電話？她的回答非常肯定呢。」

「對，」哈凱松說，「她是非常肯定。」

他的口氣顯得含糊其詞。

「如果真是她打的，又是為什麼呢？」

「哎，為什麼。」哈凱松不耐煩地說，「為什麼、為什麼？為什麼情況這麼紊亂？如果是佩瑪小姐打的電話，為什麼她要指定那個女孩過去呢？如果是其他人打的，為什麼他們要讓佩瑪小姐捲進去呢？這些問題我們還是一無所知。如果馬丁代小姐認識佩瑪小姐，就可以判斷出那聲音是不是她的，至少聽得出聲音像不像佩瑪小姐。哦，好了，從十八號我們是沒有得到太多東西，我們去二十號看看，說不定情況會好一些。」

08

威布蘭新月社區二十號寓所除了門號外，還有一個名字，叫「黛安娜小屋」。大門裡面安裝了很多鐵絲，用以阻擋胡亂闖入的人。院裡種著不少樹身斑斑點點、枝葉參差不齊的月桂樹，也讓那些想破門而入的人望之卻步。

「要說有房子能被稱作『月桂冠』，這棟房子最有資格。」科林・拉姆說道，「真不知道為什麼要叫它黛安娜小屋？」

他以品評的眼光看了看四周。黛安娜小屋算不上潔淨，也沒有花圃。院子裡最顯著的特點是，纏結雜亂的灌木叢到處亂長，空氣裡還瀰漫著濃烈刺鼻的貓騷味。這棟房子看起來搖搖欲墜，院子裡的排水溝有待重修。唯一引人注意的標誌是新近粉刷的天藍色前門，它使得房子和花園的雜亂無章更顯突兀。這裡沒有電鈴，但有一個把手，顯然是得用拉的。警探拉了一下把手，聽到從裡面微微傳出叮噹亂響的鈴聲。

「看起來像座圍城。」科林說。

他們等了一會兒，聽到裡面傳來了聲響，聲音聽起來很奇怪，是一種高音的哼唱聲，像在唱歌又像是說話。

「搞什麼鬼——」哈凱松說。

那個唱歌或者低吟的人愈來愈走近前門，聲音也逐漸清晰可辨。

「不不，寶貝，小寶貝，待在那兒，親愛的。小心尾巴，莎莎咪咪。克麗歐……克麗歐美人，啊，嘟嘟，啊，嚕嚕。」

接著就聽到關門的聲音。終於前門也開了，站在他們面前的是位女士。她身穿一件皺巴巴的淺苔綠天鵝絨寬袍，淺黃色頭髮倒是精心梳洗過，屬於三十年前左右的髮型，脖子上圍著一條黃色毛皮圍巾。哈凱松警探猶豫不決地問：

「亨明夫人嗎？」

「我是亨明夫人。輕點兒，陽光，輕點兒，嘟嘟。」

這時，那警探才知道那條黃色毛圍巾實際上是隻貓，牠還不是唯一的一隻，沿著門廳又進來了三隻，其中兩隻在喵喵地叫著。牠們待在那兒盯著訪客看，繞著主人長袍下襬輕輕磨蹭，兩人同時也聞到濃烈的貓騷味。

「我是哈凱松警探。」

「我希望你是來對付那個從防止虐待動物協會來的人。」亨明夫人說，「真可恥！我寫信向他報告，他反而說我這些貓的生活條件有害牠們的身體健康！太不要臉了！我活著就是為了這些貓，警探先生，牠們是我生活中唯一的興趣和快樂，我做的每一件事都是為了牠們。莎莎咪咪，不要在那兒，寶貝。」

莎莎咪咪根本沒理會亨明夫人伸過來阻止牠的手，牠一蹦就跳上門廳裡的桌子坐了下來，邊用爪子洗臉邊看著陌生人。

「請進，」亨明夫人說，「噢，不，不是那間房子，我忘了告訴你們。」她推開了左邊的一扇門，這兒的氣味更刺鼻難聞。

「過來，我的美人兒，過來。」

房間內的桌子、椅子上，擺放著各式各樣沾著貓毛的刷子和梳子，還有一些已經褪色骯髒的墊子，另外還有至少六隻貓。

「我是為了我這些寶寶而活。」亨明夫人說，「牠們能聽懂我說的每句話。」

哈凱松警探鼓足勇氣走了進去。不幸的是，他是個患有厭貓症的人，而一如既往，所有的貓都立即朝他走來。一隻貓跳上他的膝蓋，另一隻靠在他的褲子上輕輕來回蹭著。勇敢的哈凱松警探咬緊牙關忍受著一切。

「不知道能不能問你幾個問題，亨明夫人？是關於——」

「問什麼都可以。」亨明夫人打斷他的話說，「我沒什麼可隱瞞的。我可以給你看一看貓食，還有牠們睡覺的床，我的房間裡有五張，其他七張都在這兒。牠們吃的都是最好的魚，我親自做的。」

「我要問的事和這些貓沒有任何關係。」哈凱松提高了聲音說，「我想和你談的是發生在隔壁的那起謀殺案，你應該聽說了。」

「隔壁？你指的是約塞亞先生的狗？」

「不是，」哈凱松說，「我不是說這個。我指的是十九號寓所，昨天有人在那裡發現一名男子被謀殺了。」

「真的嗎？」

亨明夫人僅僅禮貌性地回答，說話的時候，眼睛也沒有離開她的貓。

「請問你，昨天下午你在家嗎？也就是一點半到三點半這段時間？」

「噢，是的，我在家。我通常一大早就出去買東西，然後馬上趕回來，這樣才能為這些寶寶做午飯，接下來為牠們梳洗打扮。」

「那你有沒有注意到隔壁的動靜？警車啊、救護車啊等等的？」

「哦，恐怕我沒有往窗外看。我從房子後面走到花園，因為我的阿拉貝拉不見了，牠還只是隻小貓，爬上了一棵樹，我擔心牠下不來，於是用一碟魚想把牠引下來。可是牠嚇呆了，可憐的小東西。我最後不得不放棄，回到屋裡。可是你們相信嗎，我剛走進房門，牠卻從樹上下來跟著進屋了。」

她看看這個人，再轉眼看看那個人，好像在檢驗他們是不是相信她說的話。

「沒錯，我相信你說的話。」科林忍不住答了一句。

「什麼？」亨明夫人微微吃驚地看著他。

「我非常喜歡貓，」科林說，「所以對貓的脾性有點研究。你剛才說的完全符合貓的行為模式以及牠們的生活規律。比如，你這些貓全都圍住我這位朋友，但坦白說他並不喜歡貓；而儘管我對牠們百般討好，牠們卻絲毫不理我。」

亨明夫人覺得科林這麼說話不甚符合警佐的身分，但她臉上並沒有任何表示，只是含糊地嘟囔道：「牠們心裡一清二楚，這些親愛的小東西。不是嗎？」

一隻漂亮的灰色波斯貓把兩隻腳掌放在哈凱松警探的膝上，出神地看著他，接著伸出爪子狠狠地刺下去，彷彿警探是個針墊。哈凱松警探再也無法忍受，只好站了起來。

「夫人，」他說，「我能不能看看你的後花園。」

科林咧嘴笑了笑。

「噢，當然，當然，你儘管看。」亨明夫人站了起來。

那隻黃貓從亨明夫人脖子上跳開來，於是她隨手把那隻灰色波斯貓抓來替換。她帶頭離開房間，哈凱松和科林緊跟在後。

「我們見過面。」科林對那隻黃貓說，接著又向另外一隻灰色波斯貓打了聲招呼。「你真是隻漂亮的貓，對不對？」

這隻貓正蹲坐在一個中國式立燈旁的桌子上，尾巴輕輕擺動。科林撫摩著牠，搔搔牠的耳朵背後，這隻灰貓柔順地發出呼嚕呼嚕聲。

「出來的時候請把門關上，這位，這位——」亨明夫人在門廳裡喊道，「今天風很大，我不想讓我的寶寶著涼。而且那邊還有一些可惡的小孩……讓我的寶貝在花園裡跑來跑去還真不安全。」

她朝門廳後面走去，打開一扇邊門。

「什麼可惡的小孩？」哈凱松問道。

「拉姆齊太太有兩個孩子，他們住在新月社區南面。我們兩家的花園有些部分背對著。十足的小流氓，真的是這樣。他們有一把彈弓，你知道，可能以前就有了。我堅持要沒收它，但我還是不放心，他們會躲起來，夏天他們就朝這兒扔蘋果。」

「真不像話。」科林說。

後花園的狀況和前院相比可說有過之而無不及。這裡雜草遍地橫生，灌木叢無人修剪到處蔓延，許多月桂樹也是枝幹斑斑點點，還有一些奄奄一息的大果柏。科林認為他和哈凱松兩人都是在浪費時間。月桂、灌木叢和其他各種樹木形成了一個厚實的屏障，從這邊完全看不見佩瑪小姐的花園。黛安娜小屋可以說是一座完全與外界隔離的房子，對住在裡面的人而言，他們可能不覺得自己有所謂的鄰居。

「你剛剛是說十九號嗎？」亨明夫人在後花園中猶疑地停住。「但我記得那間房子裡只住了一個人，一個雙目失明的女士。」

「死者並不住在那棟房子裡。」警探說。

「哦，原來如此。」亨明夫人還是含糊地說，「跑來這裡送死，真是奇怪。」

「嗯，」科林若有所思。「這個說法還真傳神。」

09

科林和哈凱松兩人沿著威布蘭新月社區驅車前進，右轉上了艾巴尼路，到了第二個路口再朝右轉，進入該社區的另一區塊。

「很簡單吧。」哈凱松說。

「只要知道了，是很簡單。」科林回答。

「六十一號的確背對著亨明夫人的房子，但有一個角落連上十九號。算你走運，讓你有機會去看看你的布蘭德先生。順便告訴你，他沒有雇用外國傭人。」

「所以，可能又是個美麗的錯誤。」

車子停下來，兩人下了車。

「哇，哇，」科林說，「好個前院。」

這庭院儼然是郊區豪華花園的縮小模型，山梗菜環繞著天竺葵花圃，秋海棠鮮豔碩大，還有五花八門的花園裝飾品──青蛙、蘑菇、地精和小精靈等。

「我確定布蘭德先生一定是個好好先生，」科林打個冷顫說，「不然的話，他怎麼受得了這些亂七八糟的玩意兒。」

當哈凱松按鈴時，科林又問了一句：「你覺得上午這個時間布蘭德先生會在家嗎？」

「我先打過電話了，」哈凱松解釋說，「問他是不是有空。」

這時一輛漂亮的小貨車緩緩駛了過來，停進車庫。這車庫顯然是最近才加蓋的。約塞亞·布蘭德先生從車裡下來，砰地一聲關上車門，朝他們走來。他中等身材，禿頭，有一雙小小的藍眼睛，舉止親切。

「你是哈凱松警探？請進請進。」

他領著他們進入客廳。房裡的陳設處處顯示出他的富有：價格昂貴、裝飾豪華的燈具、帝王氣派的寫字檯、閃閃發光的鍍金壁爐架、精雕細琢的木櫃，窗邊還有一個插滿鮮花的花盆，現代風味的椅子上鋪著繁複華麗的墊子。

「請坐。」布蘭德先生誠懇地說，「抽菸嗎？或者你們執行任務時不能抽菸？」

「不用了，謝謝。」哈凱松回答說。

「也不喝點什麼嗎？」布蘭德先生又問道，「也對，這樣對我們都好，是不是？兩位有何貴幹呢？我想是為了十九號那樁謀殺案吧？我們兩邊的花園有一角緊挨著，不過我們其實看不太清楚那頭，除非從樓上朝下看。這整件案子實在透著古怪，至少從今天的報紙上看來是這樣。接到你電話的時候我很高興，因為這是得到可靠消息的最好機會。你無法想像有多少流言在滿天飛，使得內人非常緊張……你知道，她總覺得有個凶手正逍遙法外。問題就在於，現在那些頭腦不正常的人都從精神病院放了出來，說是假釋什麼的，就讓他們回家了。等到這些人傷害了別人，才又把他們關進去。我剛才說過了，現在是謠傳四起！我的意思是說，你如果聽到那些清潔婦、送牛奶或報童的描述，你真會嚇一跳。有的說他被人用電線勒死了，有的說他是被刺死的，還有人說他是被棍棒打死的。不管怎麼說，是一個男的被謀殺了對吧？我是說，不會是那個老小姐被做了吧？報上說是一名身分不明的男子。」

布蘭德先生終於歇口了。

哈凱松笑了笑，不以為然地說：「哦，說到身分不明，其實他口袋裡有張名片，還有地址。」

「竟然傳了這麼多說法，」布蘭德說，「但你也知道，人嘛。真不曉得哪來這麼多胡思亂想。」

「既然提到受害人，你不妨看一看這個。」

哈凱松再次掏出那張照片。

「這就是那個人嗎？」布蘭德問道，「看起來很普通，是不是？就像你我一樣平凡。不知道他有什麼特別的理由會被謀殺？」

「問這個問題還為時過早，」哈凱松說，「我要了解的是，布蘭德先生，你以前是否見過這個人？」

布蘭德搖了搖頭說：「我確定沒有。我對人的記憶力相當不錯。」

「這個人以前有沒有來過你這兒——比方說推銷保險、推銷真空吸塵器、洗衣機或其他東西？」

「沒有，沒有，絕對沒有。」

「也許我們該問問你太太。」哈凱松說，「假如這個人來過，他見到的應該是你太太。」

「是的，沒錯。可是，我不知道……佛萊麗的身體一直不是很好，我不想讓她受到驚擾。我的意思是，嗯，我想這些照片是他死了以後拍的，對不對？」

「沒錯，」哈凱松說，「是這樣。不過，這張照片看起來並不可怕。」

「是的，是的，拍得相當不錯，看起來這個人好像在睡覺，真的。」

「你們是在說我嗎，約塞亞？」

和這個房間連著的門開了，一位中年婦女走了進來。哈凱松心想，她一定一直在門的另一邊偷聽。

「啊，你來了，親愛的，」布蘭德說，「我以為你還在睡回籠覺呢。這是我太太，哈凱松警探。」

「真可怕的謀殺案。」布蘭德夫人喃喃唸道，「一想到它，就讓我直打哆嗦。」

她有點喘不過氣來，於是就坐到了沙發上。

「把你的腳抬起來，親愛的。」布蘭德說。

布蘭德夫人順從地照做。她有一頭沙色頭髮，說話軟弱無力。她的臉色蒼白，具有老病號那種久病不癒甚至樂在其中的神態。有一瞬間，她使哈凱松警探想起了一個人，他試圖記起那是誰，但就是想不起來。

布蘭德夫人繼續以軟弱無力的聲音說道：「我的身體不很好，哈凱松警探，所以我先生不想讓我受到任何驚嚇或煩擾。我很脆弱。我想，你們是在說一張照片，我猜，就是……就是那個死者的照片。噢，老天，聽起來真可怕。我不知道看了之後能不能受得了！」

被嚇死你也會看的，我保證，哈凱松心裡這樣想。

他有點不懷好意地說道：「也許最好不要讓你看，布蘭德夫人。我只是想，萬一這個人以前曾經來過，也許你能幫我們確認一下。」

「我必須盡我的義務，不是嗎？」布蘭德夫人帶著甜蜜勇敢的笑容，她伸出手。

「你想把自己搞得心煩意亂嗎，佛兒？」

「別傻了，約塞亞，我當然要看一看。」

她饒有興致地看著照片，而且有點失望……哈凱松心裡想。

「看起來……的確，他看起來一點都不像已經死了，」她說，「一點都不像被謀殺。他是……他真的是被勒死的嗎？」

「他是被刺死的。」哈凱松說。

布蘭德夫人閉上雙眼，身子哆嗦不已。

「噢，天啊，」她說，「好可怕。」

「你從來就沒見過這個人嗎，布蘭德夫人？」

「是的，」布蘭德夫人勉勉強強地回答，「沒有，沒有，我想沒有見過。他是那種——那種挨家挨戶推銷東西的人嗎？」

「他可能是個保險員。」哈凱松謹慎地說。

「哦，我了解了。是的，我確定沒有這樣的人來過。你沒聽過我跟你提起這類事吧，約塞亞？」

「沒印象。」布蘭德先生說道。

「他和佩瑪小姐有什麼關係嗎？」布蘭德夫人問道。

「沒有，」哈凱松說，「佩瑪小姐不認識他。」

「真奇怪。」布蘭德夫人說。

「你認識佩瑪小姐嗎？」

「哦，認識。當然了，就是鄰居的交情嘛。她有時會詢問我先生如何照顧花園等等。」

「你非常熱中園藝，對吧？」哈凱松說。

「不，不盡然。」布蘭德謙辭著說，「你知道，我沒那麼多時間。當然了，這方面我還懂一點，而且我有一個非常稱職的幫手，他一週來兩次，負責讓花園裡的花草種類齊全、整潔乾淨。我敢說，這附近你不會找到比我更好的花園了。不過，我不是那種真正的園藝家，不像我們那些鄰居。」

「你是指拉姆齊夫人？」哈凱松有點驚訝。

「不，不，遠一點，是六十三號的麥克諾頓先生。他活著就是為了他的花園，整天待在裡面，做堆肥。說到肥料，這個人還真讓人討厭……不過我想，你不想談這個。」

「這倒不會，」哈凱松說，「我只是想了解一下昨天有沒有人，比方說你或你太太，走出房子到花園去。就像你說的，你的花園有一部分靠著十九號，所以，昨天你們有可能看見什麼值得注意的情況……或者聽到了什麼？」

「是在中午，對不對？我是說謀殺案發生的時間？」

「可能的時間是一點到三點之間。」

布蘭德搖了搖頭說：「那段時間我不可能看到什麼，因為我待在這裡，佛萊麗也是，我們在吃午飯。你知道，我們的餐廳面朝著大路，我們看不到花園裡發生的事情。」

「你們通常什麼時間吃午飯？」

「一點左右，有時是在一點半。」

「吃完午飯之後，也沒有到花園去？」

布蘭德又搖了搖頭。

「實際上，」他說，「內人吃完午飯後通常會上樓休息。而如果沒有什麼事，我則會在那邊那把椅子上閉目養神一會兒。我昨天出門的時間大約是在……嗯，我想是兩點三刻。遺憾的是，我沒有去花園。」

「哦，你知道，」哈凱松嘆了一口氣說，「每個人我們都得問一問。」

「當然，當然，真希望我能給你更多的幫助。」

「你們住的這地方不錯呀，」哈凱松說，「斥資裝修，可以這麼說吧。」

布蘭德得意地笑了。

「哦，是的，我們喜歡漂亮的東西，內人的品味很高。一年以前喜從天降，我們發了一筆小財，內人從她叔公那兒繼承了一筆遺產。她有二十五年沒見過她叔公了。確實讓人感到驚喜！不瞞你說，我們的生活因此有了一些變化。我們可以過得舒服一點，還打算今年晚些時候參加觀光遊輪。這些旅行能讓人增長見識，他們會到希臘等等地方，船上還有許多專業人士提供講解。哦，當然了，我喜歡凡事自己來，沒有太多時間聽他們解說，不過我還是很感興趣。那個特洛伊古城，聽說就是一個雜貨商挖出來的，真浪漫。我比較喜歡到國外走走——並不是說我常去——只有趁一個週末到過花都巴黎而已。我一直想把這裡的家當賣掉，搬到西班牙、葡萄牙，甚至去西印度群島定居。很多人都這麼做，因為所得稅比較低什麼的。可是內人不太喜歡這個提議。」

「我喜歡旅行，可是不喜歡住到英格蘭以外的地方。」布蘭德夫人說，「我們所有的朋友都在這兒，我妹妹也住這兒，所有的人都認識我們。到了國外，我們誰都不認識。而且，這裡還有一個非常好的醫生，他很了解我的身體狀況。可是外國的醫生我可不放心，我對他們沒信心。」

「再看看嘛，」布蘭德先生興致勃勃地說，「我們先旅行，也許你會喜歡上哪座希臘島嶼呢。」

布蘭德夫人露出絕對不可能的表情。

「不知道國外有沒有合適的英國醫生？」布蘭德夫人懷疑地說。

「當然有了。」她丈夫回答。

§

布蘭德先生送哈凱松和科林到前門，再一次說他很抱歉沒能幫上忙。

「哎，」哈凱松問道，「你感覺怎麼樣？」

「我是不會讓他幫我蓋房子的，」科林回答說，「不過我要找的不是這種不入流的建築商。我找的是個很熱誠的人。說到你這件謀殺案，你碰到的根本是樁反常的謀殺。如果布蘭德餵他老婆吃了砒霜或者把她推進愛琴海，繼承她的錢財，再和時髦的金髮女郎結婚——」

「如果這事發生了，我們會調查。」哈凱松說，「眼下還是得處理好這樁謀殺案。」

／10

在威布蘭新月社區六十二號寓所裡，拉姆齊太太喃喃地鼓勵自己：「只剩兩天了，只剩兩天了。」

她把前額汗溼的頭髮往後一撥。突然從廚房裡傳來嘩啦啦的巨響。拉姆齊夫人甚至懶得去看看到底怎麼回事，她只想裝作這些撞擊聲根本就沒有發生。哦，好吧……就只剩下兩天了。她穿過門廳，猛然推開廚房門，用和三個星期前相比沒那麼惡狠狠的聲音問道：「你們到底幹了什麼？」

「對不起，媽，」兒子比爾回答，「我們剛剛用這些罐頭比賽保齡球，不知怎麼搞的，它們滾到裝瓷器的櫃子下面了。」

「我們不是故意讓它們滾進去的。」弟弟泰德附和著說。

「好吧，把這些東西撿起來放回櫃子裡，再把碎片打掃乾淨倒進垃圾桶裡。」

「哎，媽，不要急嘛。」

「不，現在馬上收。」

「叫泰德收。」

「說得真好聽，」泰德反駁說，「總是推到我身上。你不收，我也不收。」

「我叫你馬上收。」

「我就是不收。」

「我會讓你收的。」

「哎呀！」

兩個孩子最後動手扭打起來。泰德被推著往後靠在廚房的桌子上，一碗雞蛋搖搖晃晃就要掉到地上。

「喂，滾出廚房去！」拉姆齊太太大喊。

她把兩個孩子從廚房裡推出去，關上門，自己開始收拾罐頭、打掃碎瓷片。

「再兩天，」她思忖著，「他們就要回學校去了！」一想到這個，做媽媽的心情多麼舒暢、多麼高興啊。」

她隱約記起一個女專欄作家說過一句惡毒的話：女人一年當中只有六天快樂的日子，即每段假期的第一天和最後一天。說得太好了，拉姆齊夫人一邊清理餐具碎片一邊想著。不過五個星期以前，她是以多麼愉快和興奮的心情盼望著孩子們的歸來！而現在呢？「後天，」

她不斷自言自語，「後天比爾和泰德就要回學校了，我幾乎不敢相信，真是等不及了！」

五個禮拜前，當她在車站接他們回家的時候心情多麼快樂啊。想想他們興高采烈、熱情可愛的擁抱，他們在房子和花園裡追逐遊玩，還有那些她為下午茶特製的蛋糕。而現在，她盼望的是什麼呢？安安靜靜的一天、不必再做一大桌的飯菜、不需要不停地收拾整理。她愛這些孩子……他們是好孩子，這點無庸置疑，她為他們感到自豪；不過他們也讓人頭痛，他們的食量那麼大，他們的精力太過旺盛，而且總是吵吵鬧鬧！

就在這時，她又聽到他們大喊大叫。她倏然轉頭，還好，他們只是跑到花園去了。這樣更好，花園的活動空間大多了。不過他們很可能吵到左鄰右舍，但願他們不要去惹亨明夫人家的貓！她必須承認，並不是因為貓會怎麼樣，而是因為亨明夫人的花園四周都用鐵絲纏繞著，容易扯破他們的褲管。她瞄了一眼櫥櫃裡很容易取得的急救箱，孩子活潑好動自然會發生意外，她並不會大驚小怪。可是遇到這種事，她的第一句話總是：「告訴過你們幾百遍了，別把血滴在客廳裡！要滴到廚房去滴，那裡鋪的是油布，我比較好清理。」

外頭傳來一聲大叫，接著戛然而止，死一般的寂靜使得拉姆齊太太心裡一陣驚慌。這麼安靜實在太詭異了，她手裡端著盛碎瓷片的畚箕，焦躁不安地站著。廚房門開了，比爾站在門口，臉上掛著欣喜若狂的敬畏神情，這種神情出現在十一歲孩子的臉上可真不尋常。

「媽，」他說，「來了一個警探，還有另一個男的。」

「哦，」拉姆齊太太鬆了一口氣地問，「他來幹什麼，親愛的？」

「他要找你，」比爾說，「我想一定和那個謀殺案有關，就是昨天發生在佩瑪小姐家的那個。」

「我不懂他為什麼要到這兒來，還要找我。」拉姆齊太太說，口氣稍感不耐。生活就是處理一件接一件的瑣事，她想著。警探不早不晚偏偏在這時候來，這樣她哪有時間削馬鈴薯煮愛爾蘭燉肉呢？

「唉，好吧，」她嘆口氣說，「我還是去看看吧。」

她把碎瓷片嘩啦一聲倒進洗碗槽下面的垃圾桶裡，在水龍頭下沖了沖手，理理頭髮，跟著比爾出去，比爾已經不耐煩地催著：「唉喲，快點，媽。」

拉姆齊太太走進客廳，比爾緊跟在她身邊。兩位先生站在那兒，她的小兒子泰德兩眼睜得大大地盯著他們看，露出羨慕的神情。

「拉姆齊太太？」

「早安。」

「我想，小朋友已經告訴你了吧？我是哈凱松警官。」

「不好意思，」拉姆齊太太說，「今天早上我很忙，真是不好意思。你們需要很長時間嗎？」

「不會太久的，」哈凱松肯定地說，「我們可以坐下來談嗎？」

「哦，當然可以，請，請。」

拉姆齊太太拉來一把高背椅子，不耐煩地看著他們。她不相信這不會花太長時間。
「你們兩個不需要待在這兒了。」哈凱松和氣地說。
「哦，我們不走。」比爾說。
「我們不走。」泰德附和著說。
「我們想聽一聽。」比爾接著說。
「對啊。」泰德也說。
「有流很多血嗎？」比爾問。
「是小偷嗎？」泰德說。
「安靜點，孩子。」拉姆齊太太說，「你們沒聽見哈……哈凱松先生說嗎？他不希望你們待在這兒。」
「我們不想走，」比爾說，「我們想聽。」
哈凱松走到門口，打開門，眼睛盯著兩個孩子。
「出去。」他說。
僅僅兩個字，聲音平靜，卻有十足的權威感。兩個孩子不再糾纏，站起來慢吞吞地走出房間。
「真厲害。」拉姆齊太太讚嘆地想著，「為什麼我就做不到呢？」
這時她想到，她是孩子們的媽媽。人家說，男孩子在外面的行為舉止和在家裡時迥然不同，吃盡苦頭的總是做母親的。不過她又想，寧可是這樣吧。如果孩子在家裡安靜、殷勤、有禮，而一出去就成了小流氓，淨做一些亂七八糟的事，那不更糟糕……對，是會更糟糕。

哈凱松警探回到座位坐了下來，拉姆齊太太也回過神來想他究竟要問她什麼。

「如果你要問昨天十九號發生的事，」她侷促不安地說，「我真的不知道要告訴你什麼，警官，我對這件事一無所知，甚至連住在那裡的人我都不認識。」

「那棟房子是一個叫佩瑪小姐的人住在裡面，她是個盲人，在阿倫伯格學院工作。」

「哦，原來如此。」拉姆齊太太說，「不過住在新月社區南邊的人，我幾乎都不認識。」

「昨天下午兩點半到三點之間，你本人是在家沒出去嗎？」

「嗯，是的。」拉姆齊太太回答說，「我得做晚飯和其他家事。不過三點之前我出去過，帶孩子們去看電影。」

哈凱松從口袋裡拿出那張照片，遞給了她。

「能不能告訴我，以前你見過這個人沒有？」

拉姆齊太太稍稍提起興趣地看著照片。

「沒見過，」她回答說，「沒有，我想沒有。不過假使以前見過他，我也不敢保證現在記得起來。」

「他有沒有因為什麼原因來過你家……比如說向你推銷保險之類的？」

拉姆齊太太肯定地搖搖頭說：「沒有，沒有，我很確定他沒來過。」

「這個人的名字，我們認為是叫柯里，R‧H‧柯里先生。」

哈凱松以探詢的目光看著拉姆齊太太，但她又搖了搖頭。

「恐怕，」她非常抱歉地說，「孩子們放假期間，我真的沒時間去看什麼、注意什麼。」

「沒有一刻閒得下來，對不對？」哈凱松問道，「你的孩子很好，精力充沛、活潑好動。不過，有時候是不是調皮了些？」

拉姆齊太太笑了笑，表示同意。

「沒錯，」她說，「是讓人有點煩，不過他們真的是很乖的孩子。」

「我相信是的。」哈凱松說，「這兩個小朋友都很棒，很聰明。如果你同意，我想在離開前和他們說幾句話。有時候，孩子會注意到大人忽略掉的地方。」

「我倒不覺得他們會注意到什麼，」拉姆齊太太說，「我們兩家又不是門對著門。」

「不過你們的花園是背對著的。」

「沒錯，花園靠在一起，」拉姆齊太太表示同意。「但它們是各自獨立的。」

「你認識住二十號的亨明夫人嗎？」

「哦，有點兒認識。」拉姆齊太太說，「為了她家的貓和其他事情。」

「你喜歡貓嗎？」

「哦，不是，」拉姆齊太太說，「不是這個原因，是因為她經常來抱怨。」

「哦，抱怨，為什麼呢？」

拉姆齊太太的臉突然紅了。

「實在很棘手，」她說，「人如果那樣子養貓——她養了十四隻——神志一定不可能清醒。根本是胡說八道。我喜歡貓，我家以前就養過一隻母貓，還很會抓老鼠。可是這個女人胡搞一通，自己為貓做食物，也不讓這些可憐的小傢伙出去過自己的生活，當然這些貓會想逃走，如果我是那些貓的話就會這樣。這兩個孩子很乖，再怎麼樣也不會虐待貓。我認為，貓牠們會照顧自己，如果你好好對待牠們，牠們是非常聰明的動物。」

「我完全同意你說的。」警探說，「你的生活一定很忙，」他繼續解釋，「在孩子放假期間，要讓他們高興快樂、吃好睡好。他們什麼時候回學校去？」

「後天。」拉姆齊太太回答。

「希望那時你可以好好休息一下。」

「我是打算讓自己好好放鬆一陣子。」她說。

另外一位一直默默做筆記的年輕人突然開口說話，讓拉姆齊太太嚇了一跳。

「你該找個國外來的女傭，」他說，「他們說這叫平等互惠，讓她來這兒做家務，而你教她英語。」

「我想可以試一試。」拉姆齊太太考慮著說，「雖然我總覺得外國人可能比較難相處，我先生總是笑我這點。當然了，他懂得比我多，我不像他那樣經常到國外去。」

「現在他就在國外吧？」哈凱松問道。

「是的，八月初他去了瑞典。他是建築工程師。遺憾的是，孩子假期才剛開始，他就得走了。他和孩子相處得很融洽，他比孩子還喜歡玩電動火車。有時候會把火車鐵軌、調車場和其他東西排在地上穿過門廳，一路延伸到另一個房間，要想不被這些東西絆倒是很難的。」說著她搖了搖頭。「男人就像小孩子。」她寵溺地說。

「你想他什麼時候會回來，拉姆齊太太？」

「我從來就不清楚。」她嘆口氣說，「所以我們的生活也變得相當……困難。」她的聲音顫抖起來，科林關切地望著她。

「我們不該再耽誤你的時間了，拉姆齊太太。」哈凱松說著站了起來。

「或許你的孩子可以帶我們看看花園？」

比爾和泰德兩人正在門廳等著，他們馬上就同意這個要求。

「當然了，」比爾不好意思地說，「這個花園不很大。」

花園曾經稍微收拾過，所以顯出一點秩序。其中一邊是紫菀和大理花花圃，其後是一個修剪不齊的小草坪。花園裡的小路早就需要修葺了，飛機模型、太空槍和其他現代器械模型扔滿地，看起來殘舊不堪。花園末端有棵蘋果樹，結滿了紅豔可口的蘋果；蘋果樹旁邊還有一棵梨樹。

「就是那裡，」泰德邊說邊指向蘋果樹和梨樹之間的空隙，從那兒可以清楚看見佩瑪小姐的後院。「那裡就是發生謀殺案的十九號。」

「看得很清楚，是吧？」哈凱松問道，「我想，從樓上的窗戶會看得更清楚吧。」

「沒錯，」比爾說，「如果昨天我們在樓上，一定可以看到什麼，可惜我們沒上去。」

「我們去看電影了。」泰德解釋說。

「有沒有發現指紋？」比爾問道。

「都沒有太大用處。昨天你們來過花園嗎？」

「哦，有啊。」比爾說，「整個上午來來去去，可是什麼都沒聽到，也沒看見什麼。」

「如果我們昨天下午待在這裡，就可以聽見尖叫聲了。」泰德充滿期待地說，「很可怕的尖叫聲。」

「如果你們看到佩瑪小姐，認得出來嗎？就是那座房子的主人。」

兩個男孩相互看了看，然後都點點頭。

「她是個瞎子，」泰德說，「不過，她可以在花園裡走動，不需要拐杖什麼的。有一次她還把一個球扔回來給我們，扔得很準喔。」

「你們昨天都沒看見她？」

孩子們搖了搖頭。

「早上我們看不到她，她都出門去了。」比爾解釋說，「她通常喝完午茶後才到花園裡走走。」

科林正在查看一條水管，它連著房子裡的一個水龍頭，順著花園的小徑一直延伸到梨樹附近的角落。

「沒聽過梨樹需要澆水。」他說。

「哦，你說那個。」比爾顯得有點不好意思。

「換言之，」科林說，「假如你們爬上這棵樹，」他看著兩個孩子，突然咧嘴一笑說，「就可以用水柱向貓射擊，是嗎？」

兩個男孩用腳踢著地上的石頭左顧右盼，就是不敢與科林的目光相對。

「你們就是這樣做的，對吧？」科林問道。

「哦，可是，」比爾辯解，「這樣不會傷到牠們，又不像玩彈弓。」他一臉善良地說。

「我猜，你們以前曾經用彈弓打過那些貓。」

「不對，」泰德說，「我們從來沒用彈弓打過什麼東西。」

「不管怎麼說，有時候你們確實用水柱射貓來取樂，」科林說，「所以亨明夫人就過來指責你們，對吧？」

「她總是不停地抱怨。」比爾說。

「你們有沒有從她的圍籬上爬過去？」

「不是從有鐵絲的那個地方爬的。」

「可是你們確實翻過圍籬到她的花園裡去，對不對？你們是怎麼爬過去的？」

「嗯，可以先爬過圍籬，進入佩瑪小姐的花園，然後從一條小路往右走，用手扒開那個矮樹籬，就到了亨明夫人的花園，那裡纏繞的鐵絲中間有個洞。」

「閉嘴啦，你這個笨蛋！」比爾說。

「我想，謀殺案發生後，你們也有搜集一些線索吧？」哈凱松問道。

孩子們你看我、我看你。

「你們看完電影回來後聽說了這件事，我敢打賭，你們一定爬過圍籬到佩瑪小姐家的花園，興奮地到處翻了一遍。」

「嗯……」比爾謹慎地停下不說了。

「你們很有可能，」哈凱松認真地說，「發現我們疏忽掉的線索。如果你們……嗯，找到了什麼，請讓我們看一看，我會很感謝你們。」

比爾下定決心。

「去拿過來，泰德。」他說。

泰德聽話地跑去拿了。

「我想，我們沒有找到什麼真正有用的線索。」比爾說，「我們只是……假裝它們是線索。」

他焦慮不安地看著哈凱松。

「我能理解，」哈凱松說，「警察大半也是這樣，很多線索最後都讓人失望。」

比爾看起來鬆了一口氣。

泰德跑著回來了，他把一塊髒兮兮的手帕包遞過來。手帕裡面叮噹作響，哈凱松攤開裡面的東西，兩個男孩一人站一邊盯著看。

一個破茶杯手把、一塊柳樹圖案的瓷器碎片、一把壞掉的鑵子、一根生鏽的餐叉、一枚硬幣、一個衣服夾子、一塊彩虹玻璃碎片和半把剪刀。

「你們搜集的東西很有意思。」哈凱松一本正經地說。

孩子們臉上滿懷希望，他感到十分同情，於是拿起那塊玻璃說：「我把這個帶走，它可能會關係到某件事。」

科林拿起那枚硬幣打量著它。

「那不是英國的。」泰德說。

「對，」科林回答說，「不是英國硬幣。」他看看哈凱松說：「我們也把這個帶走吧。」

「不要對其他人提這件事。」哈凱松非常神祕地對他們說道。

孩子們興高采烈地答應說，他們不會告訴別人。

／11

「拉姆齊。」科林沉思著說。

「他怎麼了？」

「沒有什麼，這個人我滿感興趣的，他到國外旅行——通常是臨時通知。他太太說他是做建築的，但她對他的了解好像也就這麼多。」

「這個女人不錯。」哈凱松說。

「是的，不過不怎麼快樂。」

「太累了，就這麼回事。孩子是很煩人的。」

「我覺得不只這樣。」

「當然了，你要找的那種人不會有妻子和兩個孩子拖累吧。」哈凱松以懷疑的口吻說。

「誰知道？」科林回答說，「你會很訝異，有些小孩根本是用來當掩護的。一個寡婦帶著兩個孩子，生活艱難，她可能很願意接受別人的安排。」

「我認為她不是那種人。」哈凱松嚴肅地說。

「我不是說她參與犯罪，老兄。我是說，她可能同意做拉姆齊的太太，扮演家人的角色。當然了，拉姆齊先生會編出一套說辭取信於她。比方說，他是為我們這邊做偵探活動，聽起來很愛國嘛。」

哈凱松搖搖頭。

「你生活在一個奇怪的世界裡，科林。」他說。

「我們都是這樣。我覺得，總有一天我必須脫離這些……開始忘記什麼是什麼，還有誰是誰。我們裡面有一半的人為兩邊工作，最後他們自己都不清楚到底是站在哪一邊，標準全模糊了……哦，好了，我們還是談正事吧。」

「我們最好去麥克諾頓家走走。」哈凱松說著在六十三號的門口停了下來。「和布蘭德家一樣，這家的花園角落緊鄰著十九號。」

「你對麥克諾頓家了解多少？」

「不太多。他們是大約一年前搬來的，是一對老夫妻；我記得麥克諾頓先生是位退休教授，他喜歡蒔花種草。」

前院裡有許多灌木叢，窗戶下的花圃中種滿了秋水仙。

一位年輕女子身穿花紋鮮豔的寬鬆罩衫，興匆匆地為他們開了門，問道：「找誰？有什麼事嗎？」

哈凱松自言自語地說道：「終於讓我們遇見外國幫傭了。」他把自己的名片遞給了她。

「警察！」

這位年輕女子後退一兩步看著哈凱松，彷彿他是魔鬼的化身。

「我們找麥克諾頓夫人。」哈凱松說。

「麥克諾頓夫人在裡面。」

她帶他們走進客廳，從這裡可以俯瞰整個後花園，裡面沒人在。

「她樓上在[3]，」那小姐臉上愉快的表情不見了。她走到門廳喊著：「麥克諾頓夫人，麥克諾頓夫人。」

遠遠聽到一個聲音回答：「什麼事，格蕾特？」

「有警察，兩個警察。我把他們放在客廳了。」

樓上隱約傳來匆忙走動的聲音以及「哦，天哪；哦，天哪，接下來怎麼辦？」然後傳來吧嗒吧嗒的腳步聲，麥克諾頓夫人帶著擔憂的表情很快走進來。哈凱松馬上就斷定，麥克諾頓夫人的臉上經常流露出這種表情。

「哦，天哪，」她又這樣說道，「哦，天哪，這位怎麼稱呼……哈凱松警探，哦，對了，」她看了看名片說，「可是你們為什麼要找我們呢？我們對這件事一無所知，我猜是為了那個謀殺案，對不對？我是說，你們不會是為了電視執照來的吧？」

哈凱松消除了她的顧慮。

「一切都顯得很離奇，對不對？」麥克諾頓夫人有了精神。「就在正午，在這麼奇怪的時間闖空門，這時間大家通常都在家。不過近來也確實聽到不少這種可怕的事，都在光天化日之下發生。哼，我們的幾個朋友在出去吃午飯的時候，有一輛大卡車開到門前，一個人直接進去把所有家具都搬走了，整條街的人都看到了，但當然了，他們沒想到那有什麼不對勁。你知道嗎，我昨天真的有聽見一個人大聲尖叫，不過安格斯說那是拉姆齊太太那兩個討厭的小孩叫的。他們經常在花園裡衝過來衝過去，模仿太空梭、火箭或原子彈什麼的，弄出好多噪音，有時候還真的會讓人嚇一跳。」

哈凱松又一次把照片掏了出來。

「你以前見過這個人嗎，麥克諾頓夫人？」

麥克諾頓夫人眼睛一眨不眨地盯著照片。

「我確定我見過他，對，對，我很有把握。但是在哪裡見過呢？是不是來問我要不要買一套十四冊新版百科全書的那個人？還是推銷新型真空吸塵器的那個人？那個人我理都沒理他，他就到前院去糾纏我先生。你知道，安格斯正在種一些球莖，他不想讓人打擾他。

3　外國女孩的文法不太正確。

可是那個男的卻不停地說啊說，說那個東西有多好用，說它可以朝窗簾上上下下打掃，可以掃門前石階、樓梯、坐墊等等，又可以大掃除，他說，什麼都做得到，什麼都可以。所以安格斯看著他問：『它能種球莖嗎？』說真的，我忍不住笑了出來，因為這句話把那個人嚇住了，後來他就溜走了。」

「你真的認為那個人就是照片裡這個人？」

「哦，不，我不確定。」麥克諾頓夫人說，「現在我慢慢想起來了，那個人更年輕一點。不過，我還是覺得以前看過這張臉。對，愈看這張照片，我愈覺得這個人來過這裡，向我推銷了什麼東西。」

「也許是推銷保險吧？」

「不，不，不是保險。都是我先生在處理所有的保險事宜，我們已經保了各種險。不是推銷保險。不過，還是……是的，愈看這張照片——」

哈凱松覺得更灰心喪氣了。根據經驗，他判斷，麥克諾頓夫人只要看到與謀殺有關的人就會受到刺激，而變得焦慮不安；所以這張照片她看得愈久，就愈相信自己可以想起某個人長得像他。

他嘆了口氣。

「我記得他當時開一輛貨車，」麥克諾頓夫人說，「可是我記不起來是什麼時間。我想是一輛麵包車。」

「你不是昨天看到這個人的吧，麥克諾頓夫人？」

麥克諾頓夫人稍稍沉下臉來。她把額頭上鬈曲凌亂的灰白頭髮往後撥，說道：「對，對，不是昨天。少說——」她停了一下。「我想不是。」接著她面色又開朗了一點。「也許我先生會記得。」

「他在家嗎？」

「哦，他在外面的花園裡。」她指著窗外，花園裡的一位老人正推著一輛手推車，沿著小徑走著。

「或許我們可以出去和他聊聊。」

「當然可以，請這邊走。」

她帶他們從邊門走進花園，麥克諾頓先生正忙得滿頭大汗。

「安格斯，這兩位先生是警察。」麥克諾頓夫人喘著氣說，「他們是來了解佩瑪小姐家發生的那樁謀殺案。他們還帶了死者的照片來，你知道嗎，我覺得我在什麼地方見過這個人。他不是上星期來問我們有什麼古玩要賣的那個人吧？」

「我來看看，」麥克諾頓先生說，「替我拿著好嗎？」他對哈凱松說：「我手上沾滿了泥巴，什麼都不能碰。」

他看了一眼照片說：「我從未見過這個人。」

「你鄰居告訴我說，你非常喜歡園藝。」哈凱松說。

「誰告訴你的——不是拉姆齊太太吧？」

「不是，是布蘭德先生告訴我的。」

麥克諾頓先生鼻子裡哼了一聲。

「布蘭德對園藝一竅不通，」他說，「他就知道移苗栽種，把秋海棠、天竺葵混起來種，還在周圍栽上山梗菜。這可不是我所謂的園藝，那不如去住在公園裡算了。警探先生，你喜歡灌木嗎？當然了，它還沒長得很好，不過我這裡有一兩種灌木，你會很驚訝我怎麼培育出來的。他們說灌木只能在德文郡和康沃爾這些地方才長得好。」

「抱歉，我沒有什麼園藝的經驗。」哈凱松說。

麥克諾頓先生看著他，就像藝術家端詳一個說自己對藝術一無所知但知道自己喜歡什麼的人。

「恐怕我得回頭談一個不太有趣的話題了。」哈凱松說。

「當然了，昨天那件事。嗯，事情發生的時候，我正在花園裡。」

「真的嗎？」

「哦，我是說，那個女孩尖叫的時候，我正在這兒。」

「那時你在做什麼？」

「嗯，」麥克諾頓先生相當羞怯地說，「我什麼都沒做。實際上，我以為是拉姆齊家那兩個調皮搗蛋的孩子在嚷嚷，他們總是大喊大叫，吵吵鬧鬧的。」

「可是這尖叫聲並不是從同一個方向傳過來的吧？」

「那是如果這兩個頑皮的小孩都待在他們家花園裡的話。但他們不是，你知道。他們翻過別人家的圍籬，到處去追亨明夫人那些可憐的貓。麻煩就出在沒有人管得住他們，他們的媽媽軟弱似水。當然了，家裡男人不在的時候，孩子就成了脫韁野馬。」

「我知道，拉姆齊先生經常到國外去。」

「我記得他是工程師。」麥克諾頓先生含糊地說，「他總是出門在外，建水壩什麼的，我也不是很確定，親愛的。」他向妻子求證。「我的意思是說，是和建水壩有關的工作，或者鋪設石油管道、煤氣管道之類的，我不怎麼清楚。一個月前他臨時接到通知說得去瑞典，留給孩子的母親一堆事情去做——煮飯、家務等等，嗯，這一來孩子當然愈來愈野了。不過，他們並不是壞孩子，只是需要嚴加管教。」

「當時你自己什麼都沒看見嗎……我是說，除了聽見尖叫聲以外？另外，那時候是幾點？」

「我不清楚。」麥克諾頓先生說，「我到花園來之前都會先把手錶脫下來。幾天前它被水管濺到，後來找人修理花了好大工夫。親愛的，那時候是幾點？你也聽到了不是嗎？」

「可能是兩點半……至少是在我們吃完午飯後半個小時。」

「了解。你們都是什麼時間吃午飯？」

「一點半，」麥克諾頓先生說，「如果幸運的話。因為這個丹麥女孩沒有時間觀念。」

「之後呢，你會睡午覺嗎？」

「有時會，不過今天就沒有，我想繼續勞動，清理垃圾、堆肥等等。」

「堆肥，最棒的東西。」哈凱松一本正經地說。

麥克諾頓先生的臉上立刻露出愉快的笑容，他說：「完全正確，沒有什麼比堆肥更管用的。啊！我已經說服了好多人。用什麼化肥！簡直是自殺！我帶你去看看。」

他急切地拉著哈凱松的手臂，一手推著手推車，順著小路朝他家與十九號之間的圍籬邊緣走去。這堆肥料在紫丁香花的掩映之下，顯得十分壯觀。麥克諾頓先生把手推車放到堆肥旁邊的小棚子裡，棚子裡整齊擺放著幾件工具。

「每樣東西你都保持得十分乾淨。」哈凱松稱讚著。

「必須好好照顧自己的工具。」麥克諾頓先生說。

哈凱松望著十九號深思。圍籬的另一邊有個玫瑰藤架，一直伸展到房子側邊。

「你在堆肥時，有沒有看見誰在十九號的花園裡，或者從那所房子的窗子往外看？」

麥克諾頓先生搖搖頭。

「我什麼都沒看見。」他說，「抱歉我幫不上你的忙，警探先生。」

「安格斯，」他妻子說，「我覺得我看到一個人在十九號的花園裡鬼鬼祟祟的。」

「我想你並沒有看到，親愛的，」她先生非常肯定地說，「我也沒看到。」

§

「那個女的會說她什麼都看到了。」回到車上時，哈凱松抱怨著。

「你不會相信她真的認出照片上那個人吧？」

哈凱松搖搖頭說：「我不相信。她只是喜歡想像成見過這個人，我太了解這種證人了。如果我繼續盤問下去，她就說不出個所以然了。」

「的確。」

「當然，她有可能在搭公車或其他地方時，坐在他對面，這我不否認。可是，如果你要問我，我覺得那是臆造出來的，你覺得呢？」

「我有同感。」

「我們收穫不大。」哈凱松嘆口氣說，「當然，有些現象是頗費疑猜。比方說，亨明夫人，不管她怎麼熱中於養貓，竟會對左鄰右舍那麼陌生……譬如對佩瑪小姐就是，這真是不可思議；還有，她對這樁謀殺案也顯得漠不關心，毫無興趣。」

「可能她就是那種冷漠的女人吧。」

「腦筋短路！」哈凱松說，「碰到這種短路的女人，唉，不管周圍發生火災、偷竊還是謀殺，她們都不會在意。」

「那些鐵絲網把她緊緊封閉起來，還有那些維多利亞式的灌木叢，也未留半點空隙。」

兩人回到警局，哈凱松對科林笑了笑說：「好了，拉姆警佐，現在你可以下班了。」

「不再去察訪了？」

「現在不去了。我還會再去一家，不過不帶你去了。」

「那好吧，多謝你今天早上讓我跟去。你能請人把我這些記錄打出來嗎？」他把筆記遞過去說，「你說驗屍審訊是在後天？什麼時間？」

「十一點。」

「好吧，我會回來參加。」

「你要離開這裡？」

「明天我得去倫敦一趟，彙報我至今的調查結果。」

「我猜得出是向誰彙報。」

「別瞎猜了。」

哈凱松咧嘴笑說：「替我向那個老小子問好。」

「另外，我可能還要去找一個專治疑難雜症的專家。」科林說。

「專治疑難雜症的專家？為什麼？你哪裡不對了？」

「我沒事，只是患了呆頭病。我說的並不是這種專家，那人和你同行。」

「你指的是蘇格蘭警場？」

「不，是個私家偵探，我爸的一個朋友，也是我的朋友。你這個怪案子正合他的胃口，他會喜歡這個案子，它一定會讓他躍躍欲試，我覺得他還真需要振作一下。」

「他叫什麼名字？」

「赫丘勒・白羅。」

「聽過。我還以為他已經不在人世了呢。」

「他沒有死，不過我覺得他生活窮極無聊，這比死還糟糕。」

哈凱松不解地看著科林說：「科林，你這傢伙真怪，竟然交了一大堆不正常的朋友。」

「那也包括你在內呀。」科林反駁說，接著笑了起來。

12

科林走了之後，哈凱松警探翻看筆記本上整齊抄寫的地址，點點頭。他把筆記本放進口袋裡，開始處理高高堆在辦公桌上的文件。

又是忙碌的一天。他請人買來咖啡和三明治，聽取克雷警佐的報告——沒有實質發現。火車站、公車站都沒人認得照片上的柯里先生；死者衣服的檢驗報告也沒什麼結果。死者的西裝是由高級裁縫做的，可是裁縫的名字已被拿掉了。是柯里先生不想讓人知道裁縫的名字呢，還是凶手不想讓人知道裁縫的名字？法醫對死者牙齒的分析已經散發到各有關區域，也許這是最有效的敲門磚——當然，這需要一段時間——不過最終總會有結果的。難道柯里先生是外國人？哈凱松想到。或許死者是位法國人，可是他的衣服顯然不是法國製的，上面沒有任何洗衣店的標識可供參考。

哈凱松並不急躁。辨認死者身分的工作通常是耗日費時的。不過，最後總會有人前來指認，也許是個洗衣工、牙醫、醫生或女房東。死者的照片會散發到各個警察局、印在報紙上。總有一天，柯里先生的真實身分就會水落石出了。

除了柯里的這件案子之外，同時還有其他工作要做。哈凱松馬不停蹄，一直工作到五點半。他又看了看手錶，認為時間到了，該出發了。

克雷警佐的報告裡說，希拉．韋布還在卡文迪打字社工作，五點鐘要到柯琉飯店波帝教授那裡，六點之後才可能離開。

她姨媽的名字叫什麼？羅頓……羅頓太太，她住在帕默斯頓路十四號。哈凱松沒有乘警車，決定步行這一小段路。

帕默斯頓路據說曾經相當熱鬧，現在卻給人一種陰暗沉悶的感覺。哈凱松注意到，這兒的房子大都改建成公寓或小樓房了。當他走過拐角時，一個女孩正沿著人行道朝他走來，她猶豫了一會兒。哈凱松想，這個女孩是不是想向他問路？可是，如果是的話，這女孩似乎又改變了想法，從他身邊走過去，繼續趕她的路。他腦子裡突然冒出了一雙鞋子的印象，不對，是一隻鞋。這個女孩好像模模糊糊有點兒面熟。但她是誰呢？是他最近才見過的一個人。可不可能這個女孩認出了他，想和他說什麼？

他停下一會兒，回頭看看女孩。她走得相當快。他想，問題出在這女孩長得比較平常，除非有特殊事故，否則很難認出來。藍眼睛、皮膚白皙、微張的嘴巴……嘴巴，這使他隱約想起什麼。什麼事情和她嘴巴有關？是說話，還是塗唇膏的動作？都不是。哈凱松對自己有點不耐煩了，他向來最自豪的就是擅長記住別人的臉。他總是說，他在被告席或證人席上見過的人，從來不會忘記。不過，畢竟除此之外還有許多其他場合。比方說，他就不可能記住每個招呼過他的女侍，也不可能記住每位公車售票員。所以，對這件事情他就不再多想了。

到了十四號公寓，他發現它的樓門半開，四個門鈴下都寫有名字。他看見羅頓太太的住所在一樓，於是走進去按了大廳左邊的門鈴。等了一會兒裡面才有回音，他聽到屋內響起腳步聲。開門的是位高大瘦削的女士，一頭凌亂的黑髮，身穿罩衫，有點兒氣喘吁吁。屋裡瀰漫著燒洋蔥的香味，顯然香味是從廚房飄過來的。

「羅頓太太？」

「是。」她懷疑地看著他，顯得有點不高興。

哈凱松猜，她大約四十五歲，外表看來有點像吉普賽人。

「有什麼事？」她問。

「能不能耽擱一兩分鐘？」

「哎，做什麼？現在我剛好在忙。」她突然又問了一句：「你不是記者吧？」

「當然不是。」哈凱松以同情的聲調問，「我想你一直受到記者的騷擾吧。」

「沒錯。他們常來敲門按鈴，問各種蠢問題。」

「我知道他們很煩。」哈凱松說，「希望我們能解決你的困擾，羅頓太太。我是哈凱松警探，負責記者一直來騷擾你的這件案子。如果做得到，我們會阻止他們。可是你也知道，我們在這方面也無能為力，新聞界有他們自己的權利。」

「像他們這樣騷擾平民百姓真是可恥。」羅頓太太說，「說什麼大眾有知的權利，我只知道，他們報出來的新聞從頭到尾都是謊言，不管什麼事情都能加油添醋。請進來吧。」

她朝後讓了一下，哈凱松跨過門檻進入屋裡，她隨即關上房門。門口腳墊上散落著幾封信，羅頓太太正準備彎腰撿取它們時，哈凱松先她一步，很有禮貌地幫她撿起。在遞給她之前，他迅速看了一眼這些信件，尤其是信上的地址。

「謝謝。」

她把信件放在門廳的桌子上。

「請到客廳，好嗎？你先從這個門進去，稍等一下，我想我的飯煮焦了。」

她三步併作兩步進了廚房。哈凱松又仔細看了一下桌上的信函。一封是寫給羅頓太太的，另外兩封是給R·S·韋布小姐的。他走進羅頓太太說的客廳。房間很小，相當凌亂，家具很陳舊，但室內各處都點綴著一些漂亮、奇特的東西：有個美麗的玻璃飾品，可能是價格昂貴的威尼斯特產，上面有模鑄的各種花色和抽象圖案；還有兩個顏色鮮豔的絲絨靠墊和一個特異形狀的陶盤。他猜測，不是那個姨媽就是那位外甥女在裝扮上喜歡原始風味。

羅頓太太過來了，比剛才更顯得喘不過氣來。

「現在都弄好了。」她有點坐立不安。

哈凱松又一次道歉。

「很抱歉來得不是時候。」他說，「不過，我剛好到這附近來，而且我還需要再確認這件案子的幾個問題，就是你外甥女不幸捲入的這個案子。希望她的生活沒有受到影響，這種經歷對任何女孩來說都是很大的打擊。」

「這倒是真的。」羅頓太太說，「那天希拉回來的時候情緒非常低落。不過今天早上她好多了，所以就又回去上班。」

「哦，是，這我知道。」哈凱松說，「不過，有人告訴我，她到什麼地方去為一個客戶服務了，我不想打擾她工作，所以覺得直接來家裡和她談一談可能更合適些。不巧的是，她還沒回來吧？」

「今天她可能很晚才會回來。」羅頓太太說，「她正在替一個波帝教授工作。希拉告訴我說，這個人根本沒有時間觀念，總是說：『不會超過十分鐘，我們不妨把事情做完。』結果又花了將近三刻鐘的時間。他人很不錯，非常客氣。有一兩次他留希拉共進晚餐，很擔心讓希拉待得太久。可是有時候這還是很讓人困擾。我能提供你什麼訊息嗎，警探先生？恐怕希拉會在外面耽擱很久。」

「哦，其實沒什麼。」哈凱松笑笑說，「是這樣，幾天前我們記錄了一些細節，可是我不確定是否準確無誤。」他裝出查看筆記本的樣子說：「我看看。希拉．韋布……這是不是她的全名？她是不是還有另一個教名？我們的記錄必須非常精確，你知道，因為記錄是要呈上法庭的。」

「庭審是在後天吧？希拉接到一個出庭通知。」

「對，不過她不必擔心這個。」哈凱松說，「她只需講一下發現屍體的經過就行了。」

「你們還沒弄清楚那個男的是誰？」

「是的，恐怕還有得查。那個人口袋裡有一張名片，剛開始我們認為他是什麼保險員，可是現在看來，這張名片可能是別人給他的，也許他本人正打算買保險呢。」

「哦，原來是這樣。」羅頓太太面無表情地說道。

「現在我們來確認一下名字。」哈凱松說，「我記錄的是希拉·韋布小姐，或者叫希拉·R·韋布小姐，我就是想不起來她另外一個名字叫什麼，是羅莎莉嗎？」

「叫蘿絲瑪莉。」羅頓太太說，「她的教名是蘿絲瑪莉·希拉，可是希拉總是認為蘿絲瑪莉這個名字太古怪，所以我們就只叫她希拉。」

「原來如此。」

哈凱松說，口氣裡並沒有顯露出他正在為推論應驗而欣喜。他注意到另外一點，他發現她提到蘿絲瑪莉時，羅頓太太並沒有任何不安的表情。這個名字對她來說，只不過是她外甥女棄用的一個教名而已。

「到目前為止都正確無誤。」哈凱松笑著說，「你外甥女是從倫敦來的，在卡文迪打字社工作了大約十個月。我想，你不記得她到這裡的正確日期吧？」

「哦，的確，我現在說不上來。那是去年十一月左右，可能是十一月底。」

「這樣啊。其實這不重要。在為卡文迪打字社工作之前，她沒有和你住在一起？」

「對，先前她一直住在倫敦。」

「你有她住倫敦時的地址嗎？」

「哦，我把它放在什麼地方了。」羅頓太太朝四周看了看，對邋遢凌亂的環境視若無睹。「我現在記性很差。」她說，「她好像是住在出了富蘭區的艾靈頓葛羅夫。她和另外兩個女孩分租一間公寓。對女孩子來說，倫敦的房租非常昂貴。」

「你記得她在那邊工作的公司名稱嗎？」

「哦，記得，叫霍古特倫，在富蘭路上，是房屋仲介公司。」

「謝謝，看起來所有記錄都很清楚。韋布小姐是個孤兒，是嗎？」

「是的。」羅頓太太不安地動了動，眼睛看向房門說道：「我要再去一下廚房，你不介意吧？」

「當然。」

他替她開門，她走了出去。他不知道該不該這樣想：最後這個問題好像令她心慌意亂。在此之前她的回答都顯得早有準備，不假思索。對此他苦苦尋思，直到羅頓太太回來。

「真對不起。」她說，「不過你也知道做飯這種事。現在好了，一切就緒。還有什麼你想問的嗎？順便告訴你，我想起來了，那時她不是住在艾靈頓葛羅夫，是住在卡林頓葛羅夫，號碼是十七號。」

「謝謝你，」哈凱松說，「我想我剛才正在問你韋布小姐是不是孤兒。」

「是的，她是個孤兒，她的父母都去世了。」

「很久了嗎？」

「她還是個孩子的時候，他們就去世了。」

從她說話的口氣裡，可以感覺出她很不情願說這些。

「她是你姐妹的孩子，還是你兄弟的孩子？」

「是我姐姐的。」

「哦，對了，韋布先生是幹什麼的？」

羅頓太太想了一會兒才回答，她咬了咬嘴唇，說道：「我不知道。」

「你不知道？」

「我是說想不起來了，時間過得太久了。」

哈凱松靜靜等著，他知道她還會張口說話。的確，她說：「我可不可以問一下，你問的這些問題和案子有什麼關係嗎？我是說，她父母是誰、她父親是幹什麼的、她從哪裡來，和這些問題有什麼關係呢？」

「實際上沒有什麼關係，羅頓太太。也就是說，從你的角度來看的話。不過，你知道，這是特殊情況。」

「什麼意思，『這是特殊情況』？」

「哦，我們有理由認為，昨天韋布小姐到那所房子，是因為有人打電話給卡文迪打字社指名要她過去。這樣看來，好像是有人故意安排她去那兒，也許有人……」他猶豫了一下，接著說：「和她有什麼過節。」

「我不相信有人會和希拉有什麼過節。她是一個討人喜歡的女孩，對人非常友善。」

「沒錯，」哈凱松平心靜氣地說道，「我本人也這樣認為。」

「我不想聽到別人說她的不是。」羅頓太太挑釁地說。

「當然。」哈凱松還是笑著安慰說，「不過你必須了解，羅頓太太，好像有人想找你外甥女當替死鬼。就像電影裡演的那樣，想置她於死地。他們特地安排她到一間有人被謀殺的房子裡，而且那人還是剛死不久。看來這是個非常惡毒的詭計。」

「你是說……你是說有人故意讓人以為是希拉殺了那個人？哦，不，我不相信。」

「是很難讓人相信。」哈凱松表示同意，「可是我們必須把這件事搞得一清二楚。比如說，有沒有可能某個年輕人愛上了你外甥女，可是她並不喜歡這個人？年輕小夥子有時候會做出很過分的報復行為，尤其當他們失去理智的時候。」

「我不認為會發生這種事。」羅頓太太眉頭緊鎖，苦苦思索。「希拉是有一兩個比較親近的男友，不過都只是普通交往程度，沒有穩定下來的對象。」

「她住倫敦的時候可能有吧？」哈凱松提醒她說，「畢竟，我想你不會很清楚她在那裡交了什麼朋友。」

「對，對，或許是這樣……嗯，這你得自己問她，警探先生。不過我沒有聽她說過有這類問題。」

「也可能是女孩子，」哈凱松再次提醒說，「希拉的某個室友對她心懷妒意？」

「我覺得，」羅頓太太懷疑地說，「或許會有女孩想對付她，但應該不會涉及謀殺。」

這種看法非常理智。哈凱松感覺得出羅頓太太是個聰明人。於是他馬上說道：「我知道，這一切聽起來很匪夷所思，可是這件案子就是如此。」

「一定是有人發瘋了。」羅頓太太說。

「即使是發瘋了，」哈凱松說，「那瘋狂的背後也一定有個明確的意圖，所謂事出必有因。實際上，」他繼續說道，「這也就是我要向你探聽希拉父母的原因。說來讓人吃驚，謀殺的肇因往往在於過去。韋布小姐的父母去世的時候，她還是個孩子，所以很自然，她無法告訴我他們的情況，所以我才來向你求教。」

「是，我了解，不過，嗯……」

他注意到她的聲音又出現了猶豫和困惑。

「他們是不是同時死亡的，比如是在一場事故中喪生？」

「不是，不是什麼事故。」

「那他們兩人都是自然死亡了？」

「我……嗯，是的，我是說，實際上我不清楚。」

「我想，羅頓太太，你知道的一定比你告訴我的還要多。」他小心翼翼地試探。「他們是不是離婚了，或是這類的事情？」

「沒有，他們沒有離婚。」

「說出來吧，羅頓太太，你知道……你一定知道你姐姐是怎麼死的吧？」

「我看不出……我是說，我說不出口。太難堪了，又得舊事重提，還是不要提那些傷心往事吧。」她的目光裡露出相當為難的神情。

哈凱松銳利地看著她，同時柔聲問：「希拉．韋布是不是……私生女？」

他立刻看到羅頓太太臉上露出混雜著驚愕與解脫的神情。

「她不是我的孩子。」她說。

「她是你姐姐的私生女？」

「是的，可是希拉本人完全不知道，我從來就沒有告訴過她。我只跟她說，她很小的時候父母就死了，所以這就是為什麼……嗯，你知道……」

「哦，是的，我知道。」哈凱松說，「我保證，除非是調查所需，否則我不會去問韋布小姐這個特殊問題。」

「你的意思是說，你不會告訴她？」

「不會告訴她，除非這事與案子有關，不過可能性不大。可是，我確實希望你把知道的所有情況都告訴我，羅頓太太。我向你保證，我不會把你說的事傳出去。」

「發生這樣的事情相當不幸。」羅頓太太說，「可以這麼說，這件事情讓我非常苦惱。我姐姐一直是我們家最聰明的一個。她在學校擔任教師，工作十分出色，非常受人尊重。沒想到這樣的人竟然會——」

「嗯，」哈凱松理解地說，「事情往往如此。她認識了那個男人，也就是韋布——」

「我甚至不知道那個人的名字叫什麼，」羅頓太太說，「也從來沒見過他。可是我姐姐來找我，告訴我發生的一切。她說她懷孕了，但那個男人沒辦法或者不願意和她結婚……我也不知道是哪個理由。我姐姐是個有雄心壯志的人，如果這件事曝光了，她勢必會丟掉工作。所以自然地，我就……我說我會幫她。」

「現在你姐姐在哪裡呢，羅頓太太？」

「我不知道，完全不知道。」她強調著。

「她還活著吧？」

「我想是吧。」

「但你沒有和她保持聯繫？」

「這是她要求的。她認為一刀兩斷對孩子和她都是最好的，所以就這樣決定了。我們都從母親那兒得到一點遺產，安妮把她那一份分了一半給我，讓我用來撫養孩子。她說她打算繼續擔任教師，不過得更換學校。我記得，當時好像有個和國外學校交換教師的一年計畫，在澳洲還是什麼地方。這就是我知道的所有情況，警探先生，我能說的也只有這些了。」

哈凱松邊看著她邊琢磨：她真的只知道這些嗎？這個問題很難有確切的答案。當然，這是她可以告訴他的所有情況，也很有可能她知道的就這些。儘管她對她姐姐只提到一點，但哈凱松得到的印象是，這個人個性堅強、冷酷、激烈，她不容許自己的人生因走錯一步路而被全部毀掉。她冷靜務實地為孩子找尋了一個最能健全成長的環境。而從那刻起，她便孑然一身，重新開始自己的生活。

哈凱松思忖，可以想像她可能覺得這樣做對孩子最好，但她妹妹怎麼想？於是他輕聲問道：「她連一封信都沒寫過，也不想知道孩子的情況如何，這聽起來也很奇怪不是嗎？」

羅頓太太搖搖頭。

「如果你了解安妮的話就不會覺得奇怪了。」她說，「她的決定總是非常果斷。我們並不是十分親密，我的年紀比她小很多，差了十二歲。就像我說的，我們的關係向來就不是很密切。」

「收養這個孩子，你丈夫怎麼想？」

「當時我先生已經死了。」羅頓太太說，「我很早就結婚，我先生在戰爭時死了。那時我經營一家小小的糖果店。」

「在什麼地方？不是在克勞汀吧？」

「不是，那時我們住在林肯郡。我曾經來這裡度假，很喜歡這邊，所以就把店賣掉搬來這裡定居。後來希拉到了上學的年紀，我就在羅斯科韋斯布店找了份工作，就是那家大布店。我現在還在那邊上班，那裡的人都非常好。」

「好了，」哈凱松說著站了起來。「多謝你坦誠相告，羅頓太太。」

「你不會把這些事告訴希拉吧？」

「除非真的有必要，也就是說，如果這段往事和發生在新月社區十九號的謀殺案有關，這時我才會說。不過，我認為這種可能性不大。」

說著，他又從口袋掏出讓很多人看過的那張照片，遞給羅頓太太。

「你知道這個人是誰嗎？」

「他們給我看過了。」羅頓太太說。

她接過來認真地看了看。

「不認識，我確定，非常肯定，以前從未見過這個人。我想他不是住在這附近，不然我應該會記得在什麼地方見過他。當然了——」她又仔細看了照片，一會兒之後出乎意料地說了一句：「我覺得他看來是個好人，我是說，像個紳士，你覺得呢？」

在哈凱松聽來，這種形容略嫌過時，不過從羅頓太太口中說出來卻顯得非常自然。他心裡想，鄉下長大的人還是以那種方式看問題。他也看了看照片，有點驚奇地想，他從不曾以這種方式來看待死者。這人真的是個好人嗎？他的感覺正好相反，也許是出於下意識，也許是因為這個人口袋裡有一張名片，但上面的姓名和地址顯然都是假的。不過，他剛剛給羅頓太太的解釋可能是正確的，也許這張名片確實是某個冒牌保險員拿給死者的。如果是這樣，他心裡叫苦道，那麼整個案子就更加撲朔迷離了。他看了看手錶。

「不再耽誤你做飯的時間了，」他說，「既然你外甥女還沒回來——」

羅頓太太也回頭看壁爐架上的鐘。

謝天謝地，這房間只有一個鐘，哈凱松心裡思忖道。

「是呀，她又回來晚了，」她說，「有點奇怪。艾娜沒在這兒等下去是對的。」

看到哈凱松臉上不解的神情，羅頓太太解釋說：「就是和希拉同一個辦公室的女孩。今天晚上她來這兒看希拉，等了一會兒後，她說已經和人約好了，不能再等下去。她說明天或者找其他時間再來。」

警探頓時豁然開朗。她就是路上遇到的那個女孩！現在他知道為什麼他聯想起鞋子了。是呀，在卡文迪打字社就是這個女孩接待他們的，他離開的時候，看見這個女孩手裡拎著一隻掉了跟的皮鞋，一臉懊惱地念念有詞，說這樣怎麼回家。他想起來了，她是那種毫無特色的女孩，長得不算漂亮，說話時嘴裡老含著糖果之類的東西。剛才當她從他身邊經過時認出他了，雖然他沒認出她來。她猶豫了一下，好像有什麼話要對他說似的。他漫不經心地想，她想說什麼呢？是不是要解釋為什麼她來看希拉．韋布？還是她認為他要問她什麼問題？

他問道：「她是不是你外甥女的好朋友？」

「嗯，不算是，」羅頓太太說，「我是說，她們在同一個辦公室上班，僅此而已。這個女孩反應有點遲鈍，不怎麼聰明。她和希拉不是特別要好。實際上，我也不知道她今天晚上為什麼那麼急著想見希拉。她說有某件事她不了解，所以想來問問希拉。」

「她沒有告訴你是什麼事嗎？」

「沒有，她說沒什麼關係，也就沒講了。」

「這樣啊！好吧，我得走了。」

「真奇怪，」羅頓太太說，「希拉還沒打電話回來。如果她回來晚了，通常會先打個電話，因為有時候那個教授會留她一起吃晚飯。啊，對了，說不定她隨時就回來了。有時候等公車的人多，而且從柯琉飯店到這兒有好長一段路。你不想留個口信、留個話給希拉嗎？」

「我想不用了。」哈凱松回答說。

他走出大門時又說：「順便問一下，是誰幫你外甥女取蘿絲瑪莉和希拉這些教名的？你姐姐還是你自己？」

「希拉是我母親的名字，蘿絲瑪莉是我姐姐取的。這名字很可笑不是嗎？很有幻想色彩。我姐姐可是一點都不愛幻想、不感情用事的。」

「好了，再見了，羅頓太太。」

當哈凱松從門道走過轉角來到大街後，他琢磨道：「蘿絲瑪莉……嗯，為了紀念什麼而取名蘿絲瑪莉。是紀念愛情？還是……完全不同的事？」

13 科林・拉姆的自述

我沿著查令十字路往前走，轉進蜿蜒於新牛津街和戈文花園之間的小巷。這裡開了各式各樣老字號的商店，舊貨店、玩具修理店、芭蕾舞鞋店、外國熟食店等。

玩具店櫥窗裡一對對藍色、棕色玻璃眼珠漂亮迷人，但我抵擋住誘惑，終於來到目的地。這是一個又小又暗的舊書店，位在離大英博物館不遠的小巷內。書店外頭也散放著一些書籍，古典小說、舊教科書和其他各類零散書籍，分別標著三便士、六便士、一先令等；其中甚至有些完整無缺的好書，有的還原封未動，裝幀完整。

我側身穿過店門，我必須側身而行，因為通道裡隨意堆疊的各類書籍日積月累、搖搖欲墜。整個書店彷彿被書籍占領了，它們在這兒滋長、繁衍，顯然沒有人在好好收拾。書架之間的間隔是那麼窄，要想通過得費好大的勁。每個書架和桌子上都堆滿了書，屋子的某個角落裡，一個老人坐在凳子上，陷入周圍的書堆裡。他頭戴平頂捲邊軟帽，長著一張寬大扁平的臉，像是一條填滿餡料的魚。他的神情猶如放棄了一場不公平的爭鬥，只想成為書的主人，但顯然書成了他的主宰。他就像書籍國度裡的克努特王[4]，在書籍蜂擁而至之前就先退卻了。即使他命令書籍退後，可想而知書籍是不會遵命的。他就是書店的主人所羅門先生。他認出了我，僵硬的眼神緩緩動了起來，朝我點了點頭。

「有沒有找到我需要的資料？」我問道。

「你得上樓去看看，拉姆先生。還是有關海藻的書嗎？」

「是的。」

「好吧，你知道在什麼地方。海洋生物學、化石、南極洲都在二樓。前天我接到一個新來的包裹，已經打開了，只是還沒整理。你可以在樓上角落那兒找到。」

我點了點頭，然後側身往前走到書店後面一個搖搖晃晃、髒兮兮的小梯子前。一樓擺放的是東方文物圖書、藝術、醫學、法國古典文學等書籍。房間有個小小的角落掛著簾子，與其他地方隔了開來。裡面是所謂的「奇書」、「珍本」，一般人都不知道這個地方，只有內行人才找得到。我從旁邊走了過去，沿著小梯子上了二樓。

二樓陳列的是考古、自然史和其他沒有被好好歸類的書籍。我穿過學生、老軍人和牧

4　克努特王（King Canute），指丹麥國王克努特二世，曾率軍入侵英格蘭，卻因國內貴族趁機叛變而半途逃亡。

師，繞過一個書櫥，跨過堆在地板上一些已經打開的包裹。這時我的路被兩個沉浸在愛河並緊緊擁抱在一起的學生擋住了，他們站在那兒左搖右晃。我說了聲「對不起」，用力把他們推到一邊，然後掀開一個門簾，從口袋裡掏出鑰匙插進鎖孔，打開房門走進去。我置身在一個和書店不太協調的玄關。它塗滿膠彩的牆上懸掛幾張蘇格蘭高地牛的版畫，門上有個爍亮的門環。我小心地叩了叩門環，開門的是一位上了年紀的女士，她頭髮灰白，戴一副非常老式的眼鏡，身穿一件黑色裙子和十分不相稱的薄荷色條紋高領衫。

「是你啊！」她只打了這聲招呼。「他昨天才問到你，還不太高興。」她對我搖了搖頭，儼然一副老家庭教師對待一個不長進的孩子那樣。「你得加把勁。」她說。

「哦，別說了，奶媽。」我說。

「不要叫我奶媽，」她說，「這樣叫沒禮貌，以前我就告訴過你。」

「這是你自己的錯，」我說，「你對我說話不該像對小孩子一樣。」

「你是已經長大了。趕快進去，別說這些了。」

她按了一下對講機，然後從桌子上拿起話筒說道：「科林先生已經……好的，我請他進去。」她把話筒放下，朝我點點頭。

我從房間盡頭的一扇門走進另一個房間。這房間裡菸霧瀰漫，不辨東西。等到刺痛的眼睛適應了，才看清楚我體積龐大的老闆正坐在一把報廢的安樂椅裡，扶手上有一個老式的旋轉式閱覽寫字桌。

貝克上校摘下眼鏡，把閱覽桌推到一邊，桌上放著厚厚的一本書。他不太高興地看著我。

「你終於回來了？」他問道。

「是的，先生。」我回答。

「有什麼進展嗎？」

「沒有，先生。」

「呵！不會有進展的，科林，你聽到了嗎？不會有的，什麼新月舊月嘛！」

「我的看法還是沒變。」我開始反駁說。

「好吧，你的看法還是沒變。不過，我們可等不及了。」

「我承認這只是一種直覺。」我說。

「直覺本身並沒有錯。」他說，他是個愛唱反調的人。「我那些最成功的任務靠的都是直覺，只是你這個直覺不太行得通。你調查過那些酒館了嗎？」

「調查過了，長官。就像我告訴過你的，我是從新月開始的，我是說那些叫作新月的酒吧。」

「我當然知道你說的不是賣法國麵包的麵包店。不過，仔細想想，這麼想也沒什麼不對，這種麵包店有的非常熱中於製作可頌麵包，實際上卻不是真正法式的做法，而是把它們做冷凍處理。這個年頭到處都是冷凍食物，所以弄得沒有一樣東西好吃。」

我等著瞧這個老先生是不是又要在這話題上大做文章，他最喜歡這樣了。可是他一察覺我的企圖，就停住不說了。

「都走遍了？」他問道。

「差不多了，不過還有一些小地方要去。」

「所以你需要更多時間，對不對？」

「是的，我需要更多時間。」我說，「不過，這次我不是要再去其他地方。我發現了一個巧合，它可能——目前只是可能——有點搞頭。」

「別繞圈子了，說重點。」

「調查的對象是威布蘭新月社區。」

「你又失敗了？或者不是？」

「還沒有最後定論。」

「說清楚點，說清楚點，小夥子。」

「這個巧合是，新月社區裡有名男子被謀殺了。」

「誰被謀殺了？」

「身分還不清楚。他口袋裡有一張名片，名片上有姓名和地址，不過都是假的。」

「嗯，有點意思。那和你的調查有什麼關聯嗎？」

「目前還不確定，先生，雖然如此……」

「我知道，我知道，總是如此……嗯，那你來這兒幹什麼？讓我答應你繼續騷擾那個威布蘭新月社區——這個鬼社區到底在哪裡？」

「是在一個叫克勞汀的地方，離波特伯里十英里路程。」

「好，好，好地方。可是你來這兒幹什麼？你常常不經請示就自行活動，你習慣我行我素，不是嗎？」

「沒錯，長官，是這樣。」

「好哇，那麼，你到底有什麼事？」

「有幾個人我想請你查一下。」

貝克上校嘆了口氣，把閱覽桌拉回來，從口袋裡掏出一枝原子筆用嘴呵一呵，看著我。

「嗯？」

「有個住宅叫黛安娜小屋，實際上是新月社區二十號，裡面住著一位亨明夫人，還有大約十八隻貓。」

「黛安娜[5]？嗯，」他說，「月亮女神！黛安娜小屋，好。這個亨明夫人是做什麼的？」

「什麼都不做，」我回答說，「她只管養貓。」

5　黛安娜（Diana），羅馬神話中的狩獵女神和月亮女神，相當於希臘神話中的阿蒂蜜絲（Artemis）。

「我敢說，這是絕妙的掩護。」貝克上校讚賞地說，「很有可能。還有別的嗎？」

「有，」我說，「有一個男人叫拉姆齊，住在新月社區六十二號，據說是名工程師，經常出國在外。」

「合我胃口。」他說，「太合我胃口了，你想了解他，對不對？好吧。」

「他有個妻子，」我說，「很不錯的妻子，還有兩個調皮的孩子，是男孩。」

「嗯，有可能是他，」貝克上校說，「老招數。你還記得彭多頓嗎？他就有妻子、兒女，而且妻子也非常好，不過卻是我遇過最傻的女人。她一點都不知道她丈夫在東方的圖書市場並不是什麼讓人欽佩的人物。說到這件事，我記起來了，彭多頓還有一個德國妻子和兩個女兒，他在瑞士也娶了太太。我不懂他要這麼多妻子幹嘛，是他的個人興趣或只是為了掩護？他當然會說這些人是用來做掩護的。好了，不管怎麼說，你是打算了解一下拉姆齊先生。還有其他人嗎？」

「我還不確定。六十三號住著一對夫婦，一個退休教授名叫麥克諾頓，是蘇格蘭人，年齡不小。他把時間全花在園藝上，看不出他和他妻子有什麼不對，不過——」

「好吧，我們也查一下。為了確保無誤，都丟到組織裡去查一查。可是請問一下，他們到底是什麼人？」

「這些人的花園都和發生謀殺案的那家花園連在一起。」

「聽起來像在做法語練習。」貝克說，「『我叔叔的屍體在哪裡？』『在我阿姨的侄子的花園裡。』說說十九號的情況吧。」

「裡面住著一個失明的婦人，她以前是教師，現在在一所盲人學校工作。當地警察已經對她進行了全面的調查。」

「她一個人住？」

「是的。」

「你對剛才這些人怎麼看？」

「我認為，」我說，「如果謀殺案是我剛才提過的某人幹的，那麼白天找個合適的時間把屍體搬進十九號是非常容易的，雖然還是有風險。這只是一種猜測，就這樣。我想讓你看個東西，就是這個。」

我把那枚沾上斑斑泥土的硬幣遞上去，貝克接過去說：

「一個捷克的赫勒[6]？你在哪兒發現的？」

「不是我發現的，是在十九號的後花園裡找到的。」

「有意思。你老抓住新月這個線索不放，或許真會有些收穫。」他想了一下，接著說：

「隔壁街有一家叫『月升』的酒館，你要不要到那兒去碰碰運氣？」

6　赫勒（Haller），捷克的一種小銅幣，有十、二十及五十等幣值，一百赫勒等於一克朗。

「我已經去過了。」我回答。

「你總是有問必答，是吧？」他說，「來根雪茄嗎？」

我搖搖頭說：「謝謝，今天沒時間抽了。」

「要回克勞汀去？」

「對，我要去參加驗屍審訊。」

「它還不是就以休庭結束？不會是在克勞汀追哪個女孩吧？」

「當然不是。」我斷然回答說。

出乎我的意料，貝克上校抿嘴笑了起來。

「孩子，小心為上！色字頭上一把刀。你認識她多久了？」

「沒有什麼女孩，我是說……哎，是有個女孩發現了那具屍體。」

「發現屍體時她做了什麼？」

「尖叫。」

「這也很有意思。」上校說，「她衝到你身邊，趴在你肩膀上哭起來，接著就把發生的一切告訴了你，是不是這樣？」

「我不知道你在說什麼。」我冷冷地回答道，「看看這些照片吧。」

我把警方拍攝的照片遞給了他。

「這是誰？」他問道。

「那個死者。」

「十有八九是你喜歡的那個女孩殺了他，整個過程聽起來很可疑。」

「你還沒聽到整個過程呢，」我說，「因為我還沒說。」

「我不需要你告訴我，」他揮舞著雪茄說，「去參加你的驗屍審訊吧，孩子，小心那個女孩。她的名字是不是叫黛安娜、阿蒂蜜絲，或是叫新月、月亮什麼的？」

「不對，都不是。」

「好吧，記住，很有可能是！」

14 科林·拉姆的自述

我已經有好長一段時間沒到白港大廈了。幾年前，這棟大廈還是頗受矚目的現代化公寓。如今它的兩側矗立了許多更加富麗堂皇甚至更現代化的建築。走進大廈，我發現它內部才剛經過修葺，漆上了淡黃、淺綠的顏色。

我乘電梯上樓，按了二〇三號房的門鈴。開門的是那個無懈可擊的男僕喬治。他漾起了歡迎的笑容。

「科林先生！你好久沒來這兒了。」

「是啊，我知道。你還好嗎，喬治？」

「我很好，託福，先生。」

我壓低聲音問道：「他怎麼樣？」

喬治也壓低了聲音，不過這幾乎沒什麼必要，因為我們從一開始就極其謹慎地降低聲音交談。

「我覺得，先生，有時候他有點精神不振。」

我同情地點點頭。

「請你朝這邊走，先生——」他從我手裡接過帽子。

「通報時，請叫我科林·拉姆先生。」

「好的，先生。」

他打開門，以清晰的聲音說：「科林·拉姆先生來看你，先生。」

喬治後退讓我過去，我走進房間。

我的老朋友赫丘勒·白羅仍坐在壁爐前他那把寬大的方形扶手椅裡。我注意到矩形的電爐燒得通紅。現在是九月伊始，天氣還很暖和，看來白羅是第一個感受到秋意的人，已經開始小心翼翼地防寒了。

他兩側的地板上整齊擺放著一堆書，左邊桌子上的書更多。他右手拿著冒著騰騰熱氣的茶杯，我猜一定是草藥茶。他非常喜歡喝草藥茶，而且常邀我同飲。這種茶嘗起來令人作嘔，聞起來刺鼻辛辣。

「不用起來。」我說。

可是白羅已經站了起來。他腳穿一雙爍亮的漆皮皮鞋，張開雙臂朝我走來。

「啊哈，是你呀，是你呀，我的朋友，我的小朋友科林。可是，你為什麼稱自己為『拉姆』[7]呢？讓我想想，有一句諺語或俗話，說什麼『老羊扮小羊』，不對，那是說想打扮成年輕人的老太太，不適合你。哈，我想到了，你是一隻『披著羊皮的狼』，對不對？」

「才不是呢，」我回答，「只不過在這行工作，用我的真實姓氏並非智舉，很容易讓人聯想到我老爸。至於拉姆呢，名字短，簡單易記，而且可以大言不慚地說，還滿適合我的個性。」

「這點我就不確定了。」白羅說，「我那位好友，也就是你父親，他現在怎麼樣？」

「我老爸很好。」我回答，「整天忙著種他的蜀葵……還是菊花？日子過得真快，現在我都搞不清楚他種的是什麼了。」

「所以他一直在忙，忙著植花蒔草？」

「好像每個人最後都是這樣。」我回答。

「可不包括我。」赫丘勒．白羅說，「我曾經種過南瓜，是的，但後來就沒再嘗試了。如果你想要最好的鮮花，為什麼不到花店去買呢？我還以為這個傑出優秀的刑事主任打算寫他的回憶錄呢。」

「他是動筆了，」我說，「不過他發現許多事情不得不略去，所以他最後得到的結論是，剩下能寫的都平淡乏味，不值得一提。」

「沒錯，寫回憶錄是得仔細斟酌。這太遺憾了，」白羅說，「因為你父親可有不少有趣的事可寫。我一直非常欽佩他。你知道，他的辦案手法很有意思，單刀直入，一目了然，沒人會這樣做。他設的圈套都是一眼就能看穿，被誘捕的對象總是這樣想：『這也太明顯了，不可能是真的。』所以他們全都落入圈套了！」

我笑了起來。

「哦，」我說，「現在不流行兒子佩服老子了。他們通常是坐下來，拿起一枝惡毒的筆，極盡所能地喚回一些不堪的記憶，然後沾沾自喜地把它們記錄下來。不過我個人對我老爸還是非常尊敬，甚至希望能像他一樣傑出，當然，我沒有走他那一行。」

「不過還算是有關係，」白羅說，「非常密切的關係。只不過你是在幕後工作，而他則不然。」他說著輕輕咳了起來。「我想，應該恭喜你最近有十分優異的成績，對不對？那個拉金案。」

「進展得還算順利。」我回答說，「可是要結案還有很多麻煩事得處理。還有，這不是我來見你的真正目的。」

「當然不是，當然不是。」白羅說。

他示意我坐到椅子上，遞給我一杯草藥茶，不過我立刻就拒絕了。

喬治進來得恰是時候，他將一瓶威士忌、一個玻璃杯和一瓶蘇打水放在我肘邊。

7　拉姆（Lamb），小羊之意。

「這些日子你在忙些什麼？」我問白羅，打量了一眼放在他周圍的各式書籍。「看來好像在做什麼研究？」

白羅嘆了口氣道：「可以這麼說，是的，某種意義上是這樣。近來我強烈渴望有問題出現。我對自己說，什麼問題倒不重要，可以像名偵探夏洛克．福爾摩斯那樣，也可以像巴西利[8]滲入奶油中的深度一樣。重要的是得出現問題。你知道，我不是要鍛鍊肌肉，我是需要鍛鍊我這些腦細胞。」

「我了解，只不過是如何保持身心健康的問題。」

「說的沒錯。」他嘆息道，「不過，朋友，問題並不是那麼容易找。的確，上個星期四我就遇到一個小案子：我的雨傘架裡無緣無故出現了三片乾橘子皮。它們是怎麼出現的？怎麼跑到那裡的呢？我本人是不吃橘子的，喬治也不會把橘子皮放在傘架裡，來訪的人更不可能帶著三片橘子皮過來。是的，這是一個問題。」

「解決了嗎？」

「解決了。」白羅說。

他說話時的表情與其說是驕傲，不如說是憂鬱。

「最後的結果不太有意思。問題出在以前的清潔婦走了，新來的那個把她的孩子帶來了。嚴格來講，這實在違反了紀律。雖然聽起來不怎麼有趣，但少說也需要一步步看穿那些謊言及欺瞞之事。可以說，儘管微不足道，卻也讓人心滿意足。」

「挺無趣的。」我說。

「總之，」白羅說，「我一向很謙虛，不過，我還是要說，殺雞何需用牛刀呢。」

我鄭重地搖搖頭。白羅接著說：「最近我一直忙於閱讀各種懸案案例，並用我自己的方法來解決它們。」

「你指的是布拉弗案、阿德蕾・巴特烈以及其他類似的案子？」

「沒錯。不過從某方面來說，這也太容易了。無庸置疑的，誰謀殺了查爾斯・布拉弗，我腦子裡已有了定論。他的同伴可能牽涉其中，不過她當然不會是主謀。那麼就剩下那個可憐的女孩康絲坦・肯特。她為何要勒死自己深愛的弟弟，背後的動機一直令人費解，不過對我可不是。一開始讀這個案子，我就了然於胸了。至於利齊・博登，只要向有關的人問幾個必要的問題，我就可以搞清楚，其實答案我早已心裡有數。唉，恐怕他們現在都已經不在人世了。」

完全沒變，我想道，謙虛顯然不是赫丘勒・白羅的特質。

「那接下來我又做了什麼呢？」白羅繼續說道。

我猜想，他可能有一段時間沒和其他人打交道了，所以喜歡自言自語。

8 巴西利（parsley），西洋香菜。

「我從真實案件轉向虛構小說。你看見了，我兩旁有犯罪小說所描寫的各種案例，我一直在慢慢地研讀，這本——」他拿起我進門時他放在扶手上的那本書。「這本，我親愛的科林，是《李文渥斯謀殺案》[9]。」他把書遞給了我。

「那是好久以前的書了。」我說，「我記得我父親提到，他小時候就讀過這本書，我好像也讀過，現在看起來一定過時了。」

「這本書寫得很棒。」白羅說，「我們可以欣賞它所營造的特定歷史氛圍、潛心設計的故事情節，還有不吝筆墨、唯妙唯肖描寫的金髮美女艾琳諾、月光美人瑪莉！」

「我還得再讀一遍。」我說，「有關這些美女的章節，我全忘了。」

「還有那個女僕漢娜塑造得十分逼真，對那個凶手也是，那些心理分析真是傑出。」

我覺得彷彿在聽一場演講，我正襟危坐，安靜聽講。

「再看看這本《亞森羅蘋探案》[10]，」白羅繼續說道，「寫得多妙，多富有想像力！這麼活潑生動，這麼生活化！雖然情節不盡合理，不過都很精采，而且非常幽默。」

他把《亞森羅蘋探案》放在一邊，又拿起一本書。

「這本是《黃色房間的祕密》[11]。這……啊，確實是一部經典！我徹頭徹尾地信服。那麼嚴謹的手法！我記得，有很多評論說它不公平。不過它不是不公平，親愛的科林。不，不，可能有一點，但並不是很嚴重，只能說是毫髮之傷而已。不，通篇描述的都是事實，只不過被老練、講究的文字遮掩起來了。當那些人在三個走廊交叉口相遇的那一刻，案情就豁然開朗了。」他虔誠地放下書，「真是傑作。不過我猜，現在大概沒人想得起這本書了。」

白羅跳過大約二十年，拿起一些近期作者的作品。

「我還讀過，」他說，「阿蕊登．奧利薇夫人早期的一些作品。她剛好是我的一個朋友，我想也是你朋友。告訴你，她的作品我並不完全苟同。裡面描寫的事件可信度很差，巧合手法用得浮濫。大概是初時太沒經驗，她愚蠢地把她的偵探設定為芬蘭人，而顯然她除了懂一點尚．西貝流士[12]的音樂以外，對芬蘭人或芬蘭這個地方一無所知。另外，她的思路還很不成熟，只有偶爾才會出現高妙的推理。這些年來，她已經學會了很多她以前不知道的東西，比如說警察辦案程序，而現在她描寫的各種凶器讀來也較為可信了。不過，她還需要多結識代書或律師朋友，這樣關於法律方面的情節就有人可以諮詢了。」

他把阿蕊登．奧利薇夫人放在一邊，拿起另一本書。

9 《李文渥斯謀殺案》（*The Leavenworth Case*），美國小說家安娜．卡瑟琳．格林（Anna Katharine Green, 1846-1935）的第一部偵探小說。

10 《亞森羅蘋探案》（*Adventures of Arsene Lupin*）是法國作家莫理斯．盧布朗（Maurice Leblanc, 1864-1941）的作品。

11 《黃色房間的祕密》（*Mystery of the Yellow Room*）是法國作家卡斯頓．勒胡（Gaston Louis Alfred Leroux, 1868-1927）所著的推理小說，是密室推裡的經典作品。

12 尚．西貝流士（Jean Sibelius），芬蘭作曲家。

「這是西里爾·奎恩先生寫的。啊，奎恩先生，他是不在場證明的高手。」

「如果我沒記錯的話，他寫的東西非常枯燥無味。」

「的確如此。」白羅說，「他的書裡都沒有什麼特別驚悚的情節。當然，屍體還是有的，有時還不止一個。不過重點還是不在場證明，火車時刻表、公車路線，還有全國公路圖。我承認我喜歡這種錯綜複雜的構思，這種精心設計的不在場證明。我也喜歡找西里爾·奎恩先生的漏洞。」

「我想，你一定可以常常找到他的漏洞。」

白羅非常誠實。

「並不一定。」他說，「不，不是常常。當然了，一段時間之後，我們也都了解他的書總是如出一轍。每一次，罪犯的不在場證明儘管不完全一樣，也差不多類似。你知道，親愛的科林，我常想像這位西里爾·奎恩就像他照片裡常見的樣子，端坐在房間裡，嘴叼菸斗，周圍放著ABC鐵路指南、布萊蕭鐵路時刻表、汽車時刻表、航空公司的宣傳小冊子和各種時刻表。不管怎麼說，科林，西里爾·奎恩先生寫小說還是有他的方法和條理。」

他把奎恩先生放下來，又拿起另外一本書。

「這是蓋瑞·葛雷森先生寫的，他是驚悚小說的高手。據我所知，他已經寫了至少六十四部小說。他和奎恩先生幾乎正好相反，奎恩的小說裡根本沒有什麼事件發生，而蓋瑞·葛雷森先生的小說裡涉及的事件卻又太多了。這些事件都描寫得太過誇張，就像是齣騷鬧的通俗劇，血腥場面、屍體、各種暗示、驚悚情節等等都堆積膨脹在一起，處處聳人聽聞，不像真實生活。你可能想說，青菜蘿蔔各有所好，只是他端出來的這道茶我不喜歡而已。說真的，我還真不喜歡。那就像是那種叫不出名字、成分可疑的美國雞尾酒。」

白羅停頓了一下，嘆了口氣，繼續他的演講。

「現在我們轉向美國。」他從左手邊的書堆裡抽出一本書。「這本是佛羅倫絲．艾克斯寫的，她也有自己的方法和條理。事件五花八門但不乏巧思，輕鬆有趣，生動活潑。這位女作家很有才氣，不過就像許多美國作家一樣，有點沉湎於酗酒。你也知道，我的朋友，我是位品酒專家，故事裡攙些波爾多或勃艮地紅酒，再附上酒廠和釀造日期，閱讀起來還饒有興致。可是像某本美國的驚悚小說，每隔一頁就描寫那個偵探喝了多少威士忌、多少波本，這樣讀起來，實在是令人倒足胃口。不管他喝了一品脫還是半品脫從櫥櫃裡拿出來的酒，在我看來都不會真正影響故事的發展。美國小說裡主角喝酒的動機，就像可憐的迪克先生寫回憶錄時所犯的『查爾斯王頭』[13]一樣，是丟不掉的。」

「你覺得冷硬派怎麼樣？」我問道。

13 迪克先生是英國作家查爾斯．狄更斯（Charles Dickens, 1812-1870）所著《塊肉餘生錄》（*David Copperfield*）中的人物。「查爾斯王頭」（King Charles's head）意指反覆出現、非理性的執念。

有如揮手趕走一隻騷擾他的蚊蠅一般，白羅對冷硬派不以為然地揚揚手。

「為暴力而暴力嗎？這種事什麼時候變成有趣的題材了？早年在警界的時候，我看多了暴力事件。呸，你最好讀一下醫學教科書。不過，我對美國犯罪小說的評價還是相當高。我認為，與英國的小說相比，它們更有獨創性、更有想像力，但和法國的大部分作家相比，它們又缺乏了美感，氣氛烘托得有些過頭。就拿露易莎．歐瑪莉為例子，」他又伸手拿來一本書，「她這本書是典型博學深奧的作品，但讀來令人振奮，領悟良多。那些紐約的褐石大廈[14]——什麼是褐石大廈，我怎麼不知道？——高級的公寓、精神上的勢利作風，以及掩藏心底而不容置疑的犯罪意念，充斥於撲朔迷離的情節中。真實生活可能是這樣，也確實是這樣。這位露易莎．歐瑪莉很優秀，的確很優秀。」

他嘆了口氣往後靠，搖搖頭，隨後一口喝完剩下的草藥茶。

「再來就是那些永遠愛不釋手的經典。」

他又探身拿起一本書。

「《福爾摩斯探案》[15]，」他親暱地低語，甚至恭敬地說了一聲：「Maître[16]！」

「你是指福爾摩斯？」我問。

「啊，不，不，不是福爾摩斯！我是指作者亞瑟．柯南．道爾爵士。實際上，福爾摩斯的這些故事都顯得很牽強附會，有許多謬誤，而且太多刻意渲染的色彩。不過寫作的技巧，啊，那就另當別論了。語言的樂趣，人物的塑造，尤其是那獨一無二的華生醫生，啊，那確實是一大成功。」

他又嘆了口氣，搖搖頭低聲嘟囔著，顯然他又聯想起什麼。

「可愛的海斯汀——就是你常聽到我說起的那個朋友海斯汀——已經有好長時間沒有聽到他的消息了。竟然退隱到南美洲去，真是荒唐透頂，那裡一直在鬧革命哪！」

「不只在南美洲，」我指出。「現在全世界都在鬧革命。」

「我們不要談論戰爭的問題。」赫丘勒．白羅說，「如果它會發生，就讓它發生吧，我們不談這個。」

「實際上，」我說，「我要和你談的是一件截然不同的事。」

「啊！你要結婚了，對吧？我很高興，親愛的，我真的很高興。」

「你想到哪裡去了，白羅？」我說道，「根本不是那回事。」

「每天，」白羅說，「每天都有這種好事降臨。」

「也許吧，」我平靜地回答，「不過不是降臨到我身上。我要告訴你，我碰到了一樁小

14 褐石大廈（Brownstone Mansion），指上流社會的華廈。

15《福爾摩斯探案》（*Adventures of Sherlock Holmes*），英國作家亞瑟．柯南．道爾（Sir Arthur Ignatius Conan Doyle, 1859-1930）所著的偵探小說。

16 法語，意思是「一流的」。

小的謀殺案。」

「真的嗎？你是說一樁謀殺案？你讓我來破這個案子，為什麼？」

「這個……」我有點侷促不安。「我……我覺得你可能會喜歡。」我說。

白羅若有所思地看著我，一隻手輕輕撫摸著鬍鬚，接著開口說：「一個主人對他養的狗通常是很照顧的，他會帶狗出門，丟球給狗玩。狗也可以對主人很體貼，牠逮著了兔子或老鼠時，會把牠們叼回來放到主人腳下。然後牠怎麼做呢？搖尾巴。」

我禁不住笑了起來。

「我現在是不是也在搖尾巴？」

「我想是的，我的朋友。對，我認為你在搖尾巴。」

「好吧，」我說，「那麼主人怎麼說呢？他想不想看看小狗抓到的耗子？他想不想知道是怎麼回事？」

「當然了，無庸置疑。你覺得這是我會感興趣的案子，對不對？」

「最重要的原因在於，」我說，「這個案子毫無道理可言。」

「不可能，」白羅說，「每件事情都有它的道理，每件事。」

「那好，你來找出它的道理吧，我是無能為力了，並不是因為我和案子有什麼牽連，只不過我碰巧遇上了。要提醒你的是，一旦死者的身分確認後，案子可能就一目了然了。」

「你講得沒頭沒腦的，」白羅嚴肅地說，「請你詳細說明案情。你說這是樁謀殺案，對不對？」

「沒錯，是樁謀殺案。」我肯定地回答道，「好吧，案子的經過是這樣的——」

我把發生在威布蘭新月社區十九號的事件仔仔細細講述了一遍。赫丘勒・白羅仰靠在椅子上，閉著雙眼，邊用食指輕敲著椅子扶手。最後我說完時，有一段時間他不發一語，然後他仍舊閉著眼睛，問：「Sans blague[17]？」

「噢，絕對沒有。」我回答道。

「Epatant[18]。」

他仔細品味這個字，一個音節一個音節地重複一遍：「E-pa-tant」，然後繼續敲著扶手，同時還輕輕點頭。

「哎，」等了好一會兒，我不耐煩了，就問道：「你看怎麼樣呢？」

「你希望我說什麼呢？」

「我希望你告訴我答案。我對你的了解一直是，你只要靠在椅子上，通盤思考一遍，就可以找到答案。你不必出門調查詢問，到處去蒐集線索。」

17 法語，意思是「沒有誇大其詞吧」。

18 法語，意思是「好極了」。

「這是我一貫的作風。」

「那麼，請你攤牌吧，」我說，「我已經告訴你案情經過了，現在我想要答案。」

「就這些資料，嗯？需要了解的還很多呢，我的朋友，我們只是剛剛開始，不是嗎？」

「我還是希望你能提出一點建議。」

「我明白了。」他想了一會兒說，「有件事情很清楚，」他說道，「這一定是樁非常簡單的案子。」

「簡單？」我有點驚訝地反問。

「當然。」

「為什麼它一定很簡單？」

「因為它表面看起來那麼複雜。如果有必要讓事情看起來很複雜，那它本身一定很簡單。你聽懂了嗎？」

「我還真不知道我聽懂了沒有。」

「很奇怪，」白羅停頓一下說，「你告訴我的，我覺得……是的，有什麼地方我覺得很熟悉。是在什麼地方，什麼時間，我遇到的某件事情……」他停下不說了。

「你的記憶，」我說，「一定是一大堆複雜的案件。不過你不可能全部都記住吧？」

「很不幸，是不可能。」白羅說，「不過有時候，一些回憶的片段還是很有幫助的。我記得，以前在列日有個煮皂工，為了和一個金髮速記員結婚而毒死了他的妻子。這個就形成了一個犯罪模式。很久以後，這個模式再度發生時，我辨認出來了。這次的案件是一隻北京狗被綁架，不過模式一模一樣。我找出金髮速記員和煮皂工的替代者，嗯，答案就出現了。而根據你剛才所說的，我又感覺到了某個熟悉的模式。」

「是鐘嗎？」我滿懷希望地幫忙猜測。「還是冒牌的保險員？」

「不，不是。」白羅搖搖頭。

「盲眼婦人？」

「不，不，不。別打亂我。」

「我對你很失望，白羅。」我說，「我還以為你可以告訴我答案。」

「可是，我的朋友，目前你給我的只是一個模式啊！還有更多東西需要挖掘出來。照理說，這個男子的身分馬上就可弄清楚了，做這類事情警察駕輕就熟。他們有刑事記錄，可以張貼死者照片，可以核對失蹤人口名單，還可以對死者衣物進行科學檢測，等等等等。噢，沒錯，他們處理的方法和工具有千百種。無庸置疑，死者的身分絕對可以查出來。」

「也就是說，現在什麼都不必做，你的意思是這樣嗎？」

「總是有事可做的。」赫丘勒．白羅一本正經地說。

「比如說？」

他對我用力地搖搖手指。

「去和左鄰右舍聊聊。」他說。

「我已經聊過了。」我解釋說，「哈凱松詢問他們的時候，我也跟去了。問不到一點有助案情的訊息。」

「啊，哎呀，哎呀，這是你個人的看法。不過我向你保證，不只是這樣。你去找他們，問他們：『你們看見什麼可疑的情況沒有？』他們說沒有，你就認為沒什麼可問的了。我說的『去和左鄰右舍聊聊』並不是這個意思，我說的是和他們聊。讓他們與你暢談，最後從他們的言談之間，你總會找到一絲線索。他們可能會聊到他們的花園、寵物、理髮師、裁縫、朋友，或者他們喜歡吃的食物。他們總會從哪個地方冒出一詞半句，讓案情出現曙光。你說這些談話一點用處都沒有，我說不可能。如果你能把他們的話逐字逐句重複給我……」

「嗯，這個我做得來。」我說，「那時我假扮警探的助手，把他們說的話速記了下來。我已經請人謄寫打印出來了，你看。」

「啊，你真是個好孩子，的確是個優秀的小夥子！你做得太對了，太好了。Je vous remercie infiniment[19]。」

我感到有點不好意思。

「你還有其他建議嗎？」我問。

「有，建議我總是有的。就是那個女孩，你可以和她聊聊，去看看她。你們已經是朋友了，對不對？當她驚惶失措地從房子裡衝出來的時候，你沒有把她攬在懷裡？」

「你一定讀太多蓋瑞．葛雷森的小說了。」我回答說，「你已經染上他那浮誇的風格。」

「也許你是對的，」白羅承認說，「這是真的，一個人會受到閱讀作品的風格所影響。」

「至於那個女孩──」我欲言又止。

白羅不解地看著我。

「怎麼了？」他說。

「我不想……我不希望……」

「啊，我明白了。你私下認為，她多少與這個案子有關。」

「不，我沒這個意思。她出現在那裡絕對是純屬偶然。」

「不，不，我的朋友，並不是純屬偶然。你心裡非常清楚，也已經告訴我了。有人打電話叫她去，而且是點名叫她去。」

「可是她並不知道原因。」

「這你可不能保證，很有可能她知道原因，只是沒有透露。」

「我並不這麼認為。」我倔強地說。

「即使她本人不知道事實真相，和她聊聊，或許你有可能找到真相。」

「我還未必……我是說，我還不怎麼了解她。」

19 法語，意思是「衷心感謝」。

赫丘勒・白羅又一次閉上眼睛說道：「當兩人相互吸引時，總是比較容易吐露真言。我想，這個女孩很有吸引力吧？」

「哦，是的，」我說，「相當有魅力。」

「去和她聊聊，」白羅以命令的口氣說，「因為你們已經是朋友了。另外，找些藉口，再去看看這個失明的婦人，也要和她聊一聊。你還得去打字社，裝作要找人打稿子，你可以和在那兒工作的其他小姐交個朋友。去找這些人聊聊，然後再來見我，把他們講的話一字一句地告訴我。」

「饒了我吧！」我說。

「不行，」白羅說，「你一定會發現樂趣的。」

「你好像不知道我還有自己的工作。」

「稍微放鬆一下，工作的成效會更好。」白羅向我保證。

我笑著站了起來。

「好吧，」我說，「反正你是醫生！還有什麼叮嚀嗎？你對那些奇怪的鐘有何看法？」

白羅又往後仰靠在椅子上，閉上了雙眼。

他開口說話了，不過內容大大出乎意料：

海象說，時間到了，

他說了好多事。
鞋子、輪船和封蠟，
還有白菜和國王。
為什麼海水會滾燙？
豬到底有沒有翅膀。

他又睜開了眼睛，點點頭問道：「你聽懂了嗎？」

「你引用的是《愛麗絲鏡中奇遇》裡的〈海象與木匠〉[20]那段。」

「沒錯。目前看來，我只能告訴你這些，親愛的，好好動一動腦筋。」

20 《愛麗絲鏡中奇遇》（*Alice Through the Looking Glass*）為英國作家路易斯・卡羅（Lewis Carroll, 1832-1898）的作品，〈海象與木匠〉（The Walrus and the Carpenter）是一首敘事詩，出現於該書第四章。

15

參加驗屍審訊的民眾很多。謀殺案震驚了整個克勞汀，這裡的人們都殷切期待案件真相大白。但是，大家的陳述都枯燥乏味。希拉．韋布根本不需要那麼擔心這場訊問，因為她幾分鐘就作證完畢了：有通電話打到卡文迪打字社，要她去威布蘭新月社區十九號寓所，她依照指示到了那個地方，進入客廳，在那兒發現死者，於是尖叫著衝出房子大喊救命。沒有疑問，也不必進行詳細陳述。

馬丁代小姐也上堂作證，她的時間更短：她接到一通電話，聲稱是佩瑪小姐打的，要找一名速記員，指名要希拉．韋布小姐，請她到威布蘭新月社區十九號，還給了其他特定的指示。她記下了電話打來的時間，是一點四十九分。馬丁代小姐的陳述就此結束了。

下一個是佩瑪小姐。她斷然否認那天曾打電話到卡文迪打字社找什麼速記員。

接著，哈凱松警探冷靜地做了簡短的陳述，一接到電話，他就趕到威布蘭新月社區十九號寓所，看見被害人的屍體。這時，驗屍官問他：「已經調查出死者的身分了嗎？」

「還沒有，先生。就因為如此，我要求庭上休庭。」

「可以。」

接下來是法醫上場。里格醫生首先做自我介紹和資歷說明，接著講述他到達威布蘭新月社區十九號寓所之後，如何對死者進行檢查等情況。

「法醫先生，你能否告訴我們死者死亡的大約時間？」

「我進行檢查的時間是在三點半。推測死亡時間應該在一點半和兩點半之間。」

「你能不能推斷得更準確些？」

「我想最好不要。如果真要猜測，最有可能的時間是兩點或者更早一點，不過還有很多因素得考慮進來，像年齡、身體狀況等。」

「你對屍體進行解剖了嗎？」

「是的。」

「死亡的原因是什麼？」

「這名男子被人用薄而尖銳的刀子刺殺身亡。凶器類似一種法國菜刀，刀刃自柄端至刀鋒逐漸變細。刀鋒刺入了……」

接下來的敘述變得非常專業，法醫解釋了刀子插入心臟的準確位置。

「是不是被刺之後當場死亡？」

「應該在幾分鐘內就死了。」

「死者有沒有喊叫或掙扎？」

「從他被刺殺的情況來看，應該沒有。」

「法醫先生，你能否為我們解釋一下你剛才這句話的意思？」

「我對死者的一些器官進行了檢查和化驗。可以說，他在被刺殺的時候，由於藥物的作用，處在一種昏迷狀態。」

「你能告訴我們是什麼藥物嗎，法醫先生？」

「可以，是水合氯醛[21]。」

「你能告訴我們是怎麼使用的嗎？」

「我推斷，可能是放在酒之類的飲料裡面。水合氯醛的效力非常快。」

「我想，在某些地區，人們當它是攙麻藥的酒。」驗屍官低聲說道。

「正是。」里格醫生說，「死者不疑有他地喝下了這種飲料，過了一會兒，他就感到頭暈目眩，然後失去知覺倒下了。」

「你認為，他是在失去知覺的情況下被刺殺的？」

「我是這樣認為，這樣就能解釋為何沒有掙扎的痕跡，而且死者看起來那麼安詳。」

「他失去知覺多久之後才被殺害的？」

「這點我無法提供準確的回答，同樣的還是要看死者本身的體質。當然了，在半個小時內他不會甦醒過來，甚至會更久些。」

「謝謝，里格醫生。你可以推斷死者最後進餐的時間嗎？」

「他沒有吃午餐，如果你問的是這個的話。他至少有四個小時沒有吃固體食物。」

「謝謝，里格醫生，我想我的話問完了。」然後驗屍官朝周圍看了看說道：「本庭將休庭兩週，九月二十八日再開庭。」

審訊結束，人們開始走出法庭。艾娜・布蘭和卡文迪打字社的其他女孩也來了。她走到法庭門外，顯得遲疑不定。整個上午卡文迪打字社都關門不上班。另一個女孩莫琳・韋斯特走過來對她說：「怎麼了，艾娜？我們一起去『青鳥』吃午飯怎麼樣？我們有足夠的時間，至少你有。」

「我沒有比你清閒。」艾娜以一種受傷的口吻說，「虎斑貓叫我最好在第一次休息的時候先去吃午飯，她真刻薄，我本想利用這多出來的空檔去買些東西。」

「十足虎斑貓的作風，」莫琳說，「真夠刻薄了。兩點打字社就要開門，我們都得準時回去。你在等人嗎？」

「我在找希拉，我沒看見她出來。」

21　水合氯醛（chloral hydrate），一種鎮靜劑。

「她早就走了。」莫琳說，「她作證完之後就走了，和一個男的一起走的，可是我沒看清楚是誰。你要一起來嗎？」

艾娜還是徬徨不定，她說：「你先走吧，我還是去買點東西。」

莫琳和另一個女孩一起走了。艾娜徘徊一陣後，終於鼓足了勇氣，走向站在門口那位一頭金髮的年輕警員。

「我可以再進去一下嗎？」她怯怯地低聲問道，「找那個……到過我們辦公室的人，是個警探還是什麼的。」

「哈凱松警探嗎？」

「對，對，早上作證的那個。」

「嗯……」年輕警員朝法院裡面望了一下，看到警探正和驗屍官以及警察局長密切討論著。「小姐，看起來他現在正忙著。」他說，「你可以晚點到警察局找他，也可以留個口信給我……事情很重要嗎？」

「噢，沒什麼。」艾娜回答說，「只是……嗯，只是我不明白她說的話怎麼會是真的，因為，我是說……」

她轉過身去走了，一副眉頭緊鎖、百思不解的樣子。

艾娜走出玉米市場，沿著高街朝前走，仍舊皺眉苦思，試圖理出頭緒。艾娜一向不善於思考，她愈想把事情理清楚，愈感到腦子裡一片混亂。

有一次她大聲喊道：「不是那樣的……她說的不是真的……」

突然，就像做出了什麼決定，她從高街轉入艾巴尼路，朝威布蘭新月社區走去。

自從新聞報導了威布蘭新月社區十九號發生了一樁謀殺案後，每天都有許多人聚集在房子前面看熱鬧。對一般人來說，這屋子連磚瓦和灰泥都具有神祕難解的蠱惑力量。最初的二十四小時，那裡還安置了一名員警，以強制驅離人群。後來熱潮開始下降，但並沒有完全停止。貨車從這裡經過時會放慢車速；手推嬰兒車的婦女會在對面人行道上駐足四、五分鐘目不轉睛，想像佩瑪小姐乾淨的住所裡發生的案子；手提購物籃的婦女也會停下腳步貪婪觀望，並和朋友興致勃勃地交換些閒言閒語。

「就是那棟房子，那邊那棟……」

「屍體是在客廳裡……不對，我想客廳是前面那個房間，就是左邊那間……」

「雜貨店老闆告訴我是右邊那間。」

「哦，當然有可能，我有一次去過十號。我清清楚楚記得那裡的餐廳是在右邊，而客廳是在左邊……」

「那裡看起來一點都不像發生過謀殺案，是吧？」

「我想，那個女孩就是從這個大門狂奔出來，尖叫個不停……」

「他們說她到現在腦子還沒恢復正常……當然，刺激太大了……」

「那個凶手從後面破窗而入，這是他們說的。這個女孩走進房間看見屍體的時候，他正要把錢裝進包包裡……」

「這幢房子的主人是個賭子呢，真可憐。當然了，她完全不知道發生了什麼事。」

「噢，可是當時她根本就不在家……」

「噢，我還以為她在家呢。我以為她在樓上，還聽到凶手的聲音。噢，老天，我得去買東西了。」

類似的對話不時出現。這地方彷彿有一塊磁鐵似的，連最不可能到威布蘭新月社區的人也來了，他們駐足而立，雙眼凝視，隨後心滿意足地走了。

仍舊迷惑不解的艾娜·布蘭來到這裡，發現自己擠在五、六個人堆裡，他們正津津有味地觀看這幢發生謀殺案的寓所。

艾娜向來容易受人影響，於是她也睜大眼睛觀看起來。

這就是發生謀殺案的房子！窗戶上掛著網狀窗簾，看起來那麼漂亮，可是裡面竟然有人被殺了，用菜刀殺的，很普通的菜刀，幾乎每個人家都會有這種菜刀……

艾娜受到周圍人群的影響，她也凝神探看，不再多想什麼……

她幾乎忘記了為什麼來到這兒……

突然一個聲音在耳邊喊她，她才回過神來。

她轉頭，驚訝地認出那個喊她的人。

16 科林・拉姆的自述

當希拉・韋布從法庭靜悄悄地溜出去的時候，我注意到了。她的表現很好，當時她看起來很緊張，但並沒有緊張過度，就是自然的反應。（貝克會怎麼說？「表演得相當出色。」我可以想像他這樣說。）

我很驚訝地聽完里格法醫的證詞（迪克・哈凱松事先一定知道，但他並沒有告訴我），隨後我就追著希拉出去了。

「不管怎麼說，還不算太糟吧？」我一趕上她就問道。

「對，實際上相當容易。那個驗屍官人很好。」她猶豫地問，「接下來會怎麼樣呢？」

「他會先休庭，等找到進一步的證據。可能休庭兩週，或等到他們查明死者身分。」

「你覺得他們查得到死者的身分嗎？」

「噢，會的。」我回答道，「他們很容易就能查到，這一點不用懷疑。」

她身子哆嗦了一下說：「今天很冷。」

天氣並不特別冷，其實我還覺得相當暖和。

「早一點吃午飯，怎麼樣？」我建議說，「你還不用回打字社去吧？」

「對，兩點鐘才開門。」

「那就走吧。你喜歡中國菜嗎？我看見前面不遠有一家中國館子。」

她看起來猶豫不決。

「我還得去買些東西。」

「你可以晚一點再去嘛。」

「不，不行，有些商店在一點多就關門了。」

「那好吧。我們在那兒碰面好嗎？半個小時後？」

她說可以。

我朝著濱海區走去，在一處陰涼地坐了下來。一陣陣微風從海上直吹過來，吹拂到我身上。

我陷入沉思。知道其他人比你還了解自己，總是讓人有些惱怒。可是，老貝克、赫丘勒．白羅、迪克．哈凱松，他們早就看透我現在才強迫自己承認的事實。

我對這個女孩的確很在意……以前我從未如此在意過其他女孩。

並不是因為她的美麗。她是很漂亮，漂亮得不同尋常，但也就這樣。也不是因為她的性感吸引了我的注意力……我遇到的性感女孩已經夠多了。

只是，第一次見到她時，我就感覺到她是「適合」我的女人。

可是我對她卻還沒有一絲半縷的了解！

§

兩點剛過我走進警察局找迪克時，他正一頁頁地翻著桌上的一大疊資料。他抬起頭來，問我對這次審訊的看法。

我說我覺得安排得非常合理，大家的表現也很溫雅。

「我們處理這類事情得心應手。」

「你對法醫的證詞看法如何？」

「相當吃驚，你為什麼沒告訴我這些？」

「你不在啊。你去徵求那個專家的意見了嗎？」

「是的，我問過了。」

「我對他模模糊糊有些印象，他鬍子很多。」

「他是長著濃密的鬍子。」我說，「他對他的鬍子非常自豪。」

「他年紀應該很大了。」

「年紀是大了，但並不糊塗。」我說。

「你為什麼去看他？只是基於惻隱之心嗎？」

「迪克，你又是警察多疑的心理在作怪！我去那裡主要是交情難捨，不過我也是好奇，想聽聽他對我們這樁案子的看法。你知道，他總是自鳴得意地誇稱斷案有多容易，只要安坐椅上，十指併攏、閉上雙眼思考就可以了。我想叫出他的底牌。」

「他都了解案情了嗎？」

「是的。」

「他說什麼？」迪克有些好奇地問。

「他說，」我告訴他，「這是樁非常單純的謀殺案。」

「單純？老天！」哈凱松精神來了。「為什麼說單純？」

「就我了解，」我回答說，「他說因為整個案子設計得太複雜。」

哈凱松搖搖頭。

「我不明白，」他說，「聽起來像是切爾西那裡的年輕人說的話，不過我還是不懂。他還說別的嗎？」

「哦，他叫我要和街坊鄰居多聊聊，我告訴他我們已經這樣做了。」

「根據法醫的證詞，那些街坊鄰居的證詞看來更重要了。」

「你是不是這樣假定：這個人是在別的地方被迷昏，然後拖到十九號殺害的？」

這話聽起來似曾相識。

「這句話就像那個什麼夫人，就是養貓的那個女士說的一樣。當時我就注意到這句話頗值得玩味。」

「那些貓。」迪克顫抖了一下，接著說道：「我們已經找到凶器了，昨天找到的。」

「真的嗎？在哪裡找到的？」

「在養貓的地方。應該是凶手行凶後扔到那裡的。」

「我想，沒有留下指紋吧？」

「非常仔細地擦過了。而且這樣的刀子到處都有。它稍微用過；最近還剛剛磨過。」

「所以事情經過可能是這樣：凶手先把這個人麻醉了，然後拖到十九號寓所……用汽車運的吧？或者有其他方法？」

「也可能是從花園相鄰的那些住家拖過來的。」

「那就得冒很大的風險不是嗎？」

「這確實需要膽大心細。」哈凱松表示贊同。「而且還需要對鄰居的生活習慣瞭若指掌。比較可能是用車子把人送過來。」

「這也是非常冒險，大家會注意到車子。」

「可是並沒有人注意到。不過我認為，凶手也不能確定有沒有人注意到。那天路過的人有可能看到一輛汽車停在十九號前——」

「我懷疑他們會不會注意到，」我說，「人們對汽車已經習以為常了。當然，除非那是輛非常豪華的汽車，有其與眾不同之處，但這是不可能的——」

「還有，當時正是午飯時間。科林，這又讓人想到了蜜莉森・佩瑪小姐。要說一個身強力壯的男子被雙目失明的婦人刺殺身亡，聽起來好像不可思議，可是如果這個人已經失去知覺——」

「也就是，如果他是像亨明夫人說的『跑來這裡送死』，那麼他很可能是沒有任何戒備的依約前來，然後喝了杯雪利酒或是雞尾酒——麻醉藥發生作用之後，佩瑪小姐就可以下手了。之後她把酒杯洗乾淨，把地板上的屍體整理一下，再把刀子扔到鄰居家的花園裡，最後像往常那樣出門去了。」

「在路上，她打電話給卡文迪打字社——」

「那她為什麼要這樣做？還指名要希拉・韋布去？」

「我也希望知道為什麼。」哈凱松看著我說，「她知道為什麼嗎，那個女孩？」

「她說不知道。」

「她說不知道。」哈凱松用平板的聲調重複說，「我是問你自己怎麼看待這件事？」

我好一會兒沒有回答。我怎麼看待？我得馬上決定我的行動方針。一切都會真相大白，如果希拉是我相信的那種人，這對她也不會有什麼壞處。

我笨拙唐突地從口袋裡拿出一張明信片，從桌面上推了過去。

「希拉接到這個郵寄的明信片。」

哈凱松快速地看了一下。這是一張倫敦建築系列的明信片，正面是倫敦中央刑事法庭。哈凱松把它翻轉過來，右邊寫著收信人的地址，是用手寫的：「蘇塞克斯郡克勞汀區帕默斯頓路十四號R·S·韋布小姐」。左邊也是用手寫的，寫著「千萬記住」這樣一句話，再下面寫著「四點十三分」。

「四點十三分，」哈凱松說，「這是那天鐘上顯示的時間。」他搖搖頭說，「一張法庭的圖片，一句話『千萬記住』和一個時間——四點十三分，這一定和什麼事有關。」

「希拉說她不知道這是什麼意思。」我又加了一句：「我相信她說的話。」

哈凱松點了點頭。

「我先收著，我們可能會從上面得到些什麼。」

「希望如此。」

我們倆之間有些尷尬，為了擺脫這種局面，我說道：「你有好多公文要處理。」

「一向如此，大部分都是一堆廢紙。死者沒有犯罪記錄，他的指紋也沒有登記在案。實際上，這些資料都是那些聲稱認出死者的人寄來的。」

他讀道：「親愛的先生：我幾乎可以肯定，報紙上登的照片和幾天前在威爾登瓊森車站搭火車的男子是同一個人。當時他在喃喃自語，看起來非常狂躁、興奮，我那時就覺得他有什麼事情不對勁。

「親愛的先生：我覺得這個人看起來非常像我丈夫的堂兄約翰，他出國去了南非，不過可能已經回來了。他走的時候長著一臉鬍子，當然，他也可能已經把它剃掉了。

「親愛的先生：昨天晚上我搭地鐵時看到了報紙上登的那個人，當時我就感覺這個人有點古怪。

「還有一堆女人來指認她們的丈夫，可是她們似乎不是很清楚丈夫長什麼樣子！還有望眼欲穿的母親來指認她們二十年沒有見面的兒子。

「這裡有一張走失人口的名單，沒有什麼對我們有用的。喬治．巴洛，六十五歲，從家裡走失，他妻子認為他一定已經失去了記憶。下面還有個註記：『他欠了許多錢，有人看見他和一個紅髮寡婦在一起。幾乎可以肯定，他們已經私奔了。』

「下一位：哈格雷教授，本來預定在上星期二演講，可是沒有出席，也沒有發電報做任何解釋。」

看來哈凱松並沒有認真考慮哈格雷教授這個對象。

「他可能以為演講是在上個禮拜或下個禮拜，」他說，「也可能他已經告訴女管家他要到哪兒去，只不過他還沒走，這種事情多得是。」

哈凱松桌上的對講機響了，他拿起話筒。

「喂？什麼……誰發現的？她有沒有說出她的姓名……我知道了。你們先處理。」

他放下話筒轉向我的時候，臉色已經變了樣，一副嚴峻、近乎復仇的表情。

「在威布蘭新月社區的電話亭裡，他們發現一個女孩子死在那兒。」他說。

「死了？」我盯著他看。「怎麼死的？」

「被勒死的，用她自己的圍巾！」

我突然渾身冰冷。

「什麼樣的女孩？不會是……」

哈凱松向我投來那種我不喜歡的冷漠、審視眼光。

「不是你的女朋友，」他說，「如果你擔心的是這個的話。現場的員警好像認得她，說她和希拉．韋布在同一個辦公室，名叫艾娜．布蘭。」

「是誰發現她的？是那個員警嗎？」

「是沃特豪斯小姐發現的，就是住在十八號的那個。她好像是去電話亭打電話，因為她的電話壞了，結果發現那個女孩在那兒縮成一團。」

房門開了，一位警察進來說：「里格醫生來電說他在路上了，長官。他會到威布蘭新月社區那兒和你會合。」

／17

一個半小時後，哈凱松警探坐在辦公桌後面，用喝茶來消除緊張情緒，臉上仍然掛著陰冷、憤怒的表情。

「抱歉，長官，皮爾斯想見你。」

哈凱松打起精神。

「皮爾斯？哦，好吧，叫他進來。」

皮爾斯走了進來，這位年輕員警表情緊張。

「對不起，長官，我認為有件事也許應該告訴你。」

「哦？告訴我什麼？」

「就是在審訊之後，長官，我在法庭門口值勤，這個女孩……這個被謀殺的女孩，她……她過來和我說了幾句話。」

「和你說話，真的嗎？她說什麼？」

「她想見你，先生。」

哈凱松坐直了腰板，突然警覺起來。

「她想見我？她有說為什麼要見我嗎？」

「沒有，長官。對不起，長官，要是我……要是我問過她就好了。我只問她要不要留個口信給你，或者……或者能不能晚些時候到警察局來。你知道，當時你正忙著和警察局長還有驗屍官說話，所以我認為——」

「真該死！」哈凱松說，接著又低聲問道：「你難道不會告訴她等我空下來嗎？」

「對不起，長官。」這位年輕人的臉脹紅了起來。「如果我知道，我就那樣做了。可是我以為不是什麼重要的事情。她說並不是什麼重要的事情，只不過有件事情她不明白。」

「不明白？」哈凱松問道。

他沉默了好一會兒，腦海裡翻來覆去。他去羅頓太太家時，在街上曾遇到這個女孩，她一直想見希拉．韋布，她從他身邊經過時認出了他，並且猶豫了一會兒，好像決定不了是否該攔住他。當時她心裡好像有什麼事情要說，對，沒錯，她心裡是有什麼事情要說。他疏忽了，警覺性不夠高，一心只想著自己的目的，想多了解希拉．韋布的背景，反而忽略了有價值的情報。這個女孩一直不明白什麼？為什麼？現在可能永遠不會知道為什麼了。

「說下去，皮爾斯，」他說，「把所有你想得起來的全都告訴我。」他又平和地加了一句，因為他畢竟是個講道理的人。「你當然不知道她要說的事重不重要。」

他知道，把自己的憤怒和挫折都怪罪發洩到這個小夥子身上，根本無濟於事。他怎麼會知道呢？他接受的訓練就是要遵守紀律，判斷在合適的時間和合適的地點向上級通報。如果那位女孩說事情很重要或很緊急的話，結果就不一樣了。可是，回想起他第一次在辦公室裡見到她的情形，他覺得，她不是那種非常有主見的女孩，而是那種遲鈍、缺乏自信的人。

「你可以準確地陳述當時的狀況嗎？她對你說了什麼，皮爾斯？」他問道。

皮爾斯以熱切的姿態看著他。

「哦，長官，當其他人陸續離開的時候，她走過來，似乎猶豫了一會兒，四處張望，好像在找什麼人。我想，不是找你，長官，是找另一個人。然後她朝我走過來，問能不能見一下那個警官，她說就是作證的那個。所以，就像我剛才說的，我看見你正忙著和局長說話，就對她解釋說你無法分身，問她能不能留下口信，或者晚點再到警察局和你聯繫。我記得她說那也行，然後我又問她有沒有什麼特別的事……」

「嗯？」哈凱松向前傾。

「她說沒有什麼，只是她不明白她怎麼會那樣說。」

「『她不明白她怎麼會那樣說』？」哈凱松重複道。

「是的，先生。原句我不大有把握，可能是這樣：『我不明白她說的話怎麼會是真的。』她皺著眉頭，看起來很疑惑，可是我問她的時候，她又說其實並不重要。」

其實並不重要，那女孩這樣說。可是這個女孩不久後就被勒死在電話亭裡……

「當她和你說話的時候，有沒有人在你附近？」

「嗯，有很多人，長官，大家正在朝外走，你知道。參加審訊的人很多，這樁謀殺案被新聞媒體一炒，引起很大的轟動。」

「你不記得當時有特別的人在你附近……比如說上庭作證的人嗎？」

「恐怕想不起來了，長官。」

「好吧，」哈凱松說，「知道了可能也沒多大用處。可以了，皮爾斯，如果你還想到什麼，立刻來告訴我。」

剩下他獨自一人時，哈凱松費了好大力氣來壓抑不斷上升的怒火和自責。那個女孩，那個看起來膽小怕羞的女孩了解一些情況；不對，也許不能稱之為了解。不過她一定看見或聽見了什麼，那事讓她感到憂慮不安，而且在參加審訊之後，這種憂慮變得更加強烈。那會是什麼呢？證詞內容？希拉．韋布的證詞？兩天前她去希拉的姨媽家看希拉，是不是有什麼目的？她應該可以在辦公室就和希拉談，為什麼要私下見希拉？是不是希拉．韋布的什麼事讓她感到困惑？她是不是想要希拉私下——不要當著其他女孩子的面——解釋些什麼？看起來是這樣，非常有可能。

皮爾斯走了之後，他吩咐克雷警佐去處理一些事情。

「你認為那個女孩去威布蘭新月社區做什麼？」克雷警佐問道。

「我也一直在考慮這個問題。」哈凱松回答道，「當然，她可能只是好奇，想去看看那裡長什麼樣子。其實那裡也沒什麼特別的地方，大半克勞汀的人似乎都有這種感覺。」

「我們不也這樣嘛。」克雷警佐深有同感地說。

「不過，」哈凱松慢條斯理地說，「她也有可能去看住在那兒的某個人……」

克雷警佐出去之後，哈凱松在他的筆記簿上寫下三個數字。

「二十」，他在它後面標了個問號。又加了一個「十九？」，隨後是「十八？」，然後他在上面寫下相關的名字：亨明、佩瑪、沃特豪斯。這三所位於社區北面的房子是明顯的目標，要到其中任何一家，艾娜·布蘭都不會走南邊的路。

哈凱松仔細考慮這三種可能性。

他先分析二十號。第一樁謀殺案的凶刀是在這裡發現，很有可能是從十九號的花園扔過來，不過無法證實。也有可能是二十號的主人自己扔進灌木叢。詢問亨明夫人這個問題時，她唯一的反應就是憤慨。「朝我的貓兒扔那樣一把齷齪的刀子，這人真可惡！」亨明夫人和艾娜·布蘭會有什麼關聯呢？沒有關聯，哈凱松警探這樣斷定。他接下來分析佩瑪小姐。

艾娜·布蘭到威布蘭新月社區是去拜訪佩瑪小姐嗎？佩瑪小姐在庭上作證，是不是證詞裡有什麼地方引起艾娜的懷疑？可是她在審訊之前就已經顯得憂慮不安了。她是不是知道佩瑪小姐什麼事？比如說，她是不是知道佩瑪小姐和希拉·韋布之間有某種關係？這倒符合她對皮爾斯說的話：「她說的話怎麼會是真的。」

「推測，全是推測。」他氣憤地想著。

那麼十八號呢？正是沃特豪斯小姐發現屍體的。哈凱松警探向來對發現屍體的人「另眼相待」，發現屍體，對凶手而言可以避免許多麻煩，比如，可以避掉編造不在場證明的風險，也能解釋自己為何疏忽大意留下指紋。在很多情況下，這是一個安全無虞的位置，不過有個附加條件，那就是沒有明顯的犯罪動機。當然了，沃特豪斯小姐沒有明顯的動機謀殺年輕的艾娜．布蘭。沃特豪斯小姐又沒有在法庭上作證，不過她可能參加了審訊。也許艾娜因為某種原因了解到，或者相信，就是沃特豪斯小姐在電話上假裝佩瑪小姐，要找一位速記員到十九號寓所？

又是推測。

當然，還有希拉．韋布本人……

哈凱松伸手去拿電話，打到科林．拉姆住的旅館，科林很快接了電話。

「我是哈凱松。今天你和希拉．韋布一起吃午飯時是幾點？」

停了一會兒，科林才回答道：「你怎麼知道我們一起吃午飯？」

「只是猜測。你們是一起吃飯的，對不對？」

「難道我不可以和她一起吃飯？」

「當然可以，我只是想問你吃飯的時間。你們是審訊之後直接去吃飯的嗎？」

「不是，她先去買東西，我們一點在市場街的那家中國餐館碰面。」

「我了解了。」

哈凱松低頭看了看他的記錄。艾娜．布蘭死亡的時間是在十二點半到一點之間。

「你不想知道我們午飯吃些什麼嗎？」

「別生氣，我只是想知道精確的時間，做一下記錄。」

「我知道了，就這些。」

兩人都不說話了。哈凱松試圖緩和氣氛，於是說道：「今天晚上如果你沒事的話——」

另一端打斷了他的話。

「我馬上要走了，正在打包。我接到一個急電，得到國外去。」

「什麼時間回來？」

「不確定，至少一個星期，也許更長……也有可能不再回來了！」

「真糟糕……或者還好？」

「不知道。」科林回答，接著掛斷了電話。

／18

哈凱松來到新月社區十九號時，佩瑪小姐正從房子裡出來。

「打擾你一會兒，佩瑪小姐。」

「哦，你是……哈凱松警探？」

「是的，我能和你談一下嗎？」

「我可不想到學校時遲到。要很久嗎？」

「我保證只耽誤你三、四分鐘時間。」

她走進房子，他也跟了進去。

「你聽說今天下午發生的事情了吧？」他問道。

「又有什麼事情發生？」

「我以為你已經聽說了。一個女孩在路那邊的電話亭裡被殺了。」

「被殺了？什麼時候？」

「兩小時四十五分鐘以前。」他看了看那座老爺鐘說。

「我什麼都沒聽說，完全沒有。」佩瑪小姐說，她的聲音裡聽來有種憤怒的感覺，好像失明這個殘疾為她帶來了某種傷害。「一個女孩……被殺了！什麼樣的女孩？」

「她的名字叫艾娜．布蘭，在卡文迪打字社工作。」

「又是從那裡來的女孩！她是不是也像那個叫希拉什麼的，是有人打電話叫她過來？」

「我想不是這樣。」警探回答說，「她沒有到你這兒來看你？」

「到這裡？沒有，當然沒有。」

「如果她來過這裡，你會在家嗎？」

「我不確定，你說是什麼時間？」

「大約十二點半，或者再晚一些。」

「會的，」佩瑪小姐說，「那時候我在家。」

「審訊之後你去了哪兒？」

「我直接回這兒來了。」她停頓了一下，然後問道：「你為什麼認為這個女孩可能來這兒找我？」

「哦，她今天上午也參加了審訊，而且看見你在那兒。她到威布蘭新月社區來一定有什麼原因。據我們了解，她和這條路上的任何人都不熟。」

「可是，為什麼她要來找我？只因為她在法庭上見過我？」

「哦——」警探笑了笑，隨後馬上停住，因為他意識到瑪佩小姐無法接收到這個動作的含義，於是聲音帶笑說：「誰知道這些女孩在想什麼，她可能是想讓你簽名什麼的。」

「簽名！」佩瑪小姐帶著輕蔑的口吻說，「對的……對的，我想你是對的，這種事情確實有可能。」隨即她又迅速地搖搖頭。「我只能告訴你，哈凱松警探，今天可沒有發生這樣的事，審訊回來後還沒有人來過我這兒。」

「好吧，謝謝你，佩瑪小姐。我們覺得最好把每一種可能都確認清楚。」

「那個女孩多大年齡？」佩瑪小姐問道。

「我想是十九歲。」

「十九歲？真年輕。」她聲音裡稍微有些變化。「真年輕……可憐的孩子。誰會想除掉這麼一個年輕的孩子呢？」

「事情還是發生了。」哈凱松說。

「她是不是很漂亮、很有吸引力、很性感？」

「都不是。」哈凱松回答說，「我想，她應該很希望如此，可惜她並不是。」

「那麼原因就不是這個。」佩瑪小姐說。接著她又搖頭說道：「抱歉，非常抱歉，哈凱松警探，我真的幫不上忙。」

於是他就離開了，還是一如既往，對佩瑪小姐的個性深感嘆服。

§

沃特豪斯夫人也在家，她還是老樣子，猛地打開房門，像是要把現行犯抓個正著。

「哦，是你呀！」她說，「說真的，我已經把我知道的都告訴你們的人了。」

「我相信你已經答覆了所有的詢問。」哈凱松說，「不過你也知道，問題一次問不完，我們還想了解更多細節。」

「我不明白為什麼。整個事情讓人非常震驚。」沃特豪斯夫人邊說邊以挑剔的眼光看著他，好像這全是他的錯。「進來吧，別老站在門口。過來坐下，隨你怎麼問吧，反正我不知道你還會有什麼問題。我告訴過你們，我出去打電話，打開電話亭的門就發現那女孩死在裡面，我一生中從未受過這麼大的驚嚇。我慌張地往前跑，找到那個警察。在那之後——如果你想知道的話——我就回到家裡，喝了一點白蘭地壓壓驚。」沃特豪斯夫人激動地說。

「你非常機智，夫人。」哈凱松警探說。

「事情經過就是這樣。」沃特豪斯夫人以結束的口吻說道。

「我想問你一下，你是否能確定，以前從來未見過這個女孩？」

「可能見過她很多次，」沃特豪斯夫人回答道，「不過想不起來了。我是說，她可能在伍爾沃思商店招呼過我，或在公車上就坐我旁邊，或在電影院賣給我電影票。」

「她是卡文迪打字社的一名速記員。」

「我從來就沒用過速記員，也許她在我弟弟的辦公室裡工作過，你是不是這個意思？」

「噢，不。」哈凱松警探回答說，「看來和那沒有任何關係。我只想了解，今天上午她在遇害之前，有沒有來看過你。」

「來看我？不，當然沒有，她為什麼要來看我？」

「哦，我們也不知道。」哈凱松警探回答道，「可是，今天早上有人看見她進了你家，你說他們看錯了嗎？」他以無邪的眼光看著她說。

「有人看見她進了我家？真是胡說八道。」沃特豪斯夫人說。她又猶豫了一下，接著說道：「不過——」

「嗯？」哈凱松提高警覺，但沒有表現出來。

「哦，我想她或許從門縫裡塞進了傳單之類的東西……午飯時間時，有人塞了一張傳單，我想是有關限制核子武器的事，每天總有這類東西。我覺得，她有可能是過來把東西放進信箱裡，可是你不能因此責怪我吧？」

「當然不會。還有你的電話……你說你的電話出了毛病，可是電信局說沒有這回事。」

「電信局什麼話都敢說！我撥了號碼，聽到一種很特別的雜音，但不是忙線的聲音，所以我就出去，到電話亭打。」

哈凱松站起身來。

「抱歉，沃特豪斯夫人，這樣跑來打擾你，不過我還是認為這個女孩確實是到新月社區來見某個人，而且她去的地方離這裡不遠。」

「這樣看來，你就得問問這裡的所有住戶。」沃特豪斯夫人說，「我想，最有可能的情況是，她去了隔壁那幢房子——我是說佩瑪小姐家。」

「你為什麼認為那最有可能？」

「你說她是速記員，而且還在卡文迪打字社工作。當然了，如果我記得沒錯，據說前幾天那個男人遇害的時候，佩瑪小姐就找了一個速記員到她家。」

「是的，是有人這樣說，但她否認了這一點。」

「哦，如果你問我，」沃特豪斯夫人說，「而且不嫌太遲的話，我要說她有點古怪，我是指佩瑪小姐。我覺得，她可能真的打電話給打字社要一名速記員，但之後又把這事忘得一乾二淨。」

「你不會認為她犯下謀殺罪吧？」

「我才不是指謀殺之類的事。我知道她房裡有人死了，可是我一點都沒有想到佩瑪小姐會與這個案子有關。是的，我只是認為，佩瑪小姐可能和其他人一樣，都有一些奇怪的偏執行為。我以前就認識一個女人，她老是打電話向一家糖果店預訂十幾種點心，其實她並不需要，等他們送來的時候她就說她沒訂，就像這類的事情。」

「當然，什麼事情都有可能。」哈凱松說。

他向沃特豪斯夫人道別之後就離開了。

他認為，她最後的說法可能連她本人都不相信。另一方面，如果她相信別人看見那個女孩進了她的房子，而且這件事確實是真的，那麼她說那個女孩去了十九號寓所，就顯得相當精明老練。

哈凱松看了一下錶，發現還有時間去卡文迪打字社。他知道打字社今天下午兩點開門，也許從那裡的女孩們身上可以蒐集到有用的訊息，而且他也可以在那裡找到希拉·韋布。

§

哈凱松一走進她們的辦公室，一個女孩立刻站了起來。

「你是哈凱松警探吧？」她問道，「馬丁代小姐正在等你。」

她領著他進入裡面的辦公室。馬丁代小姐一見到他立刻發難。

「真可恥，哈凱松警探，太可恥了！你必須查個水落石出，你必須馬上查個水落石出，別拖拖拉拉的浪費時間。警察應該保護我們，這是我們這個辦公室現在最需要的。保護！我希望我這些職員都受到保護，我一定要得到保護。」

「馬丁代小姐，我保證——」

「你是不是打算否認我的兩個職員，兩個喔，已經受到傷害了？顯然，有種不負責的人對速記員或文書服務業有——現在大家怎麼稱呼來著——變態的偏見或情結。他們是故意陷害我們公司，先設置可怕的圈套，讓希拉．韋布發現一具屍體——這種事情可能會讓一個女孩神經錯亂——現在又是這件事，一個善良無辜的女孩被人勒死在電話亭裡。你必須查個一清二楚，警探。」

「我現在就是要查它個清楚，馬丁代小姐。我來這裡就是想看你能否提供一些幫助。」

「幫助！我能給你什麼幫助？你是不是以為我知道什麼訊息，卻沒有馬上提供給你？你必須找到殺害艾娜的凶手，找出是誰殘忍地設下圈套陷害希拉。警探，我對這些女孩非常嚴格，我盯著她們工作，不許她們遲到、懶散，可是我也無法忍受她們受到傷害，被人謀殺。我要盡力保護她們，我要求國家出錢雇來保護人民安全的那些人克盡職責，也保護她們。」

她瞪了他一眼，凶得像隻母老虎。

「請給我時間，馬丁代小姐。」他說。

「時間？那個可憐的孩子都死了，我想你該有足夠的時間了吧。下一次可能是另外一個女孩要遭殃了。」

「我想你不必擔心，馬丁代小姐。」

「我想，今天早上你起床的時候，並沒有料到這個女孩會慘遭毒手吧，警探先生？如果你料到的話，我想你會採取防範措施來保護她。當其他女孩遇害或陷入極危險的情況時，你也會同樣感到驚訝。整個事件真是離奇，簡直瘋狂！你自己也得承認這是一樁瘋狂的案子，也就是說，如果我們在報紙上讀到的都是真的。比如說那些鐘……我注意到，今天上午的審訊都沒有提到它們。」

「今天上午是沒提到，馬丁代小姐，可是你也知道，這只是一次休庭的審訊。」

「我的意思是，」馬丁代小姐又瞪了他一眼。「你得做點什麼。」

「你有沒有什麼資訊可以提供給我？艾娜有沒有留下什麼線索？她有沒有顯出憂慮不安的樣子，她問過你什麼嗎？」

「我認為，如果她真的擔心什麼，也不會告訴我。」馬丁代小姐說，「可是她又有什麼要擔心的呢？」

這正是哈凱松警探苦苦尋思的問題，不過他看得出來，要從馬丁代小姐這兒得到答案是不可能的。於是他說：「我想和你所有的職員談一談。我看得出來，艾娜．布蘭不可能會找你談她心裡憂慮擔心的事，不過她有可能會對同事說。」

「我想非常有可能，」馬丁代小姐說，「她們總是把時間用在聊天上，這些女孩。她們一聽到我在走廊的腳步聲，打字機就開始劈哩啪啦響起來，可是在這之前她們在做什麼呢？說話。閒聊、閒聊，都在瞎扯！」馬丁代小姐平靜了一下心情，接著說：「現在她們只有三個人在辦公室，你是不是要先和她們談談？其他人都有任務出去了。如果需要，我可以把她們的名字和地址給你。」

「謝謝你，馬丁代小姐。」

「我想，你希望和她們單獨交談。」馬丁代小姐說，「如果我站在那裡看著，她們談起來就沒那麼自在了。你知道，她們勢必得承認每天都在瞎扯、浪費時間。」

她從座位上站了起來，打開門進入外間辦公室。

「大家注意，」她說，「哈凱松警探想和你們談一談，你們可以暫時停下手中的工作，告訴他你們知道的情況，幫助他找出殺害艾娜．布蘭的凶手。」

她回到自己的辦公室，重重關上房門。三個女孩臉上都露出驚訝的表情看著警探，他迅速地大致打量了她們一下，心裡對她們各自的特點已有十足把握。一個皮膚白皙、結實、戴眼鏡的女孩，他覺得可以信賴，不過不是特別聰明。另一個皮膚略黑、外表時髦的女孩，髮型像是才剛遭受一場大災難。也許她會注意到周遭發生的事情，不過她的敘述很可能不太可靠，她會添油加醋編造一通。第三個女孩天生嘻嘻哈哈，他相信，不管別人說什麼，她都會隨聲附和。

他以平靜輕鬆的口吻說：「我想，你們都聽說在這兒工作的艾娜．布蘭發生的事吧？」

三個人都重重地點點頭。

「順便問一下，你們是怎麼聽說的？」

她們你看我、我看你，好像在決定誰是發言人似的。看來大家的意思是由那個皮膚白皙的女孩代表，她的名字似乎叫珍妮特。

「艾娜兩點應該來上班的，可是她過了那時間都還沒進來。」她解釋說。

「虎斑貓非常惱火。」一名叫莫琳的黑髮女孩接著說，她隨即停下來解釋：「我是指馬丁代小姐。」

第三個女孩嘻嘻笑了。

「虎斑貓，我們就是這樣叫她。」她解釋道。

名字不錯嘛，警探心裡想。

「她愛發火就發火。」莫琳接著說，「動不動就斥責你。她問艾娜有沒有交代說今天下午不進辦公室了，而且還說她至少應該請個假。」

白皮膚的女孩說：「我告訴馬丁代小姐，她本來和我們一起參加了審訊，可是在那之後我們就沒有看見她，也不知道她到哪兒去了。」

「你說的是真的嗎？」哈凱松問道，「你知不知道她離開法庭後去了哪裡？」

「我叫她跟我一起去吃午飯。」莫琳說，「可是她看起來好像有心事，她說不想吃什麼午飯，只想買點東西在辦公室吃就行了。」

「那麼，她是說要回辦公室？」

「哦，對啊，當然是這樣。我們都知道我們得回來。」

「最近這幾天，你們有沒有人注意到艾娜·布蘭有什麼不對勁的地方？你們有沒有發現她好像在煩惱什麼，好像有什麼心事？她有沒有告訴過你們什麼？如果你們知道任何情況，請你們一定要告訴我。」

她們又是你看我我看你，不過不是在密謀，只是在模糊地猜測。

「她老是憂心忡忡。」莫琳說，「老把事情搞得一團糟，錯誤百出。她有點鈍。」

「倒楣事好像總是發生在她身上。」笑咪咪的女孩說道，「還記得前幾天她的鞋跟掉下來嗎？這種事就會發生在艾娜身上。」

「我想起來了。」哈凱松說。

他記起來了，那個女孩站在那兒，可憐巴巴地看著手裡那隻鞋。

「你知道，今天下午，艾娜兩點還沒回來時，我就覺得會發生什麼可怕的事情。」珍妮特臉色凝重地點點頭。

哈凱松看著她，心裡有些不悅，他不喜歡那些事後諸葛的人。他相信這個女孩根本就沒想到會發生事情。他心想，她當時更有可能是這樣說的：「等艾娜回到辦公室後，虎斑貓會收拾她。」

「你們是什麼時候聽說這件事的？」他又問道。

她們還是一陣互望。愛笑的女孩心虛地臉紅了，她瞟了瞟馬丁代小姐的辦公室。

「哦，我……嗯，我中間溜出去了一會兒。」她說，「我想買些糕點帶回家，可是通常我們下班的時候他們早就關門了。我到了店裡——就在轉角那邊。他們和我很熟，女店員對我說：『她是在你們辦公室工作，對不對，親愛的？』我說：『你說的是誰啊？』然後她告訴我說：『他們剛剛發現那個女孩死在電話亭裡。』哦，真的嚇了我一大跳！我急忙跑回來告訴她們，最後我們都說得告訴馬丁代小姐。正在那時，她砰的一聲打開門走了出來，對我們說：『你們到底在幹什麼？沒有一台打字機有動靜。』」

白皮膚的女孩接下去說：「於是我就說：『這不是我們的錯，我們聽到艾娜的噩耗，馬丁代小姐。』」

「馬丁代小姐說了什麼或做了什麼？」

「哦，剛開始她也不信。」淺黑皮膚的女孩說，「她說：『胡說八道！你們又從商店裡聽來一些無聊八卦，一定是其他女孩，怎麼會是艾娜呢？』然後她就回到她的辦公室，打電話給警察局，結果發現確實是真的。」

「我不知道，」珍妮特夢囈般地說道，「我不知道怎麼會有人想殺害艾娜？」

「她好像沒有男朋友什麼的。」

這三個人都滿懷希望地看著哈凱松，彷彿他知道答案。他嘆了口氣，看來這裡也一無所獲，也許其他女孩會有較大的幫助，包括希拉·韋布本人。

「希拉·韋布和艾娜·布蘭是好朋友嗎？」他問道。

她們茫然地互看。

「我想不是。」

「希拉·韋布去哪了？」

她們告訴他，希拉·韋布在柯琉飯店，正為波帝教授工作。

19

波帝教授停下手中的工作接電話時，聲音裡透著一股怒氣。

「誰？什麼？你是說他已經來了？唉，問他明天行不行？哦，好，好，那就讓他過來吧。」

「總是有事情。」他苦惱地說，「不斷有人打擾，我怎麼能安下心來工作呢？」他不太高興地看了看希拉．韋布，然後說道：「親愛的，我們剛才說到哪裡了？」

希拉正要回答時，外面傳來敲門聲。波帝教授費了好大的勁，才把自己從大約三千年前的編年史問題中拉了回來。

「誰呀？」他暴躁地問，「進來吧，是誰呀？我說了，我已經特別交代，今天下午不能有人打攪。」

「非常抱歉，先生，真的抱歉我不得不這樣做。晚安，韋布小姐。」

希拉·韋布把筆記本放到一邊，站了起來。哈凱松不知道是不是自己多想，他看見她眼裡突然露出憂慮的表情。

「咦，你是誰？」波帝教授尖刻地問。

「我是哈凱松警探，韋布小姐認得我。」

「好的，」波帝教授說，「好的。」

「我來是想和韋布小姐說幾句話。」

「你不能等一等嗎？這個時候確實很不方便，很不方便，我們正好在緊要關頭。只要再大約十五分鐘，韋布小姐就有空了……嗯，也許要半個小時左右。哦，老天，已經六點了嗎？」

「非常抱歉，波帝教授。」哈凱松堅定地說。

「哦，好吧，好吧，什麼事……我想是違規駕駛吧？這些交通警察真是多管閒事。前幾天就有人硬是說我把車停在一個停車收費處四個半小時，我保證那不可能。」

「這要比違規停車嚴重得多，先生。」

「哦，是的，哦，是的。親愛的，你沒開車，對吧？」他茫然看著希拉·韋布說，「對了，我想起來了，你是搭公車來的。那麼，警探先生，是什麼事？」

「和一個叫艾娜·布蘭的女孩有關。」他轉向希拉·韋布說，「我想你已經聽說了。」

她眼睛盯著他看，這是一雙美麗的藍眼睛，他隱約想起了一個人。

「你是說艾娜？」她眉毛上揚。「哦，是的，我當然認識她。她怎麼了？」

「我想消息還沒傳到你這裡。你中午在哪裡吃飯，韋布小姐？」

她的雙頰立刻泛起紅暈。

「我和一個朋友在河東飯店吃午飯，如果……如果這也有關係的話。」

「之後你沒有去辦公室？」

「你是指卡文迪打字社？我打電話回去，她們告訴我工作已經安排好了，要我兩點半直接來波帝教授這兒。」

「沒錯，」波帝教授點點頭說，「兩點半，我們從那時起就一直工作，一直工作。老天，我該叫他們送午茶進來，非常抱歉，韋布小姐，恐怕你已經錯過午茶了，你應該提醒我一聲。」

「哦，沒關係，波帝教授，真的沒關係。」

「我真粗心，」波帝教授說，「非常粗心。但我不該再打斷你們，警探要問你問題。」

「那麼你不知道艾娜．布蘭發生了什麼事？」

「她發生了什麼事？」希拉提高了聲音急切地問，「她發生事情？你是什麼意思？她出了什麼意外嗎……被車撞了？」

「非常危險，現在的車都開得這麼快。」波帝教授插了一句。

「是的，」哈凱松說，「她出事了。」他停頓了一下，然後盡可能把情況描述得殘忍可怕。「她在十二點半左右被人勒死在一個電話亭裡。」

「在電話亭裡？」波帝教授帶著興致地提高音量。

希拉．韋布一句話也沒說，她盯著他看，嘴巴微張，眼睛瞪得大大的。

你若不是第一次聽到這件事，那就是個天殺的一流演員，哈凱松暗忖。

「老天，老天，」波帝教授說，「被人勒死在電話亭裡，真是不可思議，非常不可思議。如果讓我選，絕對不會選在那種地方，我是說，如果我真要做這種事的話。當然，我不會的。唉，唉，可憐的孩子，真是太不幸了。」

「艾娜……死了！可是為什麼呢？」

「你知不知道，韋布小姐，前天艾娜．布蘭非常急切地想見你，她到你姨媽家，在那兒等了一段時間？」

「又是我的錯。」波帝教授內疚地說，「我記得，那天晚上我讓韋布小姐待到很晚，實際上是非常晚。我真的非常抱歉。親愛的，你以後一定要記得提醒我注意時間，一定要記得啊。」

「我姨媽告訴過我了。」希拉說，「不過我不知道是什麼事。艾娜遇到什麼麻煩嗎？」

「我們不知道。」警探先生說道，「可能永遠也不會知道了，除非你能告訴我們。」

「我告訴你們？我怎麼會知道呢？」

「也許你知道艾娜．布蘭為什麼想見你。」

她搖搖頭說：「我不知道，一點兒都不知道。」

「她沒有透露任何訊息給你，比如在辦公室裡告訴你她有困擾？」

「沒有，沒有，她沒告訴我，從來沒有。昨天我都不在辦公室，我一整天都待在蘭迪灣一個作者那兒。」

「你不覺得她近來顯得憂心忡忡的？」

「哦，艾娜看起來總是一臉煩惱和迷惑，她的性格非常……怎麼說呢，跟人不太一樣，屬於猶疑不定的那種。我是說，她從不知道自己想做的事情是對或錯。有一次，她漏打了兩頁亞曼．萊文的小說，當時她就嚇得不知所措，因為她是在寄出打字稿之後才發現問題。」

「我明白了。她就請你幫忙解決問題嗎？」

「是的，我告訴她最好趕快寫封信給萊文，因為一般人接到稿件後並不會立刻開始校對，她可以在信上說明發生的情況，請他不要向馬丁代小姐抱怨，但她說不喜歡那樣做。」

「出現這類問題時，她是不是經常來向你求助，尋求解決辦法？」

「對，經常這樣。不過問題是，我們的看法常常不一致，然後她又繼續困惑了。」

「所以，如果她真的遇到問題，就很自然會來求助於你們幾個同事，是不是？這種事常發生嗎？」

「對，對，常這樣。」

「你不認為這次事情可能比較嚴重？」

「我不知道。會是什麼嚴重的事情呢？」

警探想，希拉．韋布是不是故意裝出一副輕鬆的樣子？

「我不知道她想跟我談什麼。」她繼續說道，快得有些喘不過氣來。「我不知道，而且我也想不通為什麼她要到我姨媽家找我。」

「看起來有些事情她不想在公司跟你說。也就是，她不想在其他女孩面前和你討論，也許她認為這件事情應該就你們兩個知道。有沒有這樣的事呢？」

「我覺得不太可能，我想根本就沒有這種事。」她呼吸得更快速了。

「所以你也沒辦法幫我了，韋布小姐？」

「是的，對不起，艾娜的事情我很難過，可是我的確一無所知，幫不上你的忙。」

「你也想不起來有什麼情況會與九月九日發生的案子有關嗎？」

「你是指——那個男人——威布蘭新月社區的那個人？」

「這正是我的意思。」

「怎麼會呢？艾娜對那個案子會知道什麼？」

「也許不是很重要的訊息。」警探說，「可是什麼消息都可能有用，不管它多麼微小。」他停頓了一下又說：「她遇害的那個電話亭就在威布蘭新月社區，這能讓你想到什麼嗎，韋布小姐？」

「什麼也想不起來。」

「今天你有沒有到威布蘭新月社區？」

「沒有，我沒去。」她斷然否認。「我沒再去過了，我開始覺得那是個可怕的地方，我真希望我沒去過那兒，希望沒有捲進這個案子裡。為什麼他們那天要我去，而且還專門指名要我去？為什麼艾娜偏偏就在那附近被殺害了呢？你一定要調查清楚，警探先生，一定！千萬要調查清楚！」

「我們正在調查，韋布小姐。」哈凱松微微露出威脅的語氣。「我向你保證。」

「親愛的，你在發抖。」波帝教授說，「我覺得，我真覺得你應該喝杯雪利。」

20 科林・拉姆的自述

我一到倫敦就向貝克彙報。

他對我揮舞著雪茄說：「看來，你調查『新月』的這個傻念頭還真有點道理。」

「最後還是讓我挖到寶了，對不對？」

「我沒那麼樂觀，我只是說，你可能會有所斬獲。我們調查的那個工程師，六十二號的拉姆齊先生，並不像他表面看起來那樣。最近他承接了一些非常奇怪的生意，對方都是確實存在的商行，但這些商行皆沒有以往的記錄可尋，到底他們是什麼來歷呢？讓人摸不著頭腦。五個星期前，拉姆齊接到一個臨時通知，便去了羅馬尼亞。」

「但他不是這樣告訴他太太的。」

「可能不是，不過他就是去那裡，而且現在還在那兒。我們得對他進行更多了解，所以你得趕快去，小夥子，馬上走。我已經為你準備好了所有的簽證和新護照，這次的名字是尼傑．特倫奇，到巴爾幹半島各國重溫你對稀有植物的知識，你是個植物學家。」

「有特殊指示嗎？」

「沒有，拿到證件之後，我們會告訴你如何聯繫。盡可能蒐集拉姆齊先生的資料。」他敏銳地看著我，「你看起來並不是很高興。」他透過雪茄的菸霧凝視著我。

「預感應驗了，總是讓人高興的。」我含糊其詞地說。

「新月社區是對了，可是號碼錯了。六十一號住的是一位非常清白的建築師——對我們來說是清白的。可憐的漢伯里搞錯了號碼，不過，離得也不算遠了。」

「你調查過其他人了嗎？或者只有拉姆齊一個？」

「黛安娜小屋一如黛安娜般純潔，那裡養貓已有好一段時間了。麥克諾頓乏善可陳，就像你知道的，他是一名退休教授，教數學的，看起來很有才華。他是突然申請退休的，說是由於健康因素，我想可能是真的，不過他看起來精神挺飽滿健壯。他似乎和所有的老朋友都斷絕了來往，這倒是很奇怪。」

「我們的問題在於，」我說，「一開始推論之後，每個人做的每件事都變得非常可疑。」

「你可能會在那兒有所收穫。」貝克上校說，「曾經有幾次我懷疑你已經叛變了，科林；也曾經有幾次我都懷疑自己叛變了，然後又叛變了回來！真是有夠亂七八糟。」

我的飛機在晚上十點起飛，我先去看了看赫丘勒．白羅。這次他正在喝黑醋栗糖蜜。他倒了一些給我，我拒絕了。喬治送來了威士忌，一切都像往常那樣。

「你看起來很沮喪。」白羅說。

「才不會，我就要出國去了。」

他看著我，我點點頭。

「所以是有那麼回事囉？」

「是的，有那麼回事。」

「那就祝你一切成功。」

「謝謝。你呢，白羅？你在家的工作進展如何？」

「什麼進展？」

「就是克勞汀怪鐘謀殺案的進展啊……你沒有靠著椅背，閉上雙眼，思考出解答嗎？」

「我津津有味地讀了你留在這裡的東西。」白羅回答說。

「沒有多少有用的東西，是不是？我告訴過你，這些鄰居都是些缺乏生氣的——」

「恰恰相反。至少有兩個人，他們說的話非常值得玩味——」

「哪兩個？他們說了什麼？」

白羅令人氣結地告訴我說，我必須認真看看自己做的那些筆記。

「那樣，你就會明白……答案會自動跳到你眼前。現在，你要去和更多的左鄰右舍聊一聊。」

「再沒有什麼情況可了解了。」

「一定有。若欲人不知，除非己莫為，這是金科玉律。」

「它可能是金科玉律，不過不適合這個案子。我要再告訴你最新發展：又發生了一起謀殺案。」

「真的？這麼快？有意思。告訴我。」

我告訴了他。他問得非常仔細，直到把每個細節都問得一清二楚為止。我也把交給哈凱松的那張明信片的事告訴他。

「記住，把四、一、三……或者是四、十三同時寫的時候[22]，」他重複說道，「呈現出來的樣子是一樣的。」

「你這些話是什麼意思？」

白羅閉上眼睛，說：「這張明信片上只缺一樣東西，那就是染血的手印。」

我滿臉疑惑地看著他。

「你覺得這樁案子到底怎麼樣？」

「情況變得更明朗一些了。像往常一樣，凶手已經按捺不住了。」

「但誰是凶手呢？」

白羅狡猾地避開這個問題。

「你不在的這段期間，可以讓我做些調查吧？」

「比如說？」

「明天我會請萊蒙小姐寫封信給我的一個法官老友恩德比先生，我還會請她去薩默塞大樓[23]查一下記錄，她還要替我向國外發一個電報。」

「這樣公平嗎，」我抗議說，「你不是只坐在那兒思考就夠了嗎？」

「這正是我在做的事情！萊蒙小姐要做的，只是去確認我已經推斷出的結論，我要的不是資訊，而是證據。」

「我不相信你真了解什麼，白羅！全是唬人的。因為根本還沒有人知道那個死者到底是誰——」

「我知道。」

「他叫什麼名字？」

「我不清楚，他的名字並不重要。你要理解，我知道的不是他叫什麼名字，而是他是幹什麼的。」

「一個敲詐勒索犯？」

22 這部分須用阿拉伯數字想像。

23 薩默塞大樓（Somerset House），位於倫敦市內，為英國國稅局、遺書委託處等公家機關之所在。

白羅又閉上了雙眼。

「是私家偵探？」

白羅睜開了眼睛說：「我引用短短的一句話來回答你，像上次那樣，之後我就不再多說了。」

他以極其莊重的神情吟誦道：「呱呱、呱呱，快來被殺[24]。」

24　引自十九世紀的童謠〈龐德太太，你晚餐吃什麼?〉（Oh, What Have You Got for Dinner, Mrs. Bond?），該童謠乃源自十八世紀的一齣音樂劇。

21

哈凱松警探看著桌上的日曆，九月二十日，已經過去十天了，完全沒有預期中的進展，因為案子還是卡在那個原來的問題：死者的身分。而辨認身分的時間又比他預期的還要久。所有的線索似乎都不起作用。實驗室檢驗死者的衣服後並沒有特別的發現，從衣服本身也找不到任何線索。那衣服品質精良，是進口的料子，不算新但保養得很好。牙醫、洗衣工、清潔工也都幫不上忙。死者仍然是一個「神祕人物」！但哈凱松認為他並不是真的「神祕人物」，因為他並沒有特別驚人之處，只不過到現在還沒人前來指認而已。他相信，這是這個案子的第一步關鍵。想到在報紙上標上「你認識這個人嗎？」的標題、登載了死者的照片之後，電話和來信便蜂擁而至的那種情況，哈凱松輕輕嘆了一口氣。那麼多人覺得他們認識這個人，可真讓人吃驚。有女兒們滿懷希望地寫信來，說他是多年失去聯繫的父親；年已九旬的老太太非常肯定照片上的人是她三十年前離家出走的兒子；好多位妻子一口認定他是她們走失的丈夫；姐妹們倒沒有那麼熱切來認領她們的兄弟，也許她們的渴望沒那麼熱切。當然了，還有一大批人說他們確實看見過這個人，在林肯郡、新堡、德文郡、倫敦市；在地鐵上、公車上，還有人說在碼頭上看見他鬼鬼祟祟的，或在路邊角落裡看見他一臉凶相，或看見他走出電影院時遮住自己的臉等等。成千上百個線索，雖然他們詳加追查其中較可信的說法，但還是沒有任何進展。

不過現在，警探又燃起了一絲希望。他又看了看桌上那封信，是一個叫梅林娜·里瓦寫來的，他很不喜歡這個名字，沒有人會為孩子取「梅林娜」這種名字，顯然這是這個女士自己取的一個怪名字。不過他喜歡這封信的感覺，口氣並不是很誇張，也沒有自信過頭。信裡只是說，她認為死者有可能是幾年前就離開她的丈夫，今天上午她要過來辨認。哈凱松按下對講機，克雷警佐推門進來。

「那個里瓦太太還沒到嗎？」

「剛剛到，」克雷回答說，「我正要告訴你呢。」

「她長什麼樣子？」

「看起來有點像演員。」克雷想了一會兒回答道，「妝化得很濃——但不是化得很好。我覺得，看來還算是可以信賴的女人。」

「她看起來很悲傷嗎？」

「不，看不出來。」

「好吧，」哈凱松說，「讓她進來。」

克雷出去了一下，很快就領著里瓦太太回來。

「這是里瓦太太，長官。」

哈凱松站起來和她握了握手。這位女士大約五十歲，他估量著，但如果站遠一點——還得很遠——她看起來只有三十歲左右；走近一看，敷衍了事的粉妝讓她看起來比五十歲還老，不過整體來看，他覺得她的年齡也就是五十。她頭髮烏黑，厚厚染上髮劑、沒戴帽子、中等身材，身著深色外套、裙子和白色襯衫，手提大格子花呢提包，手戴一兩個叮噹作響的手鐲，以及好幾枚戒指。總體言之，他心想，根據他的經驗，她屬於教養不錯的那種女人，不會過於拘泥小節，或許，容易相處，應該也滿慷慨，可能挺和善。可以信賴嗎？問題就在這裡。他並不指望這個，反正他原本就沒條件指望這種事。

「非常高興見到你，里瓦太太。」他說道，「我也非常希望你能幫助我們。」

「當然了，但我沒有十足把握。」里瓦太太道歉說：「不過這個人看起來的確很像哈利，非常非常像哈利。當然我也有心理準備他不是哈利，希望我不會浪費你太多時間。」

對這一點她好像相當不好意思。

「不要這樣想。」哈凱松說，「我們非常需要大家協助偵破這件案子。」

「是的，我明白。我也希望能確認清楚，你知道，我已經很久沒見過他了。」

「我們先了解一下情況好嗎？你最後一次見到你丈夫是什麼時候？」

「在坐火車的這一路上。」里瓦太太說，「我已經在腦中試著整理清楚。唉，時間蠶食記憶的速度，實在快得令人心驚。我想我在信裡已經告訴你了，那大約是在十年前……可能更久一點，也許更接近十五年。時間確實過得太快了。」她又世故地加了一句：「人容易覺得時間沒有距離那麼久，是因為這樣才能感覺自己沒那麼老。你覺得呢？」

「我想有可能。」哈凱松回答道，「你估計大約有十五年沒見過他了？你們什麼時候結婚的？」

「在那之前大約三年。」里瓦太太說。

「當時你們住在哪裡？」

「住在薩福克郡一個叫希普頓博伊的地方，不錯的城鎮，是個貨物集散地。相當迷你，如果你懂我的意思。」

「你先生當時是做什麼？」

「他是一個保險員，至少——」她自己停頓了一下說，「他是這樣說的。」

哈凱松猛然抬起頭問道：「而你發現不是這樣？」

「嗯，不，也不是……至少最初不是，只是後來，我想他說的可能不是真話。這麼說對男人而言比較方便，不是嗎？」

「我想在某些情況下是這樣。」

「我是說，這樣男人就有藉口經常出門不回家。」

「你先生經常出門不歸嗎，里瓦太太？」

「沒錯，剛開始我也沒有多想——」

「後來呢？」

她沒有立刻回答，停了一下說：「不說這個，行嗎？畢竟，如果這人不是哈利……」

他不知道她到底在想什麼，她聲音顯得很緊張，或許是情緒激動？他不敢下結論。

「我能理解，」他說，「你想趕快解決這件事。現在我們就去。」

他站起身來，陪著她走出辦公室，進入在外面等候的車中。他們到達目的地時，她緊張不安的表情，和先前他帶到這兒來的其他人沒什麼兩樣，於是他說些例行的話來安撫她。

「放輕鬆，沒什麼可怕的，只要一兩分鐘就好了。」

停屍床推了過來，工作人員掀開被單。里瓦太太站在那兒低頭注視了幾分鐘，呼吸變得有些急促，接著她微微喘了一口氣，然後猛然轉身說：「是哈利沒錯。他變得有些老了，看起來不太一樣……不過他就是哈利。」

哈凱松對工作人員點點頭，然後他扶著她的手臂走出來，上了汽車，返回警察局。他一言不發，讓她自己恢復鎮定。當他們回到辦公室，一名警察立即端著一杯茶走了進來。

「請喝茶，里瓦太太。喝點茶可以讓你鎮靜下來，然後我們再接著談。」

「謝謝。」

她把糖放進茶裡，放了一大把，然後大口灌了下去。

「好多了。」她說，「其實我並不是真的難過，只是……只是有點不舒服。」

「你覺得這個人確實就是你丈夫？」

「我確定。當然了，他變得老多了，不過他變得不算多。他看起來總是……嗯，非常光鮮，你知道，好像是個有頭有臉的人。」

是的，哈凱松心想，描述得不錯，有頭有臉的人。也許，哈利看起來比他的出身還高貴許多。有些男人確實是這樣，這對他們達到特殊目的很有幫助。

里瓦太太說：「他對衣服和每樣東西都非常注重，我想，這就是……她們那麼容易就迷戀上他的原因，她們一點也不懷疑。」

「誰迷戀上他，里瓦太太？」哈凱松語氣溫和憐憫。

「女人，」里瓦太太回答道，「女人。也就是他經常流連忘返的地方。」

「我明白了。你怎麼知道的呢？」

「哦，我……我只是懷疑。我是說，他經常不回家。當然，我也知道男人是什麼樣。我想他應該是時常和某個女孩子在一起。可是問男人這些事情也沒用，他們只會對你撒謊，結果不了了之。不過我沒想到——我真的沒想到他會認真。」

「真的嗎？」

她點點頭說：「我想應該是。」

「你怎麼發現的？」

她聳了聳肩膀說：「有一天他出差回來，他說去了新堡市。不管怎麼說，他回來了，而且告訴我說他得趕快逃走。他說萬事休矣，他惹上女人的麻煩，她是位學校教師，而且這件事可能會張揚出去。當時我問了他一些問題，他都直言不諱地告訴我了。也許他以為我知道得很多。你知道，女人很容易就迷戀上他，其實我自己也一樣。他只要拿出個戒指，他們就訂婚了，然後他就說要為她們投資賺錢，她們通常很快就把錢交給了他。」

「他也是這樣對你嗎？」

「沒錯，只是我什麼也沒給他。」

「為什麼？難道那時你已不信任他嗎？」

「哦，我不是那種輕易相信別人的人。對男人、男人的手腕以及各種醜惡面，我已經積累了一些所謂的閱歷。總之，我不想讓他動我的錢，我的錢我自己可以投資。錢一定要抓在手裡，這樣你才算是真實擁有！我見過太多女孩、女人被騙上當了。」

「他什麼時候要你出錢投資的？在你們結婚之前還是之後？」

「我想之前他就提過這類事情，不過我沒理會，他也就馬上避而不談了。我們結婚之後，他告訴過我有一些很好的投資機會。我說：『不行！』不只是因為我不信任他，也因為我太常聽到男人說他們有這樣那樣的好事，結果呢，只不過是他們被愚弄罷了。」

「你丈夫有沒有惹出麻煩上過警局？」

「這倒不用擔心！」里瓦太太說，「女人都怕讓人知道她們被騙了。不過這次顯然不一樣，這個女孩或女人受過教育，不像其他人那麼好騙。」

「她懷孕了？」

「是的。」

「這種事以前有沒有發生過？」

「我想有的。」她又接著說了一句：「說真的，我不知道他是怎麼走到這步田地的。你可能會說，他會不會只是為了金錢，這是謀生的一種手段；或者他是沒有女人不行的男人，而且認為她們供他尋歡作樂是理所當然的。」她語氣裡已經沒有一絲痛苦。

哈凱松和緩地問：「你很喜歡他嗎，里瓦太太？」

「我不知道，真的不知道。我想某方面是的，否則我就不會和他結婚了……」

「你和他——請原諒——已經結婚了？」

「這我也不能確定。」里瓦太太坦誠地說，「我們是結婚了，也是在教堂，但我猜他也許曾用不同的名字和其他女人結婚。我和他結婚時，他叫凱索頓，我想這不是本名。」

「叫哈利．凱索頓，對吧？」

「是的。」

「那麼你們就以夫妻的身分住在這個叫希普頓博伊的地方……住了多久？」

「我們在那兒待了大約兩年，之前我們住在唐克斯特附近。那天他回來告訴我一切時，我並不真的很驚訝，我想我早就清楚他是個爛人。一般人也許不會相信，因為他看起來總是那麼體面，十足的名士模樣！」

「後來怎麼樣了？」

「他說他得盡快離開那個地方，我說他還是走吧，我無法再忍受下去了！」她想了一下說：「我給了他十英鎊，那是我屋子裡僅有的現金，他說他缺錢……從那之後我再也沒見過或聽過他的消息，直到今天，或者說，直到我看見報紙上他的照片。」

「他身上有沒有什麼明顯的特徵或疤痕？手術過，或者碰傷、骨折之類留下的傷疤？」

她搖搖頭說：「我想沒有。」

「他以前曾經用過柯里這個名字嗎？」

「柯里？沒有，我想沒有，就我所知沒有。」

哈凱松把那張名片從桌子這邊遞過去。

「這是在他口袋裡發現的。」他說。

「他還是自稱保險員。」她說，「我想他用過……我是說他生前用過各種不同的名字。」

「你說十五年來都沒有他的下落？」

「反正他連一張聖誕卡都沒寄過，如果你問的是這個。」里瓦太太的語氣突然帶著幽默。「我想他也不知道我住在哪兒。我們分手之後我有時又回去演戲。大部分時間都在巡迴演出，生活不是很穩定，而且我也不再用凱索頓這個姓，改回梅林娜．里瓦。」

「梅林娜……呃，那不是你的本名吧？」

她搖搖頭，臉上露出高興的微笑。

「我想出來的，很特別吧？我本名叫弗蘿希．蓋普。我想我的教名一定是佛羅倫絲，可是大家都叫我弗蘿希或者弗蘿。弗蘿希．蓋普，這個名字不太浪漫，對吧？」

「你現在如何維生？還在表演嗎，里瓦太太？」

「偶爾。」里瓦太太顯得意興闌珊。「時斷時續的，也可以這麼說。」

哈凱松圓熟地說：「我明白了。」

「我到處打零工。」她說，「在宴會上幫忙，有點像女侍的工作，做的都是這類事情。生活不算太壞，多少會認識一些人，但也有山窮水盡的時候。」

「自從你們分手後，就從未收到哈利．凱索頓的任何消息，或聽說他的什麼情況。」

「什麼都沒聽說。我以為他可能到國外去了，或者死了。」

「我要問你的另一個問題是，你知不知道哈利．凱索頓為什麼會來到這個地方？」

「不，當然不知道。我連他這幾年在幹什麼都不知道。」

「他可不可能賣偽造的保險或是類似的東西？」

「我不知道。我覺得不太可能，我是說，哈利行事十分小心，不可能會做引火燒身的事情。我想比較可能是和女人有糾紛。」

「你覺得可不可能是為了敲詐勒索，里瓦太太？」

「哦，我不清楚……我覺得，可能吧。也許哪個女人不想讓人翻開她的陳年舊帳。我想，他認為那樣做很安全。不過請注意，我沒有說事情就是這樣，只說有可能。我想他不會要很多錢。他不會把人逼上絕路，他可能只會要求一點點。」她肯定地點點頭說：「沒錯。」

「女人都喜歡他，是嗎？」

「對，她們總是很容易就迷戀上他，我想主要是他看起來出身良好、地位高尚。她們以能夠征服像他這樣的男人而感到自豪，她們期望與他度過安穩美好的未來。這是我認為最有可能的解釋，我本人也有同樣的感覺。」里瓦太太直言不諱。

「還有最後一個小問題。」哈凱松對一個部屬說：「把那些鐘拿進來，好嗎？」

這些鐘放在一個托盤裡端了進來，上面蓋了一塊罩巾。哈凱松掀開罩巾，把托盤放到里瓦太太面前。她打量著，毫不掩飾她的興趣和讚賞。

「很漂亮，是吧？我喜歡那一個。」她撫摸著那座鍍金鐘說。

「你以前有沒有見過它們？它們對你來說有沒有任何意義？」

「沒有。應該有嗎？」

「你知道你丈夫和蘿絲瑪莉這個名字有什麼關聯嗎？」

「蘿絲瑪莉？讓我想想……有一個紅頭髮的——不對，她的名字叫羅莎莉。恐怕我什麼人也想不起來。我不可能全知道，對吧？哈利對他的事情總是遮掩得很好。」

「如果你看到一座鐘，指針指著四點十三分——」哈凱松停住不說。

里瓦太太高興地抿嘴輕笑說：「我會認為吃午茶的時間到了。」

哈凱松嘆了口氣。

「好吧，里瓦太太，」他說，「非常感謝你。我告訴過你的那個休庭審訊，將在後天再次開庭。你不介意出庭作證吧？」

「不，不介意，我可以出庭沒問題。我只要說他是誰就可以了吧？不必具體解釋吧？我不用交代他的生活方式這類事情吧？」

「目前還不需要。你只要指出他是和你結婚的人，叫哈利・凱索頓，正確的日期在薩默塞大樓可以找到就可以了。你在哪裡結婚的，記得起來嗎？」

「那個地方叫東布魯克……我想教堂的名字是聖邁克。我希望不會超過二十年，不然倒讓我覺得自己已經一隻腳踏進墳墓裡了。」里瓦太太說。

她站起身來，伸手握別，哈凱松和她道別。他回到辦公桌坐了下來，鉛筆輕輕敲著桌面。不久克雷警佐走了進來。

「滿意嗎？」他問道。

「似乎不錯。」哈凱松說，「哈利・凱索頓這個名字可能是個化名。我們得找出這傢伙的所有底細，看起來好像不止一個女人想報復他。」

「但他看起來是那麼可敬。」克雷說。

「這，」哈凱松說，「好像就是他慣用的手段。」

他又想起了那座刻著蘿絲瑪莉的鐘，它是不是一個紀念物呢？

22 科林・拉姆的自述

「你回來了。」赫丘勒・白羅說。

白羅小心地放了張書籤夾在他讀到的地方。

這次在他手邊桌子上放的是一杯熱巧克力，他喝的飲料還是那麼讓人受不了！不過這次他沒有要我和他一起品嘗。

「還好嗎？」我問道。

「搞得我一團糟，真是一團糟。他們在整修房子，重新裝潢，甚至整間公寓的結構都要變動。」

「這樣不是更加舒適嗎？」

「是會，不過對我來說卻很苦惱，我不得不打亂自己的計畫。還有那些油漆味！」

他露出一臉氣憤的神情看著我，接著，他揮一揮手驅趕走那些煩惱，問道：「你已經成功了嗎？」

我慢吞吞地回答：「我不知道。」

「啊，原來如此。」

「我找到我要找的，不過沒有找到他本人。我自己也不清楚目標是什麼，是情報？還是屍體？」

「談到屍體，我讀了克勞汀那場審訊的記錄，這樁一人或多人犯下的蓄意謀殺案還沒有明朗。你說的那個屍體，最後有人提供了他的姓名。」

我點了點頭說：「叫哈利．凱索頓，誰知道是誰呢？」

「是他太太指認出來的。你去過克勞汀了？」

「還沒有，我想明天去。」

「哦，你有空閒了？」

「沒有，還是因為工作。工作需要我到那兒去——」我停了一下，接著說：「我出國這段日子發生的事，我知道得不多，只聽說指認了死者這件事。你怎麼看這件事？」

白羅聳了聳肩膀說：「完全在預料中。」

「是的，警方非常厲害——」

「那些太太們也很配合。」

「梅林娜．里瓦太太！真少見的名字！」

「這倒使我想起了什麼。」白羅說道，「但到底是什麼呢？」

他以沉思的目光看著我，但我幫不上他的忙。見多識廣的白羅，他可能聯想到的事情太多了。

「拜訪朋友，在一家農舍……」白羅靜默不語，接著搖搖頭說：「不對，那是很久之前的事。」

「回來倫敦的時候，我會告訴你我從哈凱松那兒探聽到的梅林娜．里瓦太太。」我向他承諾。

白羅揮揮手說：「這倒不必。」

「你是說，不用告訴你，你就已經了解她的一切情況了？」

「不是，我是說我對這個人不感興趣——」

「你不感興趣——為什麼呢？我不明白。」我搖搖頭說。

「我們必須把注意力集中在案子的基本事實上。倒是請你講一下那個叫艾娜的女孩——就是死在威布蘭新月社區電話亭裡的那個。」

「除了上次提的那些，沒有更多資料可說了。對這個女孩我也一無所知。」

「那你所知道的，」白羅以指責的語氣說，「或你所能告訴我的，就是這個女孩像個可憐的小兔子，你在打字社看見她的時候，發現她手裡拿著掉了跟的鞋子，說是卡在一個格柵板上——」他突然打住不說了。「我問你，那個格柵板在什麼地方？」

「白羅，你真是的，我怎麼會知道這種事呢？」
「如果你問過的話，就會知道了。如果你沒有問到重點，怎麼會有通盤了解呢？」
「可是鞋跟在哪兒掉下來又有什麼關係呢？」
「可能沒關係。不過從另一方面來說，我們應該知道這個女孩去過的某個地點，這可能與她在那兒看見的某個人、或者那兒發生的某件事有關。」
「你真是想過頭了。不過我確實知道，那個地點離她辦公室相當近，因為她是這樣說的，後來她買了麵包，只穿著襪子就一瘸一拐回到辦公室吃麵包。最後她還說，這個樣子她怎麼回家呢？」
「啊，那她到底怎麼回家的呢？」白羅饒有興趣地問。
我盯著他看了看說：「我不知道。」
「哈，你當然不可能知道，你從沒問對問題！所以你才探聽不到重要的資訊。」
「那你不如自己去克勞汀親自問問題吧。」我氣憤地回答。
「現在不可能。下星期有個很好玩的作者手稿拍賣會——」
「你還有這種嗜好？」
「是的，沒錯。」他眼睛亮了起來。「比如說約翰．狄克遜．卡爾，或者叫卡特．狄克遜的作品——」
在他高談闊論之前，我藉口說馬上要參加一個約會就逃了。我根本沒有心情去聽他講述那些犯罪小說名家的創作技巧。

§

隔天晚上，哈凱松回到家的時候，我正坐在他家門前的台階上。我從黑暗中站起身來跟他打招呼。

「哈囉，是科林嗎？真是你呀！你又突然冒出來了，是不是？」

「如果你說我又翩然降臨了，會更合適一些。」

「你在這裡，坐在我家台階上多久了？」

「哦，大約半個小時。」

「很遺憾，你進不去。」

「其實我非常容易就進得去。」我憤憤不平地說，「你不知道我是受過訓練的嗎！」

「那你為什麼不進去呢？」

「我不想滅你的威風啊。」我解釋說，「一個做警探的人，房子一下就被人輕而易舉地闖進去，那多丟人呀。」

哈凱松從口袋裡掏出鑰匙，打開了大門。

「進來吧，」他說，「別胡說八道了。」

他帶頭走進客廳，接著給我倒飲料。

「夠了就說一聲。」

我說好了，然後我們開始喝飲料。

「案子終於有了點眉目，」哈凱松說，「我們知道了死者的身分。」

「我知道，我從報上看到了……誰是哈利・凱索頓？」

「他外表看起來是個上流社會的人，卻是利用和別人結婚的方式謀生，或者說利用和容易對付、易受騙的女人訂婚或結婚來維生。她們信任他的理財能力，於是把自己的積蓄交付給他，可是不久之後他就消失得無影無蹤。」

「他看起來不像那種人。」我拉回了自己的思緒說。

「那就是他的本領。」

「他被告發過嗎？」

「沒有，我們調查過，可是得不到太多資料。他經常變換姓名，雖然蘇格蘭警場的人都認為哈利・凱索頓、雷蒙・布萊爾、勞倫斯・道頓、羅傑・拜倫，所有這些名字都是同一個人，可是他們卻無法證明這一點。你知道，那些女人寧可損失金錢，也不會出面告發的。這個人只留下名字可供查詢——他總是以同樣的模式到處出現，而且不可思議地都能順利逃脫。比如說羅傑・拜倫這個人從紹森德消失後，另一個叫勞倫斯・道頓的人又會在新堡開始活動。他不喜歡拍照，他那些女朋友希望為他拍照，但他都躲開了。所有這些都是很久以前的事了——十五到二十年前。後來他好像徹底消失了，謠言四起，說他死了，不過也有些人說他到國外去了——」

「所以說，直到他再次露面並死在佩瑪小姐客廳的地毯上之前，都沒人聽過他的任何消息？」我說。

「的確如此。」

「這當然也顯示了一些可能性。」

「當然。」

「有些女人被侮辱之後，是永遠不會忘記的，對吧？」我問道。

「確實是這樣。有些女人記性特別好，從不會忘記——」

「如果這樣一個女人雙目失明了，也就是第二種折磨接踵而至——」

「這純粹是推測，沒有任何根據可以證明。」

「他的妻子長什麼樣子，這位……她叫什麼名字？梅林娜．里瓦？這個名字真古怪！一定不是她的本名。」

「她的本名叫作弗蘿希．蓋普，那個名字其實是她自己想出來的，她覺得比較適合她的生活方式。」

「她是幹什麼的？是個娼妓？」

「不是專業的。」

「如果說得好聽一點，叫放蕩的女人？」

「我覺得她是個本質不錯的女人，樂於幫助朋友。她自稱以前是個演員，有時候也做些『女侍』的工作，還滿可親的。」

「可靠嗎？」

「比其他人可靠。她辨認得比較肯定，毫不猶豫。」

「真是上帝保佑了。」

「是的。我當時都開始絕望了，有那麼多妻子要認領丈夫！我開始覺得，能了解自己丈夫的女人才是聰明的女人。告訴你，我覺得里瓦太太對她丈夫的了解，比對我們說的可能還要多一些。」

「她自己有沒有捲入過什麼犯罪活動？」

「根據記錄，沒有。我認為她可能交過——也許現在仍然有——一些可疑的朋友。應該不是什麼嚴重的事，大概是些詐騙之類的事情。」

「對於那些鐘，她有什麼看法？」

「一無所知。我想她說的是真話。我們已經調查了這些鐘的來歷，那座鍍金鐘和德勒斯登瓷鐘來自波托貝洛市場。不過這也沒有多大用處！你知道那裡星期六是什麼樣子。那個擺攤的老闆記得是個美國女士買走的，但我覺得他只是猜測而已，因為波托貝洛市場上到處是美國遊客。他老婆說是一個男人買走的，但她記不清楚那個男的長什麼樣子。那座銀色鐘是伯恩茅斯的一個銀匠做的，一個高大的女人想為她小女兒買一個禮物，就是她買走的！她記得起來的只有那個女士戴了一頂綠色帽子。」

「那第四座鐘呢？就是丟了的那座？」

「無可奉告。」哈凱松說。

我知道他這樣說的意思。

23 科林·拉姆的自述

我住的那家旅館狹小、簡陋，位於車站附近。旅館的烤肉還不錯，不過也只有這點可說的了。當然有個例外，就是這裡的價格比較便宜。

第二天早上十點，我打電話到卡文迪打字社，說我需要一名速記員幫忙記錄幾封信、重新打一份交易合約。我的名字叫道格拉斯·韋瑟比，住在克拉倫登大飯店（極其簡陋的旅館總是有一個顯赫高貴的名字）。我問可以派希拉·韋布小姐來嗎？我的一個朋友稱讚她工作效率非常高。

我很幸運，希拉可以直接過來，不過她十二點要到別的地方，於是我說十二點之前我們就可以結束了，因為我自己也和別人約好了。

當希拉抵達的時候，我已在克拉倫登大飯店的旋轉門外等她。我走向前去。

「道格拉斯·韋瑟比先生承蒙指教。」我說道。

「是你打的電話？」
「是的。」
「你不該這麼做。」她看起來十分憤慨。
「為什麼？我會付錢給卡文迪打字社。如果我把你寶貴的時間用在對街的金鳳花咖啡館裡，而不是用來記錄那些枯燥無味的信件，這對她們來說又有什麼差別呢？走吧，到那個幽靜的地方，慢慢喝杯咖啡。」
金鳳花咖啡館真如其名，到處金光耀眼。桌子的塑膠貼面、塑膠坐墊、茶杯以及托盤都做成了金黃色。
我點了兩人份的咖啡和烤餅。現在時間尚早，咖啡館裡還沒有多少人。
女侍點好餐離去後，我們隔著桌子互望。
「你還好嗎，希拉？」
「你是什麼意思……我還好嗎？」
她的黑眼圈那麼深，以至於眼睛看起來好像是紫色的，而不是藍色的。
「你過得不太好，是吧？」
「是的……不，我不知道。我以為你已經離開了？」
「是的，不過我又回來了。」
「為什麼？」

「你知道為什麼。」

她停頓了至少有一分鐘的時間，這時間也夠長的。她垂下眼瞼。

「我很怕他。」

「你怕誰？」

「你那個朋友，就是那個警探。他認為……他以為是我殺了那個男的，也是我殺了艾娜……」

「哦，那只不過是他的一貫作風。」我安撫她說，「他總是讓人覺得他對每個人都抱持懷疑。」

「不對，科林，根本不像你說的那樣，這樣安慰我是沒用的，從一開始他就認為我和這個案子有關。」

「小姐，根本沒有證據對你不利，只不過因為案發時你在現場，因為有人設下圈套讓你去現場……」

她打斷了我的話。

「他卻認為是我安排自己到現場，他認為我說的全都是捏造的謊言，他認為艾娜知道某些內情，以為艾娜在電話上聽出我假裝佩瑪小姐的聲音。」

「那到底是不是你的聲音？」我問道。

「不是，當然不是。我從來就沒打過那通電話，我一直是這樣告訴你的。」

「聽著，希拉，」我說，「不管你對其他人怎麼講，你必須對我說實話。」

「那就是說，你根本就不相信我說的話！」

「不，我相信。那天你可能為了某個不相關的理由打了那通電話，可能是別人要求你打的，也許他告訴你那只不過是個玩笑。後來你害怕了，於是說了謊話。一旦說了謊，你就不得不繼續說下去，是不是這樣？」

「不，不，不對！我要對你說多少次？」

「很好，希拉，不過有件事情你沒有告訴我。我希望你信任我。如果哈凱松握有什麼對你不利的證據，一個他沒有告訴我的事——」

她再次打斷我的話。

「你認為他會把什麼都告訴你？」

「哦，他沒道理不告訴我，我們畢竟還算是同行。」

這時，女侍把我們點的東西送了過來，咖啡的顏色就像最新流行的貂皮顏色，是灰白色的。

「我不知道你和警察有什麼關係。」希拉邊說邊慢慢地一圈圈攪動著咖啡。

「說警察並不確切，我和警察完全不同。不過就我所了解，如果迪克不告訴我你的某些情況，那一定是有特殊原因，因為他認為我對你有意思。是的，我是對你感興趣，不僅如此，我還站在你這邊，希拉，不管你做了什麼。那天你從那座房子裡衝出來時，嚇得幾乎沒命，你確實是非常害怕，不是裝出來的，你當時的樣子是演不出來的。」

「我當然非常害怕，我都快嚇死了。」

「是發現了屍體才把你嚇成那樣？還是有別的事？」

「還會有什麼事？」

我振作了一下精神問道：「你為什麼偷走那座刻有蘿絲瑪莉字樣的鐘？」

「你什麼意思？我幹嗎要偷走呢？」

「我就是在問你為什麼偷走它。」

「我從來就沒有碰過它。」

「當時你說手套忘了拿，於是你回去拿。可是那天你根本沒戴手套，那是個氣候非常好的九月天。我從來就沒看過你戴手套。好了，當時你就是回到那個房間，拿走了那座鐘。不要再說謊了，是你拿的，對不對？」

她沉默無語了好一會兒，翻弄著盤子裡的烤餅。

「好吧，」她聲音低得如同耳語。「是我拿的。我拿起那個鐘，匆忙塞進我的袋子裡就出來了。」

「可是你為什麼要這樣做？」

「是因為那個名字……蘿絲瑪莉，那是我的名字。」

「你的名字叫蘿絲瑪莉，不叫希拉？」

「兩個都是，叫蘿絲瑪莉．希拉。」

「就是這個原因嗎？就因為你的名字和鐘上的刻字一模一樣？」

她聽出來我不相信，不過她堅持是這個原因。

「我告訴你了，那時我非常害怕。」

我看著希拉。她是屬於我的女孩，我要的、我想擁有的那種女孩。可是對她存有幻想是沒用的，她說謊，也許一直都在說謊，這是她求生的方法——矢口否認一切。這是小孩子的武器——也許她從來就沒有放棄它。如果我想追求她，就必須接受她的一切，包容她這些弱點。我們都有弱點，我的弱點和她的截然不同，但畢竟還是弱點。

我下定決心並且進行反擊。只有這條路可走。

「那就是你的鐘，對不對？」我問道，「是你的？」

她喘了一口氣說：「你怎麼知道？」

「請你把一切都告訴我。」

於是她吞吞吐吐地把事情的經過全倒了出來。這座鐘幾乎是伴著她長大的。在她六歲之前，大家都叫她蘿絲瑪莉，不過她不喜歡這個名字，堅持要大家喊她希拉。最近這座鐘故障了，於是她隨身帶著，打算送到離辦公室不遠的一家鐘錶店去修。可是她不知道在什麼地方弄丟了，也許在公車上，或者忘在午飯時間買三明治的牛奶架上。

「這事距離新月社區十九號的謀殺案有多久？」

大約一個星期，她回想了一下說。當時她並沒有太在意，因為這個鐘已經很舊了，而且老是不準，確實也該換一個新的了。

然後她說道：「剛開始我沒注意到它。一開始走進那個房間時，並沒有注意到它。後來我……發現那個屍體，嚇呆了。我摸了一下屍體就站了起來，站在那裡發呆時，看到那個鐘恰好面朝著我，它放在壁爐旁的桌子上……我的鐘！當時我手上已沾上了血。接著她走了進來，我什麼都忘了，因為她就要踩到屍體了。然後……所以……我就跑了出去，逃開那裡……當時我只想到這點。」

我點點頭說：「後來呢？」

「我開始想，她說她沒有打電話要我來，那麼會是誰呢？是誰叫我到那裡，而且把我的鐘放在那兒？我……我當時說手套忘在房間裡，然後把那個鐘塞進我的包包，我想這麼做實在是……很愚蠢。」

「再沒比這更傻的了。」我告訴她。「在某些方面，希拉，你一點都不聰明。」

「可是有人想陷害我啊。那張明信片，一定是那個知道我拿走鐘的人寄來的。而且那張明信片是張刑事法庭的照片，如果我父親是名罪犯——」

「你對你父母親了解多少？」

「我還是個嬰孩的時候，我父母就在一場意外中喪生了。這是姨媽告訴我的，而且一直都是這麼說的。但她從來就不提起他們，也從不告訴我他們的事。有一兩次我問她，她告訴我的情況總和她以前說的不一樣，所以，我知道她一定有什麼事情瞞著我。」

「繼續說下去。」

「所以我想，也許我父親犯了某種罪，甚至是一名殺人犯……或許是我母親。如果人家不談你去世的父母，不能或者不願告訴你他們的情況，真正的原因可能是有什麼見不得人的事，他們認為你知道了會承受不了。」

「所以你就自己猜測了。也許原因其實很單純，可能只因為你是一個私生子的緣故。」

「我也想過這點。大人是會刻意隱瞞這種事，不讓孩子們知道。這樣做很愚蠢，他們最好把事實真相告訴孩子，在這個時代這已經沒那麼嚴重了。不過，你知道，重點是，我完全不了解。我不清楚事情背後是怎麼回事。為什麼我叫蘿絲瑪莉？這不是家族的姓，卻像是一種紀念，不是嗎？」

「也可能具有很好的意義。」我說。

「是的，有可能……不過我沒有這種感覺。總之，那天警探問了我一些問題之後，我就開始思考。為什麼有人故意叫我到那裡去呢？叫我到一個有人被殺死的地方？難道是那個被謀殺的男人希望我去那裡見他？他，也許就是……我父親，而且他要我為他做些事情？可是有人進來先把他殺了。或者是，有人一開始就想設計成是我謀殺了他？哦，我是一團混亂，而且非常害怕。好像每件事情都是針對我而來。叫我到那兒去、發現一個死人，還有我的名字——蘿絲瑪莉——寫在我自己的鐘上，可是鐘本不該出現在那個地方。所以我就驚惶失措，做了一件非常傻的事情，正如你說的。」

我對她搖了搖頭。

「你讀太多或打太多恐怖小說和偵探小說了吧。」我指責她說，「艾娜怎麼說呢？難道你根本沒想過艾娜對你有什麼想法嗎？她每天在辦公室都看得見你，為什麼還要跑到你家裡找你？」

「我不知道。她應該不會認為我和那樁謀殺案有什麼關係，她不會這樣想的。」

「她可不可能偶然聽到了什麼，或做錯了什麼？」

「不會的，一定沒有！」

我陷入沉思，無法不去懷疑……即使是現在，我也不相信希拉說的是真話。

「你有沒有什麼仇人？比如說憎恨你的男子、嫉妒你的女孩，或者其他和你曾經有過節的人？」

這些話聽起來很沒說服力。

「當然沒有。」

就這樣了。到現在我對那座鐘的事仍舊無法盡信，聽起來非常離奇。四一三，那些數字代表什麼意思？為什麼在一張明信片上寫著「千萬記住」，除非這些數字對收件人有特別的意義？

我嘆了一口氣，付了帳之後站起身來。

「別擔心，」我說（其實這是英語或所有語言裡最愚蠢的字眼），「科林・拉姆私人偵探服務社已經開始營業，你會沒事的，而且我們將來會結婚，從此以後快快樂樂地生活。我再問你一下，」雖然我知道這種場合最好以浪漫的口氣結束談話，可是我不能自制，科林・拉姆的好奇心驅使我問下去。「你是怎麼處理那個鐘的？藏在你的抽屜裡？」

她停了一會兒說道：「我把它扔在隔壁家的垃圾桶。」

這事讓我印象深刻。這手法簡單而且可能效果顯著。她這樣做也算夠聰明，或許我低估她了。

24
科林·拉姆的自述

希拉·韋布走了以後，我回到克拉倫登大飯店，打包好行李，準備讓腳夫搬走。住在這種旅館，若在中午之前結帳有特別優待。

之後我離開了那兒。回程中，正好從警察局門口經過，我猶豫了一下，還是走了進去。

我找哈凱松，他正好在。我看見他正緊鎖眉頭，手裡拿著一封信。

「今天晚上我又要走了，迪克，」我說，「回倫敦去。」

他抬起頭看著我，臉上帶著深思的表情說：「聽我一句忠告，行嗎？」

「不行。」我立刻回答。

他完全不理會我，想叫你聽他們忠告的人，從來就不在乎你說什麼。

「你應該避開、離開，如果你知道怎麼做對你最好的話。」

「沒有人可以判斷怎麼做對其他人才是最好的。」

「我懷疑。」

「告訴你吧，迪克，等我完成現在的任務之後，我就洗手不幹了。至少我目前是這麼打算。」

「為什麼？」

「就像維多利亞女王時代守舊的傳教士，我充滿疑惑。」

「別著急，要給自己時間嘛。」

我不清楚他這是什麼意思，我問他為什麼看起來那麼煩惱。

「你讀讀這個。」

他把那封一直埋頭研究的信遞給我。

親愛的先生：

我剛剛想起一件事。你問我我丈夫身上有沒有什麼可供辨認的標記，當時我說沒有。我說錯了，實際上在他的左耳後邊有一個疤痕。當時我們養的一條狗突然撲到他身上，他失手被刮鬍刀刮到，讓醫生縫了幾針。疤痕很小，也不很嚴重，所以前幾天我沒想起來。謹此

梅林娜．里瓦

「她的字滿漂亮的。」我說，「不過我實在不喜歡紫墨水。死者是不是有一塊疤痕？」

「他是有個疤痕，就在她說的那個地方。」

「她辨認的時候難道沒看見嗎？」

哈凱松搖搖頭說：「被耳朵蓋住了，得把耳朵往前翻才看得見。」

「那很好啊，很棒的證據。你在煩什麼？」

他沮喪地說這個案子真是要命，他問我回到倫敦時，會不會去看我那個法國還是比利時的朋友。

「也許吧，為什麼問這個？」

「我向局長提到他，他說他當然知道他……就是那椿女導遊謀殺案。如果他打算到這兒來的話，我真誠歡迎。」

「他不會的，」我回答說，「這個人是個戀家的人。」

§

十二點一刻，我按了威布蘭新月社區六十二號寓所的門鈴，拉姆齊太太開了門，連眼皮都沒抬一下就問：「是誰呀？」

「我可以和你說幾句話嗎？十天前我到過這兒，你可能記不起來了。」

她這才抬眼仔細打量了我一下，並微皺著雙眉說：「你是……你和那個警探一起來的，對吧？」

「是的，拉姆齊太太。我可以進來嗎？」

「要就進來吧，一般人都不會把警察拒之門外，不然他們對你可就沒有好印象。」

她帶頭走進客廳，唐突地朝一把椅子一指，然後就坐在我對面。她的語氣略帶尖刻，不過她的態度有些無精打采，這是我以前沒注意到的。

我說：「今天這兒看起來很安靜……我想你的孩子都回學校了吧？」

「對，那確實會有些改變。」她繼續說道，「我猜你還要問一些問題吧？關於最新的那個謀殺案，在電話亭裡被殺死的女孩。」

「不，並不完全是。我和警察其實沒有太大關係。」

她略感驚訝。

「我以為你是警佐……拉姆警佐，不是嗎？」

「我的名字叫拉姆沒錯，不過我在一個性質完全不同的部門工作。」

拉姆齊太太不再顯得無精打采了，她快速、強硬、直接地看了我一眼。

「哦，」她問，「那麼，你要問什麼問題？」

「你丈夫目前仍然在國外嗎？」

「是的。」

「他已經離開相當長的時間了，是吧，拉姆齊太太？而且去的地方相當遠？」

「你知道些什麼事？」

「哦，他到蘇聯去了，對吧？」

她沉默了好一會兒，然後用平靜、單調的口吻說道：

「對，是的，是這樣的。」

「你當時知道他要走嗎？」

「多少知道一些，」她停了一會兒，接著說：「他希望我到那邊和他會合。」

「他是不是已經考慮了好一段時間？」

「我想是的，不久前他才告訴我。」

「你不認同他的想法？」

「我想我曾經認同過。不過你一定很清楚……你已經徹底調查過了，對不對？調查過去的情況，查明了誰是跟隨者、誰是黨員等等的資料。」

「你也許可以提供一些對我們有用的訊息。」我說。

她搖搖頭說：「不行，我沒辦法。不是我不願意。你知道，他從來就沒有明確告訴過我什麼，我也不想知道。對那些事我已經厭煩透了！當麥克告訴我他要離開這個國家，逃到莫斯科去時，我完全不覺得震驚。只是我得決定我的意向。」

「所以你決定不認同你丈夫的目標？」

「不，我不會這麼解釋！我考慮的純粹是個人的問題，我相信女人最終都是從這個角度考量，除非她是個狂熱的信徒。女人也可能非常狂熱，但我並不是，我一直都只是個溫和的左派。」

「你先生是否參與了拉金事件？」

「我不知道。我猜他可能也在其中，他從來沒跟我提過這件事。」突然她精神奕奕地看了我一眼說：「我們最好把話說清楚一些，拉姆先生……還是披著羊皮的拉姆先生，不管你叫什麼。我愛我丈夫，我對他的感情很深，不管認不認同他的政治觀點，我可能都會和他一起去莫斯科。不過他要我帶著孩子去，而我不想把孩子帶過去！就這麼簡單。所以我決定和孩子們一起留下來，不管還能不能再見到麥克。他必須選擇自己的生活方式，而我也得選擇我的。不過，在他提出這個要求之後，有件事我相當確定：我希望我的孩子在自己的國家長大成人。他們是英國人，我希望他們像正常的英國小孩一樣成長。」

「我明白了。」

「這就是我的看法。」

拉姆齊太太邊說邊站了起來，她的神情好像是突然做了決定。

「這一定是個艱難的抉擇。」我輕輕地說，「我深表同情。」

我的確有此感觸。也許她體會到我話中流露的同情理解，遂微微一笑說：「也許你真的是……我想你的工作多少需要深入了解各種人，了解他們的感情、他們的思想。這件事情對我是相當大的打擊，不過最艱難的時刻我已度過……現在我得做各種計畫……要做什麼、要到哪裡、留在這裡還是搬到其他地方等等。我該找個工作，以前我曾經做過祕書，或許我該重新去上速記或打字課程。」

「哦，那別到卡文迪打字社工作。」我說。

「為什麼呢？」

「在那兒工作的女孩們好像都會發生不幸的事情。」

「如果你認為我知道那件案子的一些眉目，那你就錯了，我什麼都不知道。」

我向她道別之後離開。在她那裡我一無所獲，我本來就不期望會有什麼收穫，但還是得整理整理雜亂的思緒。

§

我剛從拉姆齊太太家的大門走出來，就差點撞上麥克諾頓夫人。她手裡提著一個購物袋，搖搖晃晃地走著。

「我幫你提。」

我說著，便從她手裡把袋子接了過來。剛開始她想把袋子搶回去，後來她伸長脖子盯著我看，然後把手鬆開了。

「你是警察局那個年輕人。」她說，「我一開始沒認出你來。」

我提著購物袋到了她家門前，她在我旁邊步履蹣跚地走著。那袋子出奇沉重，不知道裡面裝什麼東西，好幾磅的馬鈴薯嗎？

「不用按門鈴，」她說，「門沒有上鎖。」

似乎住在威布蘭新月社區的人家，大門都不上鎖。

「案情進展如何？」她閒聊地問道，「那個男人的結婚對象，條件好像差他很多。」

我不知道她在說什麼。

「你說的是……我離開了一陣子。」我解釋說。

「哦，原來如此，我猜你是去跟蹤什麼人了吧。我是說里瓦太太。我去參加了審訊，她是個相貌平庸的人，我說啊，她丈夫死了，她看起來卻不怎麼悲傷。」

「她已經有十五年沒見過他了。」我解釋說。

「安格斯和我結婚二十年了。」她嘆口氣說，「好長一段時間啊。他不在大學裡工作了，還是有那麼多園藝工作要做……我一個人都不知道要幹什麼。」

這時，麥克諾頓先生手拿著鏟子，來到房子的轉角。

「哦，你回來了，親愛的。我來幫你拿東西──」

「就把袋子放在廚房裡吧。」麥克諾頓夫人趕緊對我說，同時用手肘輕輕推了我一下。

「只是買了些玉米片、雞蛋和一個香瓜。」她笑容燦爛地對丈夫說。

我把袋子放在廚房的桌子上，裡面發出叮叮噹噹的響聲。

玉米片，真是瞎說！我發揮我的偵探本能，在一張塑膠紙裡面，藏著三瓶威士忌。

於是我明白了麥克諾頓夫人為什麼有時候興高采烈、喋喋不休，有時候卻走路搖搖晃晃。也許這和麥克諾頓辭去教職也有關係。

今天上午遇見了許多人。當我沿著新月社區朝艾巴尼路走的時候，碰見了布蘭德先生，他看起來神采奕奕，立刻就認出了我。

「你好嗎？案子辦得怎麼樣？我想，那個屍體的身分已經確認了吧。看起來他對太太不太好。順便問一句，你不是本地警局的人吧？」

我含糊其辭地回答說，我是從倫敦過來的。

「那麼蘇格蘭警場也有興趣了是嗎？」

「嗯……」我含混應道，並沒有給出明確回答。

「我了解，你不能在外面亂說。你沒有出席那次審訊。」

我說我出國去了。

「我也是，小夥子，我也出去了一趟！」他朝我眨眨眼。

「到花都巴黎？」我問道，同時也朝他眨眨眼。

「真希望是去那裡，不過沒有，只到布洛涅[25]旅行了一天。」

他用手肘輕輕推了我一下（就像麥克諾頓夫人那樣）。

「沒帶老婆去，和一個漂亮小姐結伴同行，金髮，熱情如火喔。」

「因公出差？」我說。

我們兩人開懷大笑。

他繼續朝六十一號寓所走去，我則朝著艾巴尼路向前走。

我對自己非常不滿意。正如白羅所言，從街坊鄰居那兒應該可以挖掘到更多資訊，完全沒有任何人看見什麼情況是違反常理的！也許是哈凱松問錯了問題，可是我想得出更好的問題嗎？當我走上艾巴尼路的時候，腦子裡列出了要問的一些問題，如下：

柯里（凱索頓）先生　被人麻醉——什麼時間？
同右　被人殺死——什麼地方？
柯里（凱索頓）先生　被移到十九號寓所——怎麼辦到的？
一定有人看見了什麼！——是誰？
同右　——看到什麼？

我再向左轉，沿著威布蘭新月社區前行，這正是九月九日那天我行走的路線。我是不是

25 布洛涅（Boulogne），法國北部的一個海港。

該去佩瑪小姐家按門鈴，然後說……嗯，我該說什麼呢？

那就去沃特豪斯小姐家？可是我和她又能說些什麼呢？

或是到亨明夫人家？和她聊聊似乎不錯。她不會仔細聽別人說什麼，而她所說的話，雖然沒有條理而且前後顛倒，不過可能會提供一些線索。

我繼續朝前走，腦子裡注意著我先前見過的這些寓所號碼。死去的柯里先生當時是不是也這樣邊走邊看著號碼，然後走進他想去的那戶人家？

威布蘭新月社區潔淨如昔。我心裡好想像維多利亞時代的人一樣大聲喊：「啊！如果石頭能夠講話，該多好呀！」這是那個時代的人最喜歡的感嘆詞。不過石頭無法說話，磚頭、砂漿、石灰和灰泥也一樣不能說話。威布蘭新月社區依舊保持沉默，它冷漠、守舊、寒酸。我覺得，即使是令人討厭、四處闖空門的小偷來到這裡，也不知道要找些什麼。

四周人煙稀少，兩個騎自行車的孩子從我身邊經過，還有兩個手提購物袋的婦女。這裡的房子就像塗上防腐劑的木乃伊那樣，把所有內在的生命跡象都封鎖起來。我知道為什麼如此，因為時間已是一點，或者接近一點，是英國傳統奉如聖儀的午飯時間。在一兩個房子裡，透過沒有掛上窗簾的窗戶，我看見一兩個人正圍著餐桌而坐。不過即使是那樣的窗戶也非常少見，這裡的窗戶不是用尼龍網窗簾小心翼翼地封上——和曾經一度盛行的諾丁罕網狀窗簾正好相反；不然就是（這更有可能）正跟著二十世紀六十年代的潮流，在「現代化」的廚房裡吃飯。

這正是一天中進行謀殺的大好時機，我思忖著。不知道凶手是不是也這樣想？這是不是凶手計畫的一部分？終於我來到了十九號寓所。

像平常那些低能的大眾一樣，我站在那兒凝望。此時放眼望去空無一人，「沒有左鄰右舍，」我傷心地說，「沒有任何聰明的目擊者。」

突然我覺得肩膀一陣刺痛。我錯了，這裡其實有個朋友，如果這位朋友能開口的話就很有用處了。我剛才一直倚靠在二十號寓所的門柱上，而先前見過的那隻黃貓也蹲伏在上頭。我先把牠的爪子從肩膀移開，然後停下來對牠說話。

「如果貓能說話，」

我給牠一個開場白。黃貓張開嘴巴，大聲叫了一聲「喵」，聲音悅耳優美。

「我知道你能說話，」我說，「我知道你和我一樣可以說話，不過你說的話我聽不懂。那天你也坐在這裡嗎？有沒有看見誰走進那棟房子？誰從那裡出來？你是不是清楚整個來龍去脈？我相信你是的，咪咪。」

這隻貓完全不搭理，牠轉過身去背對著我，開始擺動牠的尾巴。

「對不起，閣下。」我說。

牠扭過頭來冷冷地看了我一眼，接著旁若無人地洗起臉來。鄰居！我心裡痛苦地想。無庸置疑，威布蘭新月社區的住戶們缺少守望相助的習慣。我在尋找的——也是哈凱松在找的——是某個喜歡閒聊、愛打聽、好窺視、整天無所事事、成天往外觀望等著看醜聞發生的老太太。問題是，現在這種老太太好像已經慢慢消失了。她們住進了專為老年人服務的「老人之家」，或者盤據在醫院一位難求的病床上。那些跛的、瘸的和老的人都不再住在自己的房子，而由忠實的看護或者由樂意有個住處的貧窮笨親戚來照顧，這對犯罪調查來說是個不利的因素。

我朝馬路對面看了看，為什麼那裡沒有什麼鄰居呢？為什麼面對我的不是一排整潔的房屋，而是那個冷酷無情的混凝土建築。無庸置疑，那裡住著許多人，是那些白天出門工作，只在晚上回來梳洗打扮然後繼續出去會情人的人租住的。和那幢公寓樓房的冷酷無情相比，我似乎開始對威布蘭新月社區那逐漸消失的維多利亞式優雅產生了親切感。

突然間，我看見那幢樓房某個房間發出一道閃光晃了一下，我覺得有些迷惑，抬眼看了看，沒錯，閃光又出現了。一扇開著的窗戶裡，有人正朝外觀望。那張臉被前面架著的某個東西遮住了。那道閃光又出現了。我把一隻手伸進口袋裡，我口袋裡裝了許多東西，它們有時候可能會派上用場，而且它們的用處有時會讓你大吃一驚。一條小小的膠帶、幾個外表不起眼卻能打開大多數門鎖的工具、一罐貼著名不副實標籤的灰色粉末，外加一個吹入器，還有一兩個一般人都說不上來是什麼東西的小玩意兒。除此之外，還有一個袖珍野鳥望遠鏡，倍率雖不高，不過滿好用的。我把它拿了出來，架在眼睛上。

窗戶那頭有個小孩，我可以看到長長的辮子披在她肩膀上。她拿著一個觀戲用的小望遠鏡，似乎正津津有味地打量著我。其他地方大概沒什麼好看的，所以她對我這兒饒有興致。

就在這時，威布蘭新月社區另外一件事情分散了她的注意力。

一輛非常老舊的勞斯萊斯沿路大搖大擺地開過來，駕車的是一位年紀非常大的司機。他看起來很尊貴，不過似乎很厭倦生活。他駕著車從我身邊雄赳赳駛過去。我注意到，那個觀望的小孩正把小望遠鏡對準那個司機。我站在那兒沉思。

我總是相信，如果你耐心等待，就會有好運氣。你本來不指望、沒想到會發生的事情竟然發生了。這是不是我的運氣？我又抬頭看看那幢方形的龐然大物，仔細打量我有興趣的那扇窗戶的位置，數算它從房子兩邊以及從地面數過去的位置，在第三層。然後我沿著大街走到那幢樓房入口。進去之後，沿著建築有一條寬廣的車道，兩旁草皮上花圃排列規整，位置合宜。

我發現，調查若能一氣呵成，效果總是不錯的，所以我踏上那條車道朝樓房走去。抬頭朝上看並裝出驚奇的樣子，再彎腰裝作在草地上尋找東西的樣子，最後我挺起身子，裝作把什麼東西從手裡放進口袋裡。

然後我繼續沿著樓房走，一直走到入口。

我想，這裡大部分時間都有個守門人待著，可是在一兩點之間，門房卻是空的。門鈴上貼著大大的標語：「門房」，不過我沒去按門鈴。那裡有部電梯，我走進去，按到三樓的開關，之後我就得小心行事了。

從外觀看來，每個房子的位置都相當單純，但到了建築物內部卻把人弄迷糊了。不過，這類事情過去我有很多經驗，我很肯定我找的這個屋子不會錯，上面的號碼是七十七號。

「哦，」我心裡想，「七是幸運數字，進去吧。」

我按了門鈴，靜候事態發展。

25 科林・拉姆的自述

我等了一兩分鐘，門打開了。

開門的是一位高大、金髮的日爾曼女孩。她臉色紅潤、衣服色澤鮮豔，滿臉疑慮地打量著我。她的雙手雖然匆匆忙忙擦拭了一下，但還沾著一些麵粉，她的鼻子上也有一塊麵粉的斑點，這就很容易讓人猜出她先前在忙什麼。

「打擾一下，」我說，「我想，你這裡有個小女孩。她從窗戶掉了什麼東西。」

她以鼓勵的表情衝我笑了笑，看來她的英語並不怎麼好。

「對不起，你說什麼？」

「有一個小孩……小女孩。」

「是的，是的。」她點點頭說。

「她掉了一件東西……從窗戶上。」我做手勢比畫著。「我撿起來，送過來了。」

我伸出一隻手，手裡有把銀色的水果刀。她看一看，並不認得它。

「我想不是——我從來沒見過……」

「你正忙著做飯。」我體貼地說。

「是的，是的，我在做飯，是這樣。」她使勁點頭。

「我並不想打擾你。」我說，「我只想把這個給她。」

「你說什麼？」

後來她聽懂我的意思了。她領著我穿過廳廊，打開一扇房門，門那頭是一間溫馨的客廳，窗戶旁有張沙發，上面坐著一個九或十歲的孩子，一條腿上還打著石膏。

「這位先生，他說你，你掉了……」

就在這時，很幸運地從廚房飄過來一股濃烈的燒焦味。帶路的女孩驚叫一聲說：「對不起，實在對不起。」

「你去忙吧，」我真誠地說，「這裡我來就好。」

她快速離開了。我進了房間，關上房門，朝沙發走去。

「你好嗎？」我說。

「你好。」

孩子回答時，邊用警覺的眼神一動不動地打量我，弄得我有點不知所措。她是個相貌平平的女孩，灰色的直髮梳成兩個辮子，前額突出，下巴尖削，一對灰色眼睛聰明靈活。

「我叫科林・拉姆，」我說，「你叫什麼名字？」

她立刻就回答說：「潔拉汀・瑪麗・亞歷珊卓・布朗。」

「老天！」我說，「這名字真長。他們都叫你什麼？」

「叫我潔拉汀，有時候也叫我潔莉，可是我不喜歡，而且爸爸也不喜歡簡稱。」

和孩子們打交道的好處是，他們有自己的思維邏輯。成年人一定會馬上問我來幹什麼，潔拉汀沒有問那些笨問題，很自然地就和我聊起來。她一個人太無聊，任何人來訪對她而言都是新鮮有趣的事。除非我是一個枯燥乏味的人，否則她很樂意和我聊下去。

「你爸爸出去了，對吧？」我問。

她還是立刻就有答案，而且還把她知道的每個細節說得清清楚楚。

「他去卡廷黑文工程公司，在比弗布吉那邊。」她回答，「準確地說，離這裡有十四點七五英里。」

「那你媽媽呢？」

「媽媽死了。」她完全沒有憂傷的樣子。「她死的時候我才出生兩個月。她從法國搭飛機回來，飛機失事了，上面的人都死了。」

她說來帶著一點滿足感。我意識到，對一個孩子來說，如果她媽媽確實死了，而且是在一場殘酷的事故中亡故的，那反而變成某種榮耀。

「我明白了，」我說，「所以你有——」我朝房門口看了看。

「她叫英格麗，從挪威來的，才來兩個星期。她還不會講英語，我正在教她英語呢。」

「那她教你挪威語嗎？」

「不太多。」她回答。

「你喜歡她嗎？」

「喜歡，她還可以。她煮的菜有時候味道怪怪的。你知道嗎，她喜歡吃生魚。」

「我在挪威也吃過生魚，」我說，「有時候味道還滿好的。」

她似乎很懷疑。

「今天她要做甜餡餅。」她說。

「聽起來很好吃。」

「嗯，對，我喜歡吃甜餡餅。」她接著很有禮貌地問道：「你是來吃午飯的嗎？」

「不是的，實際上我剛才從下面經過時，看見你的東西從窗戶掉下去了。」

「我？」

「是的。」

我將那把銀色水果刀遞給她。她看了看，剛開始她一臉疑惑，接著就露出高興的表情。

「好漂亮，」她說，「這是什麼？」

「是一把水果刀。」

我把它打開。

「噢，我懂了。你是說可以用它削蘋果什麼的。」
「是的。」
她嘆口氣說：「這不是我的，它不是我掉的。你怎麼會認為是我掉下去的呢？」
「哦，你剛才正好從窗戶往外看，而且……」
「我大部分時間都在看窗外。」潔拉汀說，「你看，我跌倒了，把腿摔斷了。」
「真不幸。」
「對啊。我摔得挺慘的。我要走下公車的時候，它突然開動了。剛開始很痛，現在不會了。」
「你一定很無聊。」我說。
「對啊。不過爸爸買給我好多東西，有黏土、書、蠟筆、拼圖等等，可是你還是會玩膩的，所以我就花很多時間用這個看窗外。」
她非常自豪地拿出一個觀戲用的小望遠鏡。
「我可以看一下嗎？」我問。
我從她手裡接過望遠鏡，放到眼睛上調整焦距，然後朝窗外望去。
「這望遠鏡很不錯。」我稱讚地說。
這副望遠鏡品質確實非常好。如果是她父親買給她的，那他真是出手大方。讓人驚奇的是，它可以很清楚地看到威布蘭新月社區十九號，還有它鄰近的房子。我把望遠鏡還給她。

「這望遠鏡很棒，」我說，「一流的。」

「是不錯的望遠鏡，」她得意地說，「不是哄小孩的玩具。」

「嗯……看得出來。」

「我還有一個小小的筆記本。」她說。

她指給我看。

「我在裡面記東西，還把時間寫上去，就像在集火車[26]那樣。」她又接著說，「我有一個表哥叫迪克，他最喜歡集火車。我們也集汽車號碼。你知道，從一輛開始記錄，看你能記下多少。」

「這是一項很好的比賽。」我說。

「對，是的。可惜這條路上沒有很多車子過來，所以我只好暫時放棄了。」

「我想你一定對下面那邊的房子都很了解，比如誰住在裡面等等。」

我故意輕描淡寫地問，不過潔拉汀很快就回答說：「哦，對啊。當然了，我不知道他們的名字，所以我就自己給他們取名字。」

「那一定很好玩。」我說。

「那邊那個是卡拉巴侯爵夫人家，」她邊說邊用手指著。「那家裡面的樹長得亂七八糟的，你知道，就像『穿長靴的女孩』。她養了很多很多貓。」

「我剛才還和一隻貓說話呢，」我說，「一隻黃貓。」

「對，我看見你了。」她說。

「你眼睛一定很尖。」我說，「我想沒有什麼逃得過你的眼睛。」

她高興地笑了。這時英格麗打開房門，氣喘吁吁地走了進來。

「你們還好吧？」

「我們都很好。」潔拉汀沉著地回答，「不用擔心，英格麗。」

她邊用力點頭，邊用雙手比畫著。

「你回去吧，去煮飯。」

「很好，我去。有人來看你，真不錯。」

「她煮飯時都很緊張，」潔拉汀解釋道，「我是說，當她試做新菜色的時候。有時因為這樣我們很晚才吃得到飯。我很高興你來，有人分散注意力真好，這樣就不覺得餓了。」

「你再多說一些住在那邊那些人的事吧，」我說，「告訴我你都看到了什麼。住在隔壁的是誰……就是比較整潔乾淨的那棟？」

「噢，那是一個瞎眼太太住的。她的眼睛看不見，可是她走起路來好像看得到一樣。這是門房告訴我的，他叫哈利。哈利人很好，他告訴我好多好多事情。他還跟我講那件謀殺案

26　一種收集與火車相關的各種物品、圖片或資料的嗜好。

的事。」

「謀殺案？」我問，聽起好像非常驚訝。

潔拉汀點點頭，她的眼睛炯炯有神，目光裡透露出她要告訴我的資訊非常重要。

「那間房子發生了一件謀殺案，實際上我看見了。」

「哇，真有趣。」

「可不是嗎？我以前從未看過謀殺案，我是說以前沒有看過發生謀殺的地方。」

「你看見了……呃，什麼？」

「哦，那時候沒有很多事情發生，你也知道，那是白天人最少的時候。比較刺激的是有人從那間房子裡尖叫著衝出來，當時我就知道一定發生了什麼事。」

「是誰尖叫？」

「一個女的，很年輕，而且很漂亮。她從裡面衝出來，一直尖叫。有個男生剛好從那條路走過來，她從大門衝出來抓住他——就像這個樣子。」她雙手比了一個姿勢，突然她盯著我看了一下說：「他看起來很像你。」

「那一定是我的雙胞胎。」我輕快地說，「後來呢？真刺激啊。」

「哦，他就讓她坐下來，就在那邊的地上，然後他走進屋子裡去。那隻皇帝——就是那隻黃貓，我叫牠皇帝是因為牠看起來很高傲——牠本來在洗臉，現在也停住了，看起來很驚奇的樣子。後來長矛柄小姐從她的房子走出來——就是那邊的那間，十八號——她出來站在門口台階上看了一下。」

「長矛柄小姐？」

「我叫她長矛柄小姐，因為她好單調，她有個弟弟，她老是欺負他。」

「繼續說下去。」我興致高昂地說。

「接下來發生了好多好多事。那個男生又從房子裡出來……你確定那不是你嗎？」

「我長得很普通，」我很誠懇地說，「有很多人長得像我。」

「對，我想也是。」她倒是有話直說，「啊，總之，那個人，他走到路底，在那邊那個電話亭打電話，很快警察就到了。」她眼睛閃閃發亮。「好多好多警察，他們用救護車把屍體搬走了。當然那時候也有很多人在圍觀，我看到哈利也在那裡，就是管這間公寓的門房，後來他告訴我那邊的事。」

「他有沒有跟你說誰被謀殺了？」

「他只說是個男人，沒有人知道他的名字。」

「真有趣。」我說。

我心裡祈禱著，英格麗千萬不要在這時候帶著甜餡餅或其他食物進來。

「再往前一點，告訴我更早之前發生的事。你有沒有看見這個男的——就是被殺死的那個人——有沒有看見他到那個房子裡去？」

「沒有，沒看到。我想他一定一直待在裡面。」

「你是說他住在那兒？」

「哦，不是，除了佩瑪小姐以外，沒有別人住那裡。」

「你知道她的名字？」

「對啊，報紙上都寫了，在謀殺案的新聞裡，還有那個尖叫的女孩叫希拉．韋布。哈利跟我說，那個被殺死的男人叫柯里先生，名字真好玩，不是嗎？好像吃的東西。你知道嗎，還有第二次兇殺案，不是在同一天，是在後來——在路那邊的電話亭裡。我可以從這邊看到，只不過我得把頭伸出去再轉過去看。當然我沒有真的看見那件謀殺案，因為，如果我早知道，就會往外看。可是，我當然不知道會發生謀殺案，所以我也就沒有往外看。那天早上有很多人就站在街上看對面那棟房子。我覺得好蠢喔，你覺得呢？」

「對，」我說，「是很蠢。」

這時英格麗又進來了。

「我很快就好了，」她非常肯定地說，「馬上就做好了。」

她又出去了。潔拉汀說：

「其實我們並不需要她，她一直很擔心煮飯的事。當然除了早飯以外，這是她唯一煮的一餐。晚上爸爸下去餐廳吃，再叫人送一些東西給我，都是魚呀什麼的，不是真的正餐。」

她聲音流露出怏怏不樂的感覺。

「你們通常什麼時間吃飯，潔拉汀？」

「你是說，我的正餐？這就是我的正餐，我晚上不吃正餐，只吃點心。哦，其實只要英格麗煮好飯，那個時候就是我吃正餐的時間。她的時間觀念很怪，不過她必須準時準備好早餐，因為爸爸脾氣不好，可是吃午餐的時間就不一定了，有時候我們在十二點吃，有時候到兩點才吃得到。英格麗說人不要把吃飯的時間固定死，在飯菜準備好的時候吃就行了。」

「哦，這個想法倒很輕鬆。」我說，「謀殺案發生的那天，你什麼時間吃午飯……我是說，吃正餐？」

「那天輪到十二點吃。因為那天是英格麗出去的日子，她去看電影或者去做頭髮，有一個叫佩里夫人過來陪我，她好可怕，真的，她會拍人。」

「拍人？」我有點不解。

「你知道啊，拍人家的頭，嘴巴唸著『小乖乖』什麼的，她不是那種什麼都能聊的人，不過她會給我糖果。」

「你多大了，潔拉汀？」

「我十歲了，十歲零三個月。」

「我覺得你非常善於和人交談。」我說。

「那是因為我得和爸爸說好多話。」她一本正經地說。

「哦，所以謀殺案發生的那天，你的正餐吃得很早？」

「對，這樣英格麗就可以把碗盤早點洗好，一點多就可以出門。」

「那天早上你一直都在窗邊往外看，看外面的人？」

「對啊，只是看一陣子。早一點，大概十點的時候，我正在玩拼字遊戲。」

「我一直在想，你有沒有看見柯里先生走進那棟房子？」

潔拉汀搖了搖頭說：「沒有，我沒看見。很奇怪，我也覺得。」

「哦，也許他很早就到了。」

「他沒有走到前門按門鈴，不然我會看見他。」

「也許他是穿過花園進去的，我是說從房子另外一邊進去的。」

「哦，不會的。」她說，「花園的後面是其他房子，他們不會讓人從花園走過去。」

「對，對，我想他們不會喜歡。」

「我真希望知道這個人長什麼樣子。」潔拉汀說。

「哦，他年紀很大了，大約有六十歲，鬍子刮得很乾淨，穿一件深色西裝。」

她搖了搖頭。

「聽起來很普通。」她很不滿意地說。

「不過，」我說，「我想，躺在這兒一直往外看，要記住每一天的事情也是很難。」

「一點都不難。」她不服氣地說，「我可以告訴你那天早上發生的每一件事。我知道螃蟹太太什麼時候來的，又是什麼時候走的。」

「你是說那個打掃的太太嗎？」

「對，她總是匆匆忙忙的像隻螃蟹。她有一個小男孩，有時候會把他帶過來，不過那天她並沒有帶他來。佩瑪小姐在大約十點的時候出去，她去一所盲人學校教書。克拉太太大概在十二點離開，她走的時候偶爾身上會帶著一個包包，但是來的時候都沒有帶，我猜想裡面是奶油或者起司吧，因為佩瑪小姐看不見。那天的事情我特別清楚，因為英格麗和我吵架，她就不理我了。我教她英語時，她想知道怎麼說『再見』。她用德文告訴我Auf Wiedersehen[27]。我知道那個意思，因為我去過瑞士，他們都這麼講，他們也說Grüss Gott[28]，那用英語講起來很難聽。」

「那你教英格麗怎麼說？」

她不懷好意地咯咯咯笑起來，才想開口，可是禁不住又笑了，最後終於吐露事實。

「我教她說：『滾出去！』她跟隔壁的布斯特太太這麼說了，布斯特太太很火大。英格麗知道了，就跟我大吵一架，我們直到第二天吃午茶的時候才和好。」

我也跟著笑了。

「所以，你就一直拿著望遠鏡看嗎？」

27 德語，意思是「再見」。

28 德語，意思是「你好」。

她點點頭說：「所以我才知道柯里先生沒有從前門進去。我想也許他是晚上不知道怎麼進去的，然後躲在閣樓上，你覺得有可能嗎？」

「我想什麼事都有可能，」我說，「不過，在我看來這個可能性不大。」

「對，」她說，「那樣他就會餓壞了，不是嗎？如果他是要躲她的話，他也不可能向佩瑪小姐要早飯吃。」

「都沒有人走進那棟房子嗎？」我問，「什麼人都沒有？比如開車的或叫賣東西、推銷的人？」

「賣雜貨的人是星期一和星期四來，」潔拉汀說，「送牛奶的是每天早上八點半來。」

這個孩子真是個百科全書。

「像花椰菜這些東西，佩瑪小姐都是自己買。除了洗衣店的人以外，根本就沒有人來過，那是個新的洗衣店。」她說。

「新的洗衣店？」

「對，通常都是南方高原洗衣店，大多數人都讓南方高原洗衣服。那天是一家新的洗衣店，叫雪花洗衣店，我從來就沒見過雪花洗衣店，一定是新開張的。」

我盡力抑制住自己不要流露出過於濃厚的興趣，我不想引發她浪漫的想像力，亂說一通。

「洗衣店的人是來送衣服還是拿衣服？」我問道。

「送衣服，」她回答，「裝在一個非常大的籃子裡，比平常的籃子大很多。」

「是佩瑪小姐拿進去的嗎？」

「不，當然不是，她已經不在家了。」

「那是什麼時間送來的，潔拉汀？」

「正確時間是一點三十五分，」她說，「我記錄下來了。」她得意地加了一句。

她拿起一個小小的筆記本，翻開後，用髒兮兮的食指指著其中一條：一點三十五分，洗衣店的人到了，十九號。

「你應該到蘇格蘭警場工作。」我說。

「他們有女偵探嗎？我很喜歡那個工作，我不是說做女警，我覺得女警都笨笨的。」

「你還沒告訴我，那個洗衣店的人來了之後發生什麼事。」

「什麼事都沒有。」潔拉汀說，「那個司機下了車，打開車廂，把那個籃子拉出來，然後沿著房子搖搖晃晃走到後門。我猜他進不去，佩瑪小姐很可能把門鎖上了，所以他應該把籃子放在那裡就回去了。」

「他長什麼樣？」

「很普通。」她回答。

「像我嗎？」我問道。

「哦，不像，比你老很多。」她回答說，「不過我沒有看清楚，因為他把車一直開到房子那兒……沿著這條路。」她指向右方接著說：「他在十九號門口停了下來，但他是逆向停在路邊，不過在這種馬路上逆向也沒關係。然後他彎腰搬著大籃子，從大門走進去，我只能看見他的後腦勺，他出來的時候是在擦臉，我猜搬那麼大的籃子讓他又熱又累。」

「然後他就開車走了？」

「對呀，你為什麼對這個這麼有興趣？」

「哦，我不知道，」我說，「我想，也許他會看到什麼重要的事。」

英格麗猛地把門打開，推著一輛手推車進來。

「現在我們吃飯了。」她邊說邊興致勃勃地點頭。

「太好了，」潔拉汀說，「我好餓哦。」

我站起身來。

「我得走了，」我說，「再見，潔拉汀。」

「再見。這個怎麼辦？」她拿起那把水果刀說，「這不是我的。」她帶著渴望的聲音說，「真希望這是我的。」

「它好像不屬於任何人，是吧？」

「那它是不是沒有主人的寶物呢，還是什麼的？」

「也許是的，」我說，「我想你最好先拿著，也就是說，先拿著，等有人認領再還給他。不過我想不會有人來認領。」我真誠地說。

「給我一顆蘋果，英格麗。」潔拉汀說。

「蘋果？」

「Pomme[29]！Apfel[30]！」

她又在發揮她的語言天賦。隨她們去吧，我走了。

29 法語，意思是「蘋果」。

30 德語，意思是「蘋果」。

26

里瓦太太推開「孔雀臂」的大門，腳步踉蹌地朝酒吧走去，嘴裡喃喃嘟囔著什麼。對這個旅館來說她已不算陌生人，所以酒保相當熱情地和她打招呼。

「好嗎，弗蘿，」酒保說，「過得怎麼樣？」

「這樣不對，」里瓦太太說，「不公平，沒錯，是不對。我知道我在說什麼，弗雷德，我說不對。」

「當然不對，」弗雷德安撫她說，「是怎麼一回事，你可以告訴我嗎？一樣的酒嗎，親愛的？」

里瓦太太點點頭表示同意，她付了錢，然後開始慢慢喝酒。弗雷德走過去招待其他客人。酒精使里瓦太太稍微快活起來，她仍舊喃喃自語，表情愉快多了。弗雷德走過來時，她又抓著他講話，態度較為溫和。

「反正，我不要再容忍了，」她說，「不，我不要了。我最不能忍受的事就是欺騙，我無法容忍別人欺騙我，絕不容許。」

「當然你不能容許了。」弗雷德說。

他老練地打量了她一下。

「她已經喝了好多杯，」他心裡想，「不過還能夠再喝兩杯。一定有什麼事情讓她這麼沮喪。」

「欺騙，」里瓦太太說，「撒謊……撒謊……嗯，你知道我說的這個意思。」

「當然我知道。」弗雷德說。

他轉身去招呼另一個熟人。

「一顆老鼠屎壞了一鍋粥。」里瓦太太繼續嘟囔著。

「我不喜歡這樣，我無法忍受，我就這麼說。他們可別想這樣對我，對，他們別想，我是說，不對，如果你不支持自己，又有誰會支持你呢？再給我來一杯，弗雷德。」她又大聲喊了一句。

弗雷德又給了她一杯。

「如果我是你，喝完這杯我就回家。」他提議說。

他不知道什麼原因讓這位老小姐那麼沮喪，她的脾氣通常十分溫和，是個相當友善的人，笑口常開。

「弗雷德，你看，我心情糟透了。」她說，「如果有人要你去做件事，他們應該跟你講清楚。他們應該告訴你他們要幹什麼，目的是什麼。騙子，卑鄙的騙子，我只能這麼說，我無法忍受。」

「如果我是你，我就趕快回家。」弗雷德看見淚珠在她眼睛裡打轉，就要滴下來，於是勸她說，「馬上要下雨了，雨會下得很大，會把你那頂漂亮的帽子淋壞的。」

里瓦太太微微一笑，表示感謝。

「我一直很喜歡矢車菊。」她說，「哦，老天，我真不知道該怎麼辦。」

「我會回家好好睡一覺。」酒保好心地說。

「哦，也許吧，不過——」

「回去吧，現在就走，你不想把那個帽子淋壞吧。」

「你說得對。」她回答說，「是，你說得對，非常用……用力……不對，我不是想說這個……我想說什麼來著？」

「『弗雷德，你說得非常有理』。」

「對，謝謝你。」

「不客氣。」弗雷德說。

里瓦太太從高腳椅滑下來，然後歪歪斜斜地朝門口走去。

「今天晚上有什麼事讓老弗蘿這麼沮喪。」一個客人這樣說道。

「她以前是隻快樂的小鳥，不過誰都會起起落落。」一個看來悲觀鬱悶的人說。

「如果有人告訴我說，」第一個人接著說道，「傑利．格蘭傑這匹馬會跑第五，落在卡洛琳皇后後面，我是不會相信的。要說，那一定是有陰謀、耍花招。現在的比賽都不誠實，他們給馬吃興奮劑，全都這樣。」

里瓦太太從「孔雀臂」出來，她不安地看看天空，沒錯，看起來是要下雨了。她稍微加快腳步，沿著大街朝前走，先向左彎，再向右轉，最後在一座昏暗的房子前停了下來。當她拿出鑰匙走上台階時，突然聽到下面有人對她說話，門口轉角處伸出了一個人頭，那人抬眼看她。

「有個紳士在樓上等你。」

「等我？」

里瓦太太微微一驚。

「是的，看來像是紳士。西裝筆挺，儀表堂堂，不過我說，並不像阿爾傑農．維爾．德．維爾爵爺那樣。」

里瓦太太終於對準了鎖眼，轉動鑰匙打開門進了屋子。

屋子裡散發出白菜、腥魚和桉樹葉的氣味，前廊的桉樹葉氣味更濃。里瓦太太的女房東非常注意在冬天保護好自己的五臟六腑，所以在九月中旬就開始行動了。里瓦太太扶著樓梯上樓，到了二樓打開房門走了進去。突然她停了下來，朝後退了一步。

「噢，」她說，「是你。」

哈凱松警探從椅子上站了起來，說道：「晚安，里瓦太太。」

「你想幹什麼？」里瓦太太以少見的魯莽語氣問。

「哦，我到倫敦來執行任務。」哈凱松警探說，「我還有一兩件事想跟你求證，所以就過來碰碰運氣。樓下……呃，樓下的那個老太太還以為你早就回來了。」

「噢，」里瓦太太說，「嗯，我不明白，嗯……」

哈凱松警探拉來一把椅子。

「請坐。」他禮貌地說。

他們似乎角色對調了，變成他是主人，而她是客人。里瓦太太坐了下來，狠狠地盯著他看。

「你說一兩件事情是什麼意思？」她問道。

「很小的疑問，」哈凱松警探回答說，「有個小小的疑問不明白。」

「你是說，有關哈利的事情？」

「正是。」

「唉，聽著，」里瓦太太的聲音裡有一絲警戒意味，而哈凱松警探則彷彿嗅聞到提神劑一般。「我已經找到哈利，我不想再多提起他了。我在報上一看到他的照片就過去指認了，不是嗎？我去告訴你他的一切。那都是很久以前的事情了，我不想再提，也沒有什麼能告訴你的，我已經把我能想起來的都說了，現在我不想再回答這方面的任何問題。」

「這只是一個小小的疑問。」哈凱松警探的口氣平和而且委婉。

「哦，好吧，」里瓦太太非常不禮貌地說，「什麼疑問？說來我們聽聽。」

「你認出這個男人是你丈夫，或者說是大約十五年前和你有過婚姻關係的男人。是這樣對吧？」

「我想，現在你應該已經準確地知道是多少年前了。」

「比我想像的還厲害。」哈凱松警探自言自語說。他繼續問道：「是的，你是對的。我們調查過了，你是在一九四八年五月十五日結婚的。」

「五月新娘總是不吉利，他們都這麼說。」里瓦太太憂傷地說，「結婚並沒有給我帶來任何好運。」

「儘管很多年過去了，你還是很容易就認出你丈夫。」

里瓦太太有點侷促不安地動了動。

「他沒怎麼變老，」她說，「他一直很注意保養。」

「另外你又指出其他可辨認的特徵。你寫信告訴我傷疤的事情。」

「對，傷疤是在他的左耳後面，就是在這兒。」里瓦太太抬起手指了一下那個地方。

「就是在他左耳的後面？」哈凱松特意加重語氣。

「嗯——」她稍微有些猶豫。「對。嗯，我想沒錯。是的，我確定是在那裡。當然，有時候匆忙間確實會分不清左邊和右邊，對不對？不過，是的，是在他脖子的左邊，這兒。」她又把手放在同一個地方。

「你說，是刮鬍刀刮破的，是嗎？」

「沒錯，那隻狗撲到他身上，我們當時養的那隻狗很活潑，總是躥來躥去……不過牠是隻很通人性的狗。牠撲到哈利身上，當時哈利手裡正好拿著刮鬍刀，所以刀片深深刮了進去，流了好多血。傷口雖然癒合了，但是傷疤一直還在。」她現在口氣較為肯定了。

「這一點很有價值，里瓦太太。畢竟有時候不同的人看起來可能非常相像，尤其加上這麼多年沒見過面。不過，要找到一個非常像你丈夫、而且在同一個地方出現傷疤……這樣辨認身分就非常保險了，對不對？可是看來我們還是有些問題要進一步了解。」

「如果你願意，我也樂意。」里瓦太太說。

「刮鬍刀刮破左耳的這件事，發生在什麼時候？」

里瓦太太想了一會兒說：「一定是在大約……嗯，大約我們結婚之後六個月的時候，是的，是在那時候。那年夏天我們買了那條狗，我想起來了。」

「那麼事情大約發生在一九四八年的十月或者十一月，對吧？」

「對。」

「那麼一九五一年你的丈夫離開你之後……」

「不是他離開我，是我把他趕出去。」里瓦太太說，顯得很有自尊。

「這樣啊，就按你說的吧。總之，一九五一年你把丈夫趕出去之後，到你從報紙上看到他的照片之前，你都沒再見過他，對吧？」

「是的，我已經告訴過你了。」

「你很確定嗎，里瓦太太？」

「我當然確定。在那天看見哈利・凱索頓的屍體之前，我從未再見過他。」

「那就奇怪了，」哈凱松警探說，「非常奇怪。」

「什麼……你什麼意思啊？」

「嗯，這是件非常奇怪的事，就是傷疤組織。當然了，我們都不懂這些，傷疤就是傷疤，不過醫生可以從傷疤上分辨出許多情況。你知道，他們能粗略地告訴你一個人有這個傷疤多久了。」

「我不知道你想說什麼。」

「嗯，很簡單，里瓦太太。根據我們的法醫和我們諮詢過的另一個醫生的檢查，你丈夫耳朵後面的那個傷疤，很明顯的顯示出，受傷的時間不會超過五、六年。」

「胡說八道。」里瓦太太說，「我不相信。我……沒有人能夠斷定。無論如何，它不是在……」

「所以，你明白，」哈凱松警探以平靜的聲音繼續說，「如果那個傷疤只是五、六年前受傷留下的，也就是說，那個男人，據稱是你丈夫的人，他在一九五一年離開的時候還沒有傷疤。」

「也許他沒有傷疤，可是，不管怎麼說，他就是哈利。」

「但是從那時起你就沒見過他，里瓦太太。所以，如果那之後你都沒見過他，怎麼會知道他五、六年前留下的傷疤呢？」

「你把我搞糊塗了，」里瓦太太說，「你真的把我搞糊塗了。也許不是一九四八年那麼久……你不可能記住所有事情。總之，哈利就是有那個傷疤，而且我也知道。」

「我明白了。」哈凱松警探邊說邊站起身來。「我認為，你最好對你的證詞再仔細考慮清楚，里瓦太太。你也不想惹上麻煩吧。」

「你說麻煩是什麼意思？」

「嗯，」哈凱松警探幾乎是用道歉的口吻說道，「就是偽證罪。」

「偽證，我？」

「是的，這是相當嚴重的犯罪行為，你知道。你會有麻煩，甚至會坐牢。當然了，在法庭上你還沒有宣誓，不過將來某次開庭時，你就必須對你的證詞宣誓。所以……嗯，我希望你再認認真真地想一遍，里瓦太太。可能是某個人……指使你告訴我們傷疤的故事？」

里瓦太太站了起來挺直腰桿，兩眼閃爍，這時候她倒顯得盛氣凌人。

「我活到現在還沒聽過這樣的胡說八道，」她說，「徹底的胡說八道。我想盡我的義務幫助你，告訴你我想得起來的一切。如果我說錯了什麼，也是非常自然，畢竟我認識許多

——嗯，有紳士風度的朋友，有時候我也可能把人搞混，但我認為我確實沒錯，那個人就是哈利，哈利左耳後面有個疤痕，這一點我記得一清二楚。現在，哈凱松警探，也許你該離開了，不要再來暗示說我一直在說謊。」

哈凱松警探馬上站起身來。

「晚安，里瓦太太，」他說，「好好想一想，就這樣。」

里瓦太太揚起了頭，哈凱松走出房門。他一離開，里瓦太太的態度立刻就變了，她那蔑視挑釁的姿態全不見了，看起來非常驚恐擔心。

「害我捲入這件案子，」她喃喃自語，「害我捲入這件案子，我……我不想繼續下去了，我，我，我不想因為任何人而惹上麻煩。告訴我一些故事、對我說謊、欺騙我，真過分、太過分了，只能這麼說。」

她搖搖晃晃地來回走著，最後下定決心。她從角落裡拿起一把雨傘，走了出去，沿著街道走到底，在一個電話亭前猶豫了一下，接著繼續往一所郵局走去。她走進郵局，換了零錢，走進一個電話亭。她打給接線員說了電話號碼，然後站在那兒等著電話接通。

「請通話，已經接通了。」

她開始說話。

「喂……嗯，是你，我是弗蘿。對，我知道你叫我不要，可是我不得不這樣做。你沒有告訴我實話，你從來就沒有告訴過我說我會有什麼麻煩，你只說如果這個男的被認出來你就麻煩了，我作夢都沒有想到我會捲入一場謀殺案裡……嗯，當然你會這樣說，可是事實根本不是你說的那樣……沒錯，我是這樣想。我覺得你多少有關聯……嗯，我受不了了，我告訴你……這有點像一個，幫……嗯，你知道那個字，就是幫凶什麼的，雖然我向來以為那是一種人造珠寶。不管怎麼說，看起來這事還有幕後的陰謀，我很害怕，我告訴你……叫我寫信告訴他們什麼疤痕的事。現在看起來他那個疤才只有一兩年的時間，而我卻說他很多年前離開我的時候就有了……這就是作偽證，我可能要為這個坐牢。嗯，你無法說服我……不行……聽一個人的話是一回事……當然，我知道……我知道你已經給錢了，也不算很多……嗯，好吧，我會聽你的，不過我不想……好吧，好吧，我不說話就是了……你說什麼？……多少？那是一大筆錢哪。我怎麼知道你已經拿到了……嗯，對啊，當然生活會改善。你保證你和這件事一點關係都沒有？我是說沒有殺人……是的，嗯，我相信你不會。當然，我明白……有時候你和一堆人交往——他們做得太絕，但那也不是你的錯……你總是能言善道……你總是這樣……嗯，好吧，我會好好想一想，不過必須快一點……明天？什麼時間？……好……好，我會去，不過別開支票，可能被拒付……我真的不知道自己該不該捲入這種事情……好吧。嗯，既然你這樣說了，嗯，我也不想把事情搞糟……好吧，就這樣。」

她從郵局裡出來，歪歪斜斜地在人行道上走著，心裡竊喜。

為了這筆錢，值得和警察冒冒險。這可以讓她的生活好轉，其實也沒有太大風險。她只要說忘記了或者想不起來就好了，很多女人連一年前發生的事都想不起來呢。她就說她把哈利和另外一個男的搞混了。哦，她可以想出許多理由來。

里瓦太太是生性容易變心的人，她剛才還悲觀失望，現在已經興高采烈。她開始認真想著要用那筆錢來買的第一件東西……

27 科林・拉姆的自述

「看起來你從拉姆齊的女人那兒沒有得到太多資訊，對吧？」貝克上校不滿意地說。

「那裡問不到什麼重要資訊。」

「你確信？」

「當然。」

「她不是核心份子？」

「不是。」

貝克目光銳利地看了我一眼。

「滿意嗎？」

「不太滿意。」

「你希望有更多資訊？」

「有些空白還是連不起來。」
「嗯……我們還得找找別的地方……那就放棄新月？」
「是的。」
「你就只會說單音節的字。酒還沒醒啊？」
「我不適合這個工作。」我慢吞吞地回答。
「要我拍拍你腦袋，安慰你說『好了，好了』？」
我禁不住笑了。
「這就好多了。」貝克說，「那麼，到底是怎麼回事？我想是因為女孩子的緣故吧。」
我搖了搖頭說：「有這想法已經一段時間了。」
「其實我早就注意到了。」貝克出人意料地說道，「現在的世界讓人愈來愈迷茫，問題都不像過去那麼清晰明瞭。一旦失去信心，就會一蹶不振。如果是這樣，你的可用價值也就失去了。孩子，你已經有很多頂尖的成就，該滿足了，回去研究那些該死的海洋生物吧。」
他停頓了一下說：「你真的喜歡那些討厭的生物，是嗎？」
「我對這個領域充滿熱情，很有興趣。」
「我卻對牠們沒什麼感覺。大自然有各種了不起的變異，對不對？個人口味不同。你那樁特殊的謀殺案進展如何？我敢跟你打賭是那個女孩幹的。」
「你錯了。」我說。

貝克對我搖搖指頭，就像長輩告誡晚輩那樣。

「我要對你說的是：『要有心理準備』。我指的是不要太天真。」

我沿著查令十字路朝前走著，一路沉思。

我在地鐵站買了一張報紙。

報上說，昨天一名女子在交通尖峰時段突然在維多利亞車站倒下，被送到醫院，院方發現她是被人刺傷，她一直昏迷不醒，最後宣告死亡。

她的名字叫梅林娜·里瓦太太。

§

我打電話給哈凱松。

「沒錯，」他回答我說，「就像報紙上說的那樣。」

他的聲音聽起來很生硬無奈。

「我前天晚上去找她，告訴她那個傷疤的說法還有疑點，傷疤是這幾年才留下的。有趣的是有些人做過了頭，反而把事情搞砸了。有人付錢給她，讓她指認那個屍體，說是多年前拋棄她的丈夫。

「她演得滿好的！我完全相信她的話。而且指使她的人也太聰明了。她當時沒想到那個不起眼的小疤痕，事後才回想起來，這很有說服力，使她的證詞更確鑿無疑。如果她直接衝口而出，聽起來反而比較可疑。」

「那麼梅林娜．里瓦是這件案子的主嫌？」

「你知道嗎，我不太相信。假設有個老朋友或熟人走到她跟前說：『聽著，現在我有點麻煩。和我一起做生意的一個傢伙被謀殺了，如果有人認出他來，我們所有的事情都會曝光，我就死定了。如果你去認領，說那是你丈夫哈利．凱索頓，幾年前就出走不見了蹤影，那麼整個事件就會慢慢平息。』」

「當然她不會答應。這風險太大了吧？」

「如果是這樣，那個人就會說：『什麼風險？頂多就說你認錯人了。十五年沒見面，哪個女人都可能認錯人。』也許這時候再提到給一大筆錢，於是她說沒問題。這樣她就成了被操縱的人！也真的就照做了。」

「她一點都不懷疑？」

「她不是個多疑的人。唉，上帝喔！科林，每次我們抓到一個殺人犯，總有人對他非常了解，但就是不相信他會殺人！」

「當你去看她的時候發生了什麼事？」

「我去恐嚇她。我離開後，她做的一切果然都不出我所料，她趕緊和指使她的人聯繫。當然了，我派人盯她。她跑到一家郵局，到電話亭打了一通電話。不幸的是，她不是在我預想的街底的電話亭打，因為她要換零錢。從電話亭出來時，她看起來非常高興。我們繼續監視她，但直到昨天晚上才出現狀況。她去了維多利亞車站，買了一張去克勞汀的車票。當時是六點半，正是尖峰時段。她並沒有警覺，她本來打算去克勞汀和某個人會面，可是那個狡猾的魔鬼卻早她一步開始行動。世界上最容易的事，就是在人堆裡從背後害人，把刀刺進……她一定連被刺了都不知道，周圍的人也不知道。你還記得那椿萊維特匪徒搶劫巴頓的案子吧？他還走完了一條街才倒下身亡。它只是突然一陣劇痛——然後你認為又沒事了，其實你錯了。你馬上就要死了，只是你還不曉得。」他最後在話筒裡叫喊道：「該死！該死！真該死！」

「你已經調查過……所有人的行蹤了嗎？」

我不得不問他，我忍不住要問他。

他的回答迅速又尖刻。

「那個叫佩瑪的女人昨天在倫敦，她為學校做了點事，然後搭七點四十分的火車回克勞汀。」他停了一下。「希拉．韋布忙著處理一份打字稿，和一位外國作家一起校對，那個作家先在倫敦停留，即將飛往紐約。希拉在大約五點三十分的時候離開麗池飯店，然後在回家前去看了一場電影……是一個人看的。」

「聽著，哈凱松，」我說，「我替你找到一條線索，我有目擊者作證。九月九日一點三十五分，一輛洗衣店送貨車停在威布蘭新月社區十九號，駕車的人把一個很大的洗衣籃搬到房子後門，那是一個特大號的洗衣籃。」

「洗衣店？什麼洗衣店？」

「叫雪花洗衣店，知道它嗎？」

「現在還不知道。總是有新的洗衣店開張，這是一個很平常的洗衣店名字。」

「嗯，你查一下。一個男人開的車，也是那個男的把籃子搬進屋裡去——」

哈凱松突然插話進來，一副警覺且懷疑的口氣。

「這不是你編出來的吧，科林？」

「不是，我告訴過你我有目擊者，調查一下，迪克，趕快開始。」

沒等他再開口，我就掛斷了電話。

我從電話亭裡走出來，看了看手錶。我還有很多事要做，而且我不想讓哈凱松知道，我要重新安排我未來的生活。

28 科林．拉姆的自述

五天後，我在晚上十一點到達克勞汀。我到克拉倫登飯店訂了間房，然後就上床睡覺。前一晚我累壞了，所以我睡過頭，醒來時已經是九點四十五分了。

我要了咖啡、吐司和一份日報。東西送來時，還附了一個方形大信封，信封的左上角寫著「親手交遞」的字樣。

我有點訝異地打量著這封信，真是出人意料。信封既厚又昂貴，上面的字跡是整齊的印刷體字。

我拿著這封信翻來覆去，最後才打開。

信封裡有一張紙，上面用大大的字體打著：

柯琉飯店　十一點三十分　四一三號房　（敲三下門）

我盯著這封信，反覆地看……這到底是怎麼回事？

我注意到了房間號碼——四一三，和那些鐘上的時間一樣。是巧合嗎？或者根本不是巧合。

我本來想打電話給柯琉飯店，又想打給迪克·哈凱松，不過最後我兩個都沒打。

我的睡意完全消失了，便起床刮了鬍子，梳洗整裝後，就沿著前面的大街朝柯琉飯店走去，按時到達。

宜人的夏季已經過去一段時間，這時候酒店的旅客並不多。

我沒有到服務台詢問，直接搭電梯到了四樓，沿著走廊走到四一三號房。

我在門口站了一兩分鐘，然後像個傻瓜一樣，敲了三下……

一個聲音說：「請進。」

我轉動門把，房門沒上鎖。我走了進去，突然停下腳步，一下子驚呆了。

我看見了世界上最不可能見到的人。

赫丘勒·白羅面對我坐在那兒，臉上掛著微笑。

「Une petite surprise, n'est-ce pas[31]？」他說道，「不過我希望，我還是受人歡迎的。」

31 法語，意思是「有點驚訝，對嗎」。

「白羅，你這個老狐狸。」我大聲說，「你怎麼會到這兒來呢？」

「我搭克萊斯勒來的，非常舒適。」

「可是你到這裡來做什麼呢？」

「我被煩死了。他們堅持，強烈堅持重新裝修我的公寓，想想我的難處吧。我能做什麼？我能去哪兒呢？」

「很多地方可以去呀。」我冷冷地說。

「也許吧，可是我的醫生建議我，海濱的空氣對我的身體很有好處。」

「那些所謂盡職的醫生總是投病人所好，病人想去哪兒，他們就建議病人去哪兒！這是你叫人送給我的嗎？」

我揚一揚接到的那封信。

「當然是我，不然還會是誰呢？」

「你的房間號碼是四一三，這是不是個巧合？」

「不是巧合，我特地要這個房間。」

「為什麼？」

白羅把頭歪一邊看著我，眼睛閃閃發光。

「看起來滿合適的。」

「那又為什麼要敲三下門呢？」

「我忍不住。假如我再附上一束迷迭香，效果就更好了。我本來想割破手指，然後在門上按下一個血手印呢。不過還是適可而止為妙，我可能會被感染咧。」

「我想這是你的第二個兒童期，」我冷淡地評論道，「下午我會買顆氣球和一隻絨毛兔子給你。」

「你好像並不欣賞我的安排。見到我，你一點兒都沒有高興、快活的樣子。」

「你希望我那樣嗎？」

「當然啦！來，我們還是認真談一談，我的玩笑已經開過了，希望也能幫上點忙。我已經打電話給那位非常和氣的警察局長，現在正等你的朋友來，哈凱松警探。」

「你打算對他說什麼？」

「我想，我們可以三個人一起討論。」

我看了看他，笑了。或許他會稱這為討論……不過我知道到時候都會是誰在講話。

那就是赫丘勒．白羅！

§

哈凱松也到了，我們先相互介紹寒暄，然後非常友好地坐了下來，迪克不時偷偷瞄白羅一眼，神情就像在動物園觀看一種新到的、令人驚奇的動物一樣。我懷疑，他以前有沒有遇見過像赫丘勒．白羅這樣的人！

終於，哈凱松清了清嗓子，開始張口說話，他顯得很有禮貌，而且溫文爾雅。

「我認為，白羅先生，」他非常謹慎地說，「你自己也很想知道……嗯，案子的真相吧？確切地講，並不容易——」他猶豫了一下。「局長告訴我要盡力協助你，可是你一定知道，我們有許多困難、問題和阻力。但既然你特地來到這兒——」

白羅打斷了他的話，表情十分冷淡。

「我來這兒，」他說，「是因為我倫敦的寓所要重新修整裝潢。」

我捧腹大笑，而白羅用責備的目光瞪了我一眼。

「其實白羅並沒有必要出來調查情況，」我說，「他總是說，他坐在安樂椅中就能解決所有問題。但這次不怎麼靈了，是吧，白羅？不然你為什麼要來這兒呢？」

白羅仍然不失尊嚴地回答：「我說過，沒有必要像狐狸、警犬、獵狗那樣，沒有必要在現場跑來跑去的調查。不過我承認，要是進行追擊，警犬還是有必要的。需要一條警犬，我的朋友，一條非常好的警犬。」

他把頭轉向哈凱松，一隻手很得意地撚著自己的鬍鬚。

「我來告訴你，」他說，「我不像英國人對狗那樣著迷。我個人沒有養狗照樣能生活。但我也接受你對狗的看法。有人愛狗，非常重視狗，向朋友吹噓誇大狗的聰明靈性。現在請你想一下，反過來也是如此，狗會喜歡牠的主人，迷戀主人，牠也會炫耀牠的主人，誇讚主人的睿智和精明。就像一個人實際上並不想出去，但因為他的狗喜歡到外面蹓躂，他就得帶著狗到外面走走。狗也一樣，牠也會盡力幫助主人，讓主人滿意。

「我這個年輕朋友科林就是這樣，他過來看我，並不是請我幫他解決問題，因為他有信心自己就能解決；而且我猜想，他也已經解決了問題。不對，他擔心的是我無所事事，會十分孤獨，所以他就丟給我一個他認為我會感興趣的問題，讓我有事可做。他用這個問題向我挑戰，看我能不能用我經常告訴他的方法——就是安坐在椅子上——順利的解決問題。我懷疑這個挑戰的背後，可能稍微帶著不安好心的想法，實際上這種想法對我而言並沒有什麼害處。說穿了，就是他想證明，解決問題畢竟不是那麼容易。是的，我的朋友，這倒是千真萬確！你想嘲弄我——稍微嘲弄！我並不怪你。我要說的只是，你還不了解赫丘勒．白羅。」

他挺起胸膛，邊用手撚著鬍鬚。

我看著他，深情地笑了笑。

「好了，」我說，「請你告訴我們答案吧，如果你已經知道的話。」

「當然我知道了！」

哈凱松不可置信地盯著他看。

「你是說，你知道誰在威布蘭新月社區十九號謀殺了那個人？」

「當然。」

「你也知道是誰殺了艾娜．布蘭？」

「當然。」

「你知道那個死者的身分？」

「我知道他是誰。」

哈凱松的臉上露出懷疑的表情。礙著局長的情面，他仍舊顯得很有禮貌。不過，他還是以懷疑的口氣道：「對不起，白羅先生，你說你知道誰謀殺了那三個人，以及原因？」

「是的。」

「你已經掌握確實的罪證了？」

「這個，倒還沒。」

「你是說，你是憑預感破案。」我不客氣地說。

「我不想和你爭吵，親愛的科林。我說的是，我知道一切答案！」

哈凱松嘆口氣說：「不過，你知道，白羅先生，我得要有證據。」

「這是當然，可是根據你手上的那些材料，我想你就可以找到證據了。」

「我沒有把握。」

「別喪氣，警探先生。你知不知道事實真相——真的知道——並不是解決問題的第一步吧？你不會總是從那裡判案吧？」

「不一定，」哈凱松嘆氣說，「有一些該進牢房的人現在還逍遙法外，他們知道，我們也知道。」

「不過，這種機率非常小，不是——」

我打斷他的話說：「好了，好了，既然你知道真相……現在就讓我們也知道吧！」

「我認為你還是不相信。不過我首先得告訴你：相信一件事就意味著，如果找到了正確的方法，各種線索就會各就各位，這時便沒有意外的狀況了。」

「看在上帝的份上，」我說，「請你趕快說吧！我承認你說的都是對的。」

白羅在椅子上動了動，讓自己坐得更舒服些，然後示意警探再往杯子倒滿酒。

「有件事情，我的朋友，你們一定要弄清楚。不管解決什麼問題，都需要有事實根據。而要找出事實，就需要警犬，警犬就是去找東西，牠會把那些證據一個接一個地帶回來，放在——」

「放在主人腳下，」我說，「這我承認。」

「一個人不可能坐在椅子上，只閱讀報紙上的資訊就能破案。因為事實必須是正確的，但報紙上的資訊向來很少正確。它們把發生在四點的事情報導成四點一刻，把一個人的姐姐伊麗莎白說成是他嫂子亞莉珊卓。可是，科林，我這隻警犬可就能力卓越了……我可以這麼說，這種能力已經使他的事業成就非凡。他一向有驚人的記憶力，即使是幾天之後，他還能把一段對話重複敘述出來，他可以精確地重述。意思是說，他不像我們大多數人那樣，只是把大體的意思解釋出來。比方說，他不會只籠統地說：『十一點二十分，郵差來了。』而會描述實際發生的一切，比如有人敲門，接著有人手裡拿著信走進了房間，這些都是非常重要的。這樣說也就意味著，他的所見所聞就像我在現場一樣。」

「可是也只有笨狗才不去進行必要的推理，是嗎？」

「不管怎麼說，我有了事實根據，因為我『完全掌握狀況』。你們戰時不是有個說法，說是『全盤了解』嗎？當科林講述這個案子的時候，我的第一印象是，這個案子有著非常古怪的現象。四座鐘，每個鐘都比實際時間快大約一個小時，而且屋主都不知道這些鐘是怎麼進到房子裡的，至少屋主是這麼說。我們不能輕易相信任何一句話，除非仔細查證過那些證詞之後才行，對吧？」

「你的做法和我一樣。」哈凱松表示贊同。

「死者躺在地板上——看來挺有身分的老人。沒有人認識這個人（同樣的，這是他們說的）。死者口袋裡有一張名片，上面印著R．H．柯里先生，丹佛街七號，城鄉保險公司的字樣。可是事實上並沒有城鄉保險公司，也沒有丹佛街，好像也沒有柯里先生這樣一個人。這是不利的證據，不過這仍是證據。現在我們進一步分析。顯然當天大約一點五十分的時候，有人打電話到打字社，蜜莉森．佩瑪小姐要找一名速記員，三點到威布蘭新月社區十九號寓所，而且還特別指名要希拉．韋布小姐去。希拉小姐在不到三點之前就到了，照著指示走進客廳，發現死者躺在地板上，於是尖叫著衝出了房子，撲進一位年輕男子的懷抱。」

白羅停了一下，看了看我。我點了點頭。

「撲進我們少年英雄的懷抱。」我說。

「你看，」白羅指出，「即使是你，提到這件事的時候也不禁流露出滑稽通俗劇的語氣。整個案子顯得誇張、古怪，完全不真實。這類案子只有在像蓋瑞．葛雷森這種人的作品裡才會發生。我可以提一下，當我這個年輕朋友帶著這個案子來的時候，我正著手研究過去六十年那些作者苦心筆耕的恐怖小說作品。非常有意思。我可以把實際的犯案和小說內容結合起來。也就是說，假如我看到一條狗該叫而沒有叫，我就自言自語地說：『哈！這是福爾摩斯類型的案子！』同樣，如果在一個密閉的房間裡發現了一具屍體，我自然就說：『哈！這是狄克遜．卡爾的案子！』接下來還有我的朋友奧利薇夫人。如果我發現……我不再多說了。你們理解我的意思嗎？當犯罪的場景設定在太多不可能的條件下時，我們馬上就會認為：『這本書在現實生活中是不可能發生的，這些故事太不真實。』可是，這次卻不能這樣想了，因為這個案子是真的，確確實實發生了。這就需要我們苦思冥想一番，是不是？」

哈凱松本來沒有這麼想，但他完全贊同這個觀點，於是使勁地點了點頭。白羅繼續說道：「可以說，這個案子正好和切斯特頓的案子模式相反。『如果你要藏一片樹葉，你會藏在哪兒？森林裡。如果你要藏一顆鵝卵石，藏到哪兒？海灘上。』但這個案子卻是極端古怪、虛張聲勢！當我模仿切斯特頓的口氣問自己：『中年婦女要怎樣隱藏即將逝去的風韻？』我不會回答：『和其他中年婦女待在一起。』根本不是這樣。她會用化妝來掩藏，用口紅和睫毛膏、身上穿著漂亮毛皮衣服，以及在脖子上、耳朵上戴著珠寶首飾。你們了解我的意思嗎？」

「嗯——」哈凱松回答，沒有明講是了解還是不了解。

「你們知道，因為人們只會去看毛皮衣服、珠寶首飾、頭飾、新潮服裝等，根本就不會注意到這個女人本身長什麼樣！所以我對自己說——而且也對我的朋友科林這樣說——因為這個謀殺案有那麼多奇怪的圈套來分散我們的注意力，所以實際上一定是個非常簡單的案子。我是不是說過？」

「是的，」我回答說，「但我還是不懂你怎麼能這麼確定？」

「這你等一下就知道了。所以接下來，我們拋開罪犯設下的圈套，直接進入核心。一個男子被殺了。他為什麼會被殺？他是誰？第一個問題的答案顯然要借助第二個問題來解答。只有找到了這兩個問題的答案，你才能繼續下去。這個人可能是個勒索犯、騙子，或者是某人的丈夫，他讓他太太覺得厭煩或對她造成威脅。他有很多可能性。我愈聽下去，愈覺得大家都認為他好像是個十分平常、富有、地位高尚的老人。突然我心想：『你說這個案子簡單，很好，就讓它簡單一點。這個人像什麼就讓他是什麼，就當他是一位富有、地位高尚的老人』。」他看了看警探說，「懂了嗎？」

「嗯——」警探又這樣回答，而且禮貌地停頓下來。

「所以，這是一個很平常、相當體面的老人，但就是有人想除掉他。誰想除掉他呢？這樣我們至少把範圍縮小了一些。當地人對這些都非常了解——佩瑪小姐和她的生活習慣、卡文迪打字社、在打字社工作叫希拉．韋布的女孩。所以我就對我的朋友科林說：『找那些街坊鄰居，和他們聊聊。』除了找出這些人的背景和其他資訊之外，最重要的是要多找人閒聊，因為在對談的過程中，你不僅能得到問題的答案，通常在閒聊時事情自然就會跳出來了。如果某個問題可能對他不利，回答時他們會存有戒心；但是閒聊時，他們會放鬆下來，在放鬆的狀態下，說出真相要比說謊容易多了。他們會洩漏某個小線索，他們本人沒有意識到，卻可以使案情大為改觀。」

「說得非常精闢，」我說，「不幸的是，這個案子裡卻沒有這樣的事。」

「有的，親愛的。有非常非常重要的一句話。」

「是什麼話？」我問道，「誰說的？什麼時候說的？」

「時候到了就會告訴你，親愛的。」

「白羅先生，你的意思是……」哈凱松委婉地把白羅拉回主題。

「如果你畫一個環繞十九號的圓圈，所有圓圈裡的人都有可能殺了柯里先生，包括亨明夫人、布蘭德一家、麥克諾頓一家、沃特豪斯小姐。不過更值得注意的是，在現場的那些人。佩瑪小姐可能在一點三十五分左右出去前就殺了這個人；韋布小姐也可能安排好了和他在那裡見面，先殺了他再衝出房子報警。」

「哦，」哈凱松說，「現在你開始說實質性的問題了。」

「當然，」白羅轉過身來對我說：「你，科林，你當時也在現場，正在前段房號的地方找後段房號的寓所。」

「嗯，是這樣。」我氣憤地說，「再來你要說什麼？」

「我？我什麼都可以說！」白羅很高傲地說。

「但是是我把整個案子都交給你來處理的呀！」

「凶手通常都很有自信，」白羅說，「好了，或許讓你像這樣取笑我，可以使你高興一點。」

「如果繼續講下去，就可以讓我心服口服。」我說。

我開始覺得不太自在。

白羅轉向哈凱松警探說：「我對自己說，本質上這一定是個簡單的罪案。現場出現毫不相干的鐘，每個鐘還走快了一個小時，故意設下圈套讓人發現屍體，這些都暫時撇在一邊不管。它們就像不朽作品《愛麗絲鏡中奇遇》中所說的那樣：『鞋子、輪船和封蠟，還有白菜和國王』。關鍵就是，一個普通老人被謀殺了，而且有人想謀殺他。如果我們知道死者是誰，就多了一個查出凶手的指標。如果他是個有名的勒索犯，我們就得尋找一個被他敲詐的人；如果他是個偵探，我們要找的就是一個有犯罪嫌疑的人；如果他是個有錢人，我們就要在他的繼承人裡面尋找。可是，如果我們不知道這個人是誰，那麼我們要在周圍的人裡尋找有謀殺動機的人，這個任務就變得異常困難。

「撇開佩瑪小姐和希拉．韋布小姐，誰還有可能值得懷疑？答案讓人失望。只有拉姆齊先生例外，據我了解這個人好像名不副實？」白羅以詢問的目光看我，我點點頭。他接著說：「每個人的真誠都無可置疑。布蘭德是當地著名的建築商，麥克諾頓在劍橋大學曾擔任教職，亨明夫人是當地拍賣商的寡婦，沃特豪斯一家也是長久住在當地的本分公民。所以我們回過頭來看柯里先生。他從什麼地方來？是什麼把他帶到威布蘭新月社區十九號寓所？這裡有個鄰居說了一句非常有用的話，就是亨明夫人。當別人告訴她死者並不住在十九號寓所時，她說了一句：『噢！原來如此，跑來這裡送死，真是奇怪。』她有直接深入問題核心的天賦。這種能力常常是那些只忙著想自己的事、不理別人說什麼的人才具備的。她總結了整個案件：柯里先生來到威布蘭新月社區十九號寓所，被人謀殺了。就這麼簡單！」

「她說的這句話，我當時也印象深刻。」我說。

白羅沒注意我說什麼。

「『呱呱、呱呱，快來被殺』，柯里先生來了，然後就被殺死了。不過事情還沒結束，重要的是他的身分不能被人認出來。他身上沒有錢包、沒有文件，衣服上的裁縫標識也移除了。但這還不夠，印著保險員柯里的名片只不過是權宜之計。如果要一個人的真實身分永遠不暴露，就必須給他一個偽造的身分。我相信，遲早會有人出來認領這個人，不是兄弟姐妹就是妻子。結果是妻子，里瓦太太來認領，光是這個名字就可能引起人們的懷疑。薩默塞郡有個村莊，我曾經和朋友在那附近待過，村莊的名字叫柯里．里瓦；潛意識裡，有人不知道為什麼聯想到這兩個名字，就變成了：柯里先生、里瓦太太。

「到目前為止——整個計畫很明顯，不過讓我困惑的是，為什麼凶手想當然耳地認為，死者的真實身分不會暴露。如果這個人沒有家人，那至少有房東、服務生或生意朋友等認識他。因此我做了下一個假設：人們還不知道這個人失蹤了。再進一步假設就是，他不是英國人，只是到這裡來旅遊。這樣，沒有他的牙齒記錄這件事也就解釋得通了。

「我腦海裡開始對死者和凶手有了朦朧的概念，但僅止如此。這場犯罪經過了周密的計畫，也執行得非常高明……不過，出現了一個任何凶手都預料不到的壞運氣。」

「是什麼？」哈凱松問道。

出人意料的是，白羅仰起了頭，抑揚頓挫地吟誦起來。

想找釘子，丟了馬蹄，
想找馬蹄，丟了馬匹，
想找馬匹，吃了敗仗，
想打勝仗，丟了權杖，
找來找去，都是為了一根馬蹄釘子。

然後他傾身向前說：「很多人都有可能謀殺柯里先生，但是只有一個人殺了他，或者有動機謀殺艾娜這個女孩。」

我們兩個人都看著他。

「我們來分析一下卡文迪打字社。有八個女孩在那兒工作。九月九日那天，其中四個女孩出任務到附近去了；也就是說，她們的午飯都由她們工作的客戶來提供，她們四個是第一批吃午飯的人，時間在十二點半到一點半。剩下的四個女孩，希拉・韋布、艾娜・布蘭，還有另外兩個珍妮特和莫琳，她們是第二批吃午飯，時間是一點半到兩點半。可是那天，艾娜・布蘭離開辦公室不久就出了點小事，在格柵板那兒把鞋跟弄掉了，她沒辦法行走，只好買了一些麵包回到辦公室。」

白羅對我們點了點手指加重語氣。

「我們知道，艾娜・布蘭在擔心什麼事情，她想在辦公室以外的地方見希拉・韋布，可是沒成功。這樣就可以假設，這件事情和希拉・韋布有關，不過沒有證據。她有可能只是想跟希拉・韋布談談困擾她的事情——如果是這樣，有件事情很清楚：她想遠離打字社，和希拉・韋布談一談。

「她在審訊那天對警佐說的話，是我們追查何事困擾她的唯一線索。她說的好像是：『我不明白她說的話怎麼會是真的。』那天上午有三名女性上台作證。艾娜指的可能是佩瑪小姐，或者就像一直假設的那樣，可能指希拉・韋布。不過，也有第三種可能性……她可能指的是馬丁代小姐。」

「馬丁代小姐？可是，她的證詞只有幾分鐘。」

「確實如此。只談到是她接到那通說是佩瑪小姐打來的電話。」

「你是說，艾娜知道那通電話並不是佩瑪小姐打來的？」

「我認為比這還簡單。我推測，根本就沒有電話打過來。」

他繼續說道：「艾娜的鞋跟掉了，那個格柵板離辦公室很近，她回到辦公室。可是馬丁代小姐在她自己的辦公室裡，並不知道艾娜已經回來了。就她所知，整個打字社除了她以外沒有別人。她需要做的就是告訴別人一點四十九分有人打電話來了。剛開始，艾娜並不清楚她所了解的情況有多重要。希拉被叫到馬丁代小姐的辦公室，告訴她去赴約。這個約會是怎麼訂的、什麼時候訂的，艾娜都不知道。謀殺案的消息傳了過來，事情終於漸漸清楚了。佩瑪小姐打電話來叫希拉．韋布過去，可是佩瑪小姐說不是她打的電話。據說這個電話是在一點五十打來的，可是艾娜知道這不是真的，那時根本沒有電話進來。馬丁代小姐一定說錯了……可是馬丁代小姐又不可能說錯。艾娜愈想這件事，就愈覺得迷惑。她得問問希拉．韋布，希拉會知道的。

「接著審訊就來了。所有的女孩都去了。馬丁代小姐又重複了那個電話的說法，艾娜當時心裡更清楚了，馬丁代小姐講得那麼明確且時間那麼精確的證詞，是假的。就在那時，她問警佐可不可以見一下警探。我認為，很有可能馬丁代小姐隨著人群正要離開玉米市場，聽到了艾娜的話。也許先前她聽過那些女孩不知道事情攸關重大，還拿艾娜的鞋跟開玩笑。總之，她尾隨這個女孩到了威布蘭新月社區。但我不知道，艾娜為什麼要去那個地方。」

「我想，她只不過是去看看發生謀殺的地方而已。」哈凱松回答說，「一般人都這樣。」

「是的，非常正確。也許在那兒，馬丁代小姐和她交談起來，她們一起沿路往前走時，艾娜脫口說出了她的問題，而馬丁代小姐的反應也非常快。她們正經過一個電話亭，於是她說：『這一點非常重要，你要趕快打電話給警察局，警察局的電話號碼是多少多少，打過去告訴他們，我們兩個馬上過去。』艾娜的第二天性就是，別人說什麼她就做什麼。她走進電話亭，拿起話筒，馬丁代小姐跟在後頭，用圍巾纏在她脖子上，勒死了她。」

「沒有人看見嗎？」

白羅聳了聳肩膀說：「本來可能有人會看見，但就是沒有！當時是一點，正是午飯時間。在新月社區的人正忙著看十九號，所以又讓這個肆無忌憚的大膽女人抓住了機會。」

哈凱松懷疑地搖了搖頭說：「馬丁代小姐？我不明白她怎麼可能捲進這場謀殺案裡。」

「是的，人們一開始都想不透。但既然馬丁代小姐謀殺了艾娜……嗯，沒錯，只有她才可能殺了艾娜，那她一定跟這個案子有關。我開始懷疑，犯案時的馬丁代小姐就像馬克白夫人，是個冷酷但缺乏想像力的女人。」

「缺乏想像力？」哈凱松懷疑地問道。

「哦，是的，非常缺乏想像力。不過效率很高，案子計畫得十分高明。」

「為什麼？動機是什麼？」

赫丘勒．白羅看了看我，他搖搖指頭說：「那麼，鄰居說的話對你一點用處都沒有了，嗯？我發現有句話非常值得玩味。你記不記得，談到移居國外的話題時，布蘭德夫人說她喜歡住在克勞汀，因為她在這兒有一個妹妹。可是布蘭德夫人不該有妹妹，一年前她從加拿大一個叔公那兒繼承了一大筆遺產，因為她是家族裡唯一倖存的人。」

哈凱松非常警覺地坐了起來說：「所以你認為——」

白羅朝後仰靠在椅子上雙手交握，眼睛半閉，恍恍惚惚地說道：「假設你是個男人，一個非常普通、不太認真的男人，但經濟上卻很拮据。有一天法律事務所來了一封信，說你太太從加拿大的叔公那裡繼承了一大筆遺產。信是寫給布蘭德夫人的，問題是，接到這封信的那個布蘭德夫人不是真的布蘭德夫人——她是布蘭德的第二任妻子，而不是第一任——可以想像這多麼讓人懊惱！讓人憤怒！於是就想到，誰會知道這是個假的布蘭德夫人呢？在克勞汀，沒有人知道布蘭德以前結過婚。他第一次婚姻是幾年前戰爭時在國外結的。推測起來，他的第一任妻子可能不久就死了，而他幾乎立刻又結婚了。他還保存著原來的結婚證明、各種家書，以及現在都已去世的加拿大親戚們的照片等……一切都顯得一帆風順。無論如何，這還是值得冒險。他們就冒了險，而且也成功了。法律手續都通過了。布蘭德一家變富裕了，所有的經濟問題也解決了——

「然後呢？一年之後，發生了一件事情。發生什麼呢？我推測，有人要從加拿大到英國來，而且這個人對第一任布蘭德夫人非常熟悉，不是假冒能欺騙得了的。他有可能是他們的家庭律師，或是他們家的老朋友，不管他是誰，反正他會知道事實真相。也許他們想過許多方法避免和他見面，布蘭德夫人可以假裝生病、可以到國外去，不過這些事情都只會引起懷疑，來訪者應該是堅持要看看他想見的這位女性——」

「所以……他們決定殺了他？」

「是的。這時，我猜想，布蘭德夫人的妹妹可能是主謀，她精心籌畫了整個計謀。」

「你是說，馬丁代小姐和布蘭德夫人是姐妹關係？」

「這是唯一能解釋得通的方法。」

「當我看見布蘭德夫人的時候，確實聯想到某個人。」哈凱松說，「儘管她們在舉止上有很大差別，但說真的，就是有種相似的地方。但他們怎麼確定可以僥倖脫逃呢？總會有人發現他失蹤了，總會進行調查的——」

「如果這個人出國旅遊……也許是觀光，而不是為了商務，那麼他的行程應該不很固定。從這個地方寄封信，從另一個地方寄張明信片——當有人發現為什麼都沒有他消息時，會是很久以後的事。那時候，誰還會把這個已經被認領、當作哈利．凱索頓埋葬了的人，和那個富有的、在英國還沒人見過他的加拿大訪客聯繫在一起？如果我是凶手，我會溜出去到法國或比利時旅遊一天，然後把死者的護照扔在火車或電車上，這樣調查就會從另一個國家開始。」

我無心地動了動，白羅的眼睛轉到我這兒。

「怎麼了？」他問道。

「布蘭德跟我提過，最近他到布隆玩了一天……和一個金髮女孩去的，我明白了——」

「這樣做就顯得相當自然，無疑這也是他的習慣。」

「這還只是推測而已。」哈凱松表示反對。

「不過，可以進行調查。」白羅說。

他從面前的文件架上抽出一張酒店的便箋，遞給哈凱松。

「你可以寫信給ＳＷ7，恩尼摩爾花園十號的恩德比先生，他答應替我在加拿大進行調查，他是個非常有名的國際律師。」

「那些鐘怎麼解釋？」

「噢！那些鐘。那些著名的鐘！」白羅笑了笑說，「我想你最後會發現，這都是馬丁代小姐的主意。我說過，因為這件案子非常簡單，所以要偽裝成非常古怪的樣子。那個希拉·韋布想拿去修理的蘿絲瑪莉鐘，是不是就在打字社搞丟的？馬丁代小姐是不是就以這座鐘為基礎展開她的複雜戲碼？是不是就因為這座鐘，才使馬丁代小姐選擇希拉去發現那具屍體——」

哈凱松突然叫了起來。

「你還說這個女人缺乏想像力？看她編出這麼複雜的故事！」

「可是，她並不是編造出來的，這就是有意思的地方。所有的情節都在那兒——等著她去用。從一開始我就察覺到有個模式，一種我知道的、很熟悉的模式，因為我才剛讀過。我很幸運，科林可以告訴你，這星期我參加了一個作者手稿拍賣會，其中有蓋瑞·葛雷森的手稿，我幾乎不敢奢望，可是我運氣不錯。看這兒——」就像魔術師，他說著從桌子的抽屜裡抽出兩本破爛的練習本。「都在這兒！他計畫要寫的很多情節都記在這兒。他沒有寫完這本書，可是馬丁代小姐當時是他的祕書，對這瞭如指掌，所以她就大膽利用它來完成目的。」

「可是這些鐘原來一定隱含著什麼意思……我是說，在葛雷森的小說情節裡。」

「哦，是的。他的鐘設定的時間是五點零一分、五點零四分、五點零七分，這是一個保險箱的密碼，五一五四五七。保險箱藏在一幅蒙娜麗莎複製畫的背後。保險箱裡面，」白羅不怎麼愉快地繼續說，「是沙皇的皇冠珠寶。Un tas de bêtises[32]，整個故事都是！當然了，其中也有各式各樣的故事——被迫害的女孩。哦，對了，對馬丁代小姐來說，真是唾手可得。她選擇當地的人物，然後改編小說的情節來套進去。所有這些誇張虛飾的線索會把我們引向……引向哪裡呢？確切地說，哪裡都不是！啊，對啊，她是個辦事效率非常高的女人。我懷疑……他可能留給她一筆遺產是不是？但他是怎麼死的呢？我很好奇。」

哈凱松對陳年舊事不感興趣，他收起那些練習本，接著從我手裡拿走那張酒店便箋。前兩分鐘我一直癡迷地看著它。哈凱松懶得把便箋倒轉過來，直接抄下恩德比的地址。便箋上的飯店地址因此上下顛倒，位於左下角。

32　法語，意思是「一堆無聊的東西」。

盯著這張便箋，我才知道自己有多笨。

「好了，謝謝你，白羅先生，」哈凱松說，「你確實提供我們許多思考的方向，不知道是否還會出現別的情況——」

「如果我所做的對你們有所幫助，那我真是非常高興。」

白羅表現得非常真誠。

「我還得進一步調查很多事——」

「自然，自然。」

相互道別之後，哈凱松就離開了。

白羅把注意力轉向我，他挑起眉毛說：「好了，請問，什麼事讓你痛苦不安？你看起來就像見了魔鬼似的。」

「我剛剛才發現自己很笨。」

「啊哈，嗯，我們很多人都會這樣。」

不過，赫丘勒·白羅可不是這樣！我得為難他一下。

「只請你說明一件事，白羅。假如正如你說的，你可以在倫敦坐在椅子上就解決問題，而且也可以叫我和迪克·哈凱松到你那兒去，那為什麼……嗯，你到底為什麼還紆尊降貴到這兒來呢？」

「我告訴過你，他們在整修我的公寓。」

「他們可以借你另外一間公寓啊，你也可以去住麗池飯店，那兒要比柯琉飯店更舒適啊。」

「不容置疑，」赫丘勒．白羅回答說，「是這兒的咖啡，老天！是這兒的咖啡！」

「嗯，可是，為什麼？」

赫丘勒．白羅勃然大怒。

「好了，既然你笨得連這都猜不出來，那我就告訴你。我也是人，對不對？如果有必要，我可以當成機器；我可以躺下來思考，可以這樣就解決了問題。可是告訴你，我是人，而所有問題都和人有關。」

「那又怎麼樣？」

赫丘勒．白羅試圖保持尊嚴地回答：「我的解釋非常簡單，就像這宗謀殺案那樣簡單。我來，是出於人的好奇心。」

29 科林・拉姆的自述

我又一次來到威布蘭新月社區，沿路朝西走。

我在十九號寓所門口停下腳步，這次沒有人從房裡尖叫著衝出來，四周整潔而寧靜。

我走進前門，按了門鈴。

蜜莉森・佩瑪小姐打開門。

「我是科林・拉姆，」我說，「我可以進去說幾句話嗎？」

「當然可以。」

她領著我走進客廳。

「看來你在這兒花了很多時間，拉姆先生。我知道，你不在這裡的警察局工作。」

「你說得對。其實，我覺得，你第一天和我說話時，就已經知道我是誰了。」

「我不明白你說的是什麼意思。」

「我一直非常愚蠢，佩瑪小姐。我到這兒來就是要找你，其實第一天就找到你了，可是我卻不知道已經找到了！」

「可能是那樁謀殺案分散了你的注意力吧。」

「你說得對。不過我也夠笨的，我把一張便箋拿倒了，看錯了地址。」

「你說這麼多是什麼意思？」

「我只是說，遊戲結束了，佩瑪小姐。我已經找到出賣情報的總部，所有必要的記錄和備忘錄都由你用點字法保存在微粒系統中。拉金在波特伯里弄到的情報便是傳給你，再從這兒透過拉姆齊送到目的地。如果需要，拉姆齊就在晚上穿過花園來到你這邊。有一天他掉了一枚捷克硬幣在你的花園裡——」

「他真是不小心。」

「我們都有大意的時候。你的掩護工作非常出色。你看不見、你在一所學校為視障兒童工作，你自然會在屋子裡為孩子把書籍轉成點字法……你具有過人的智力和性格。我不知道是什麼力量驅使你這樣做……」

「只要你願意，你也會奉獻自己。」

「是的，我想可能是這樣吧。」

「你為什麼跟我說這些？這不太尋常。」

我看了看手錶。

「你還有兩個小時，佩瑪小姐。兩個小時內，特別小組的成員就會過來接管——」

「我不了解你的意思。為什麼你先到這兒來，好像提前警告我似的——」

「確實是提前警告。我親自來，還要一直等到我的人過來，目的是確認沒有任何東西從這裡溜走；不過只有一個例外，就是你本人。如果你決定逃走，有兩個小時的時間。」

「可是為什麼？到底為什麼？」

我慢慢地回答說：「因為我認為，有個極小的機會，你可能不久會成為我的岳母……我也有可能說錯了。」

蜜莉森·佩瑪沉默不語，她站起身來，朝窗戶走去。我的眼光一直沒有從她身上移開，我對蜜莉森·佩瑪沒有任何幻想，我一點兒都不信任她。她眼睛是看不見，可是如果你不防備的話，一個瞎眼的人也會把你制住。她一旦有機會用槍抵住我的背，就算是瞎眼也不會有任何誤失。

她非常平靜地說：「管你說的是對是錯呢。你怎麼會……會這樣認為呢？」

「我的眼睛告訴我的。」

「但是我們兩人在性格上完全不同。」

「是不同。」

她挑釁地說：「我對她也算仁至義盡了。」

「個人看法不同。對你而言事業總是排第一。」

「應該是這樣。」

「我可不這麼認為。」

佩瑪小姐又沉默了。接著我問道：「那天——你就知道她是誰了嗎？」

「聽到她的名字以後才知道……我對她的情況非常清楚，一直是這樣。」

「你不像看來那麼鐵石心腸。」

「別講廢話。」

我又看了看錶。

「時間就要到了。」我說。

她從窗戶往回朝桌子走去。

「我有一張她的照片，是她小時候的……」

她拉開抽屜時，我站在她身後。她拿的不是槍，而是一把很小但也能致命的刀子……

我抓住她的手，拿走刀子。

「我可能對你很客氣，但我並不是個傻子。」我說。

她摸索到一把椅子坐了下來，臉上一點表情都沒有。

「我不會接受你的好意，那又有什麼用呢？我會待在這兒，直到他們來。總是會有機會的，即使是在監獄裡。」

「你是說悔過自新的機會嗎？」

「隨你怎麼想。」

我們坐在那兒，彼此對立，但又互相了解。

「我已經從那個部門辭職不幹了。」我告訴她。「我打算回到我的老本行——海洋生物學，澳洲一所大學有個職位。」

「我想你很明智，你還沒有為這個工作付出很大的代價。你很像蘿絲瑪莉的父親，他就不理解列寧的名言：『革除懦弱的個性』。」

我想到赫丘勒．白羅的話語。

「做一個有人性的人，」我說，「我才會感到心滿意足……」

我們二人沉默對坐，每個人都深信對方的觀點是大錯特錯。

§

哈凱松警探寫給赫丘勒．白羅先生的信：

親愛的白羅先生：

我們目前已經掌握了許多證據。我想，你應該有興趣聽一聽。

大約四個星期前，魁北克的昆廷．杜古斯克林先生離開加拿大趕赴歐洲。他沒有什麼親屬，回程日期也不確定。他的護照是由布隆一家小飯館的主人發現的，他把護照交給警察局，到目前為止還沒有人認領。

杜古斯克林先生是魁北克蒙特索家族的知交。該家族的族長亨利．蒙特索先生十八個月前去世了，他將為數可觀的遺產留給唯一倖存的親屬，也就是他的侄孫女佛萊麗，英格蘭波特伯里人約塞亞．布蘭德的妻子。倫敦一家著名的律師事務所接受委託執行本案。因為家人不同意這樁婚事，布蘭德夫人結婚之後，與加拿大家族之間的聯繫就中斷了。杜古斯克林先生曾對朋友提到過，在英國期間他打算去看望布蘭德一家，因為他向來非常喜歡佛萊麗。

原被指認為哈利．凱索頓的屍體，現在已經辨認清楚，就是昆廷．杜古斯克林。

在布蘭德家的院子角落裡發現藏了一些木板，這些木板雖然上了油漆，但經過專家處理後，上面「雪花洗衣店」的字樣還是清晰可見。

不再多說不重要的事情耽誤你的時間了。檢察官認為，可以簽發逮捕令拘押約塞亞．布蘭德了。就像你推測的那樣，馬丁代小姐和布蘭德夫人是姐妹關係，不過，儘管我贊同你對馬丁代小姐涉入此案的推論，要蒐集到令人滿意的證據卻很困難。她確實是個非常精明的女人。至於布蘭德夫人，我仍滿懷希望，她是那種很容易招供的女人。

第一任布蘭德夫人是在敵軍進攻法國時死亡的，布蘭德的第二次婚姻也是在法國，對象是希妲．馬丁代，她當時是在英國三軍機構（分布歐洲各地，專責提供英國軍人及其家庭各種生活支援的組織）工作。我認為這兩點確實可成立，儘管當時的許多檔案都已毀損。

那天非常高興見到你，非常感謝你對這個案子提出的寶貴建議。祝你倫敦寓所的裝修工程一切順利。

謹此

理察．哈凱松

哈凱松警探寫給赫丘勒．白羅的第二封信：

好消息！布蘭德夫人垮了！全招了！她把罪過全推到她妹妹和丈夫身上。她說：「從來就不知道他們要幹什麼，知道的時候又為時已晚！」她認為他們只不過「打算把他灌醉，這樣他就認不出她是假的了」，很有道理的說法！不過我認為，她不是主謀倒是真的。

波托貝洛市場的攤主已經指認出，馬丁代小姐就是那個買走兩座鐘的「美國」女人。

麥克諾頓夫人這次說，她看見布蘭德將貨車駛進車庫時，杜古斯克林就在裡面。她真的看見了嗎？

我們的朋友科林已經和那個女孩結婚了。如果你要問我的意見，我認為他瘋了。祝你萬事如意。

此致

理察．哈凱松

藏在日常細節中的冒險

楊照（作家）

一開始，就都在那裡了。

一九二〇年，阿嘉莎．克莉絲蒂出版了《史岱爾莊謀殺案》，神探白羅就已經退休了。而且在這個案子裡，藉由敘述者海斯汀的轉述，就鋪陳出克莉絲蒂小說最基本的偵探原則：

「那些看來或許無關緊要的小細節……它們才是重要的關鍵，它們才是偉大的線索！」

「豐富的想像力就像洪水一樣，既能載舟亦能覆舟，而且，最簡單直接的解釋，往往就是最可能的答案。」

「沒有任何謀殺行為是沒有動機的。」

還有，一個不討人喜歡的死者，一群各有理由不喜歡死者、因而也就都有殺人動機的人，這些人彼此之間構成複雜的關係，有的互相仇視，有的互相愛戀，麻煩的是，有些愛人其實貌合神離，有些仇人其實私下愛慕；更麻煩的是，不論是愛或是仇，都有可能是扮演出來的。

一個外來的偵探必須周旋在這些嫌疑者之間，從他們口中獲取對於案情的了解，換句話說，他必須在很短的時間內，搞清楚誰是誰、誰跟誰吵架、誰跟誰偷情，然後判斷誰說的哪一句是實話、哪一句是謊言。常常謊言比實話對於破案更有幫助。

再偷偷透露一下，如果要和小說裡的凶手及小說背後的作者鬥智，就像克莉絲蒂對英國社會的了解，祕訣就在於要去追究小說裡的人物背景，尤其是他們的階級地位。基本上，階級地位愈高、權力愈大、愈有錢者，說的話就愈不要相信。例如在《史岱爾莊謀殺案》中，僕人、園丁說的話遠比有頭有臉的人說的要可信多了。就算要說謊，他們的謊言也比較天真，而且往往出於善良動機。當你歸納線索時，就會知道他們並非故意說謊，那是因為他們的認知受到蒙蔽或誤導，而你慢慢就從這蒙蔽或誤導中被引導到真相。

《史岱爾莊謀殺案》出版那年，克莉絲蒂三十歲，但書稿其實早在五年前就寫好了，畢竟要找到有人願意出版一個看來再平凡不過的家庭主婦寫的小說，並不是那麼容易。

所有和克莉絲蒂接觸過的人，都對於她的「正常」留下深刻印象。她看起來就和她那個年紀的典型英國家庭主婦一樣，害羞、靦腆，只能在社交場合勉強跟人聊些瑣事話題，完全無法演講，甚至連只是站起來對眾賓客說幾句客套話，請大家一起舉杯，她都做不到。她不演講，也很少答應接受採訪，就算採訪到她也很難從她口中得到有趣的內容。她會講的，幾乎都是記者本來就知道、或者自己就可以想得出來的。

例如說白羅這個神探的來歷。克莉絲蒂回答：他應該是個外國人，這樣就能在英國日常生活中看出英國人自己看不出的線索。她自己碰過的外國人，只有第一次大戰剛爆發時到英國避難的比利時人。比利時警察怎麼能跑到英國來？那一定是因為他已經退休了。他有潔癖，所以對於現場會有特殊的直覺，馬上感受到不對勁的地方。一個有潔癖的人，好像應該長得矮小些才相稱，一個矮小有潔癖的人最適當的名字，就是希臘神話裡的大力士「赫丘勒斯（Hercules）」，製造出荒唐的對比趣味。那白羅這個姓是怎麼來的呢？克莉絲蒂很誠實地說：「我不記得了。」

一切都如此順理成章，一切都如此合邏輯，不是嗎？有記者問她怎麼看自己的舞台劇〈捕鼠器〉，創下了英國劇場、甚至全世界劇場連演最多場紀錄的名劇？克莉絲蒂的回答也還是中規中矩，合理合節：那是一齣小戲，在一個小劇院演出，成本很低，任何人想到了都可以帶家人或朋友去看，老少咸宜，並不恐怖，也不特別荒謬打鬧，可是又什麼都有一點，包括恐怖和荒謬打鬧的成分。

她的身上找不出一點傳奇、怪誕色彩，那她為什麼能在五十年間持續寫偵探小說，創造了那麼多謀殺，還創造了那麼多詭計？

首先因為她是女性，以及她的身世，包括她的階級身分，使得她在描寫故事場景時比一般男性作者來得敏感。因為在她之前的偵探推理小說男性作家的階級身分都是高高在上，基本上他們會從較高的角度看社會，比較看不到底層的感受。

而她的婚變以及婚變中遭逢的痛苦，都使她更能體會與觀察，將英國社會的複雜細節融入小說的核心情節，讓探案與線索分析結合在一起。

克莉絲蒂一生結過兩次婚，第一次在一九一四年，婚後不久，丈夫就參加了歐戰，是英國皇家空軍最早一批飛行員。一九二六年，這個丈夫有了外遇，直率地向克莉絲蒂要求離婚，在那之前，克莉絲蒂的媽媽才剛過世，雙重打擊之下，又遇到車子無法發動，克莉絲蒂崩潰了，她棄車而走，忘記了自己究竟是誰，躲進一家鄉間旅館，登記時寫了她心裡唯一有印象的名字——她丈夫情婦的名字。

離婚後，一次在晚宴中，有人提起近東烏爾考古的最新收穫，克莉絲蒂就取消了原定要去西印度群島的計畫，改訂了跨越歐洲到君士坦丁堡的「東方快車」，是的，就是這趟旅程給了她寫《東方快車謀殺案》的靈感。不過更重要的是，在烏爾，她認識了一位年輕的考古學家，比她小十四歲，這個人後來成了她的第二任丈夫。

這位考古學家陪她去參觀在沙漠中的烏克海迪爾城，卻在沙漠中迷路困陷了。幾小時中克莉絲蒂卻沒有一點驚慌不安，當下考古學家就決定要向她求婚。

原來，克莉絲蒂的內心是有這種冒險成分的。要不然她不會兩次選到的，都是喜愛冒險的丈夫，而她本身大概也不會吸引一個在各種危險情境下挖掘古代寶藏的人，讓他願意向一個大他十四歲的女人求婚。

這樣說吧，維多利亞時代後期的英國環境，壓抑限制了克莉絲蒂冒險、追求傳奇的內在衝動，她只好將這樣的衝動寄託在丈夫和寫作上。她一邊陪著第二任丈夫在近東漫走，一邊在小說中寫各式各樣的謀殺與探案。謀殺和探案都是冒險，還有，偵探偵查中做的事——蒐集線索，還原命案過程——其實和考古學家的考掘，如此相似！

克莉絲蒂寫得最好的，正是「藏在日常中的冒險」。她個性中的雙面成分，造就了特殊的偵探魅力。既嚮往非常傳奇，卻又有根深柢固的日常邏輯信念，兩者都在克莉絲蒂的小說中扮演了重要角色。她的謀殺案幾乎都和日常習慣緊密編織在一起，日常環境成了凶手最重要的掩護。有些日常規律明顯地被破壞了，讓我們很自然以為那會是謀殺的線索，沿著這些線索形成了閱讀中的推理猜測，然而白羅早就提醒了，真正重要的反而是那些「細節」，也就是看來像是依隨日常邏輯進行的事，或說藏在日常邏輯中因而不被看重的事，那裡要嘛藏著凶手的核心詭計、煙幕，要嘛藏著凶手致命的破綻。

凶案的構想，就是如何讓異常蓋上日常、正常的面貌，又如何故意將日常、正常予以扭曲，製造假象；那麼偵探要做的，就是如何準確地在日常中分辨出真正的異常，將假的、明顯的異常撥開來，找出細節堆疊起來的異常真相。

此外，克莉絲蒂的小說裡隱藏著極其曖昧的情感價值觀，最典型、最有名的就是《東方快車謀殺案》。透過追查過程，讓讀者知道為什麼凶手要訴諸於這種手段，其動機具有可同情之處，再加上克莉絲蒂對身分階級的觀察，她比較相信或讓讀者相信那些沒有權力、地位的人，隨著偵查節奏去認識可能或必須懷疑的人。克莉絲蒂最擅長營造「多重嫌疑犯」的小說特質，因為讀者在閱讀時必須被迫去認識很多不一樣的人。在她最受歡迎的作品，大概都具備這樣的特質。

當然，她的作品中還有兩個最突出的神探，即白羅和瑪波。白羅是比利時人，但為什麼必須是外國人？這是因為英國人具有高度階級意識，這種觀念一路滲透到所有互動細節，包括人與人之間如何說話。而白羅因為不是英國人，他會發現一般英國人不太看得出來的東西，以及兩個人互動的方法哪裡不正常。至於瑪波為什麼得是老太太？她一如那個年代的老人家，總是靜靜坐著打毛線，因為不起眼，自然讓人放鬆防備，所以瑪波探案的線索都是來自於這樣的互動模式。

然而，白羅有很明顯的優勢，瑪波的身分使她基本上只能進行「靜態」的辦案，案子的空間受到侷限，白羅卻可以跨越各種空間，恣意揮灑。而且白羅擁有警官身分，可以合理出現在各種犯罪現場，瑪波能出現的地方，相形之下就勉強、不自然多了。白羅是明白的outsider，在英國，只要他出現，就會覺得有外人在而感到緊張，於是很容易露出平常不會表現的行為；瑪波則看起來是 insider，但實質上是 outsider，因為總是沒人發現她、當她空氣人。這兩人的探案，是兩個極端。雖然讀者最愛白羅，但克莉絲蒂自己偏愛瑪波勝於白羅。

不管後來的偵探、推理小說發展了多少巧妙詭計，克莉絲蒂卻不會過時，因為她的推理如此密切地和日常纏繞在一起；活在日常中，我們就無可避免被克莉絲蒂的「日常細節推理」吸引，隨時讀來都充滿驚奇趣味。

名家盛讚克莉絲蒂（依推薦時間排序）

金庸（作家）

克莉絲蒂的寫作功力一流，內容寫實，邏輯性順暢，也很會運用語言的趣味。閱讀她的小說，在謎底沒有揭露之前，我會與作者鬥智，這種過程非常令人享受。其作品的高明之處在於：布局的巧妙完全意想不到，而謎底揭穿時又十分合理，讓人不得不信服。

詹宏志（作家、PChome 網路家庭董事長）

推理小說在從先輩柯南・道爾等人的發明中出現力量時，誕生了一位《天方夜譚》故事中每天說故事說個不停的王妃薛斐拉・柴德，也就是「謀殺天后」克莉絲蒂，整個世界對聽這些故事才有如此的熱情。他們捨不得睡覺，每天問後來還有嗎、還有嗎，永遠不肯離去，這就是克莉絲蒂對推理小說的最大貢獻。

可樂王（藝術家）

所謂「克莉絲蒂式」的推理小說，就是一場和一個天才的寫作者或高明的恐怖份子在紙上捕掠捉殺的戰事。即便是一列火車、一處飯店或一間酒吧，在克莉絲蒂寫來皆充滿神祕和猜謎。在人生適合的下午裡，我總是一面嚼著口香糖，一面跟著矮子偵探白羅穿梭謀殺現場，克莉絲蒂的推理作品無疑是推理世界中最充滿「魔術性」的小說。

吳若權（作家、節目主持人）

我從小就對推理小說情有獨鍾，克莉絲蒂一系列的作品尤其令我愛不釋手。多年來，閱讀推理小說的經驗讓我覺悟：讀者在文字情節中推展開來的驚嘆，不只是因緣於故事的本身，而是自我性格的投射。從這個觀點來看克莉絲蒂一系列的作品，她簡直就是洞徹人性的算命師。而讀者，在她的文字中，發現了自己無可奉告的命運。

藍祖蔚（國家電影及視聽文化中心董事長）

做過藥劑師，難免懂得毒藥；嫁給考古學家，難免也就嫻熟文明的神祕；再加上曾經失蹤九天，一切不復記憶的離奇經驗，的確提供了寫作靈感，但若少了想像力，那些片羽靈光縱使辛辣如辣椒，卻不足以成菜。

推理小說重布局、重人物描寫，克莉絲蒂最厲害的卻是犀利的人性觀察，她一手創造的白羅探長，潔癖個性完全和她相反，更將她所憎厭的人格特質集於一身，殊不知，唯有不對著鏡子寫作，才能夠跳出框架與制式反應，開闢無限寬廣的新世界，建構多面向的詭異迷宮。

看完她的小說，你只會更加訝異，到底是什麼樣的心靈才能成就這般視野？

李家同（作家、前暨南大學校長）

克莉絲蒂的整體布局十分細膩，最後案情也都講解得非常詳細，回頭去看，在書中都找得到線索。故事的情節與內容也很好看，不是像一個流氓在街上被殺掉那麼單調。……看小說應該要花腦筋、要思考，從小就要養成思辨的能力，看她的小說，就是對邏輯思考能力極佳的訓練。

袁瓊瓊（作家）

雖然被公認是冷靜理性的謀殺天后，但是在理性之下，克莉絲蒂的底色依舊是感情。克莉絲蒂很明白，所有的慾望之後，都無非是某種愛情。在以性命相搏的犯罪世界裡，凶手以終結他人的性命來遂私欲，不過是為了成全自己的愛，或者是成全自己的恨。

鄧惠文（精神科醫師）

以推理小說作家而言，克莉絲蒂的風格相當獨樹一格。她的偵探在辦案時，靠的不光是科學證據的搜集，而是大量運用犯罪心理學，及對人性的深刻了解。例如在《五隻小豬之歌》中，白羅便是藉由聽取嫌疑犯訴說案情時所不自覺顯露的主觀意識及中心思想，而看出其中破綻，找出真凶。白羅是靠腦袋辦案，以心理層面去剖析案情，即使人們敘述的是同一件事，他可以聽出不同角色因出發點及看待角度不同所透露的情緒觀感，從而抽絲剝繭，還原事實真相。

克莉絲蒂所塑造的人物也生動且各具特色，不同個性所出現的情緒反應描寫，皆細膩而準確，讓讀者產生豐富的想像空間，一展卷便欲罷而不能。

吳曉樂（作家）

克莉絲蒂使用的語言平易近人，主要是以角色與情節的對應來斧鑿出故事的深度，堆疊出讓讀者回味的迂迴空間。而她筆下的角色往往性別、階級、性格、族群各異，塑造出多元又豐富的人物群像。

文學作品不問類型，若要流傳於世，最終仍得上溯至「人性」的理解與反思。而阿嘉莎・克莉絲蒂的作品中，我們可以看到人類屢屢得和自己的人生討價還價，或千方百計讓主觀意識與客觀條件達成某種程度的整合，讀者在重建人物的心理軌跡時，也見識到自身的是非成敗，我認為，這也是克莉絲蒂的作品能夠璀璨經年、暢銷不衰的主因。

許皓宜（心理學作家）

克莉絲蒂筆下的故事看似在談人性的醜惡，實則像一位披著小說家靈魂的心靈引導者，用她的文字訴說著人們得不到「愛」時的痛苦。於是在故事終了的剎那，你不得不對人生多了幾分「看透感」：原來，我們心裡的那些痛苦、報復與自我折磨的慾望，不是因為「憤恨」，而是起於對「愛的失落」。這或許是我們在情感世界中最珍貴且深刻的一種覺察了。

推理小說荒謬驚悚嗎？不，它其實很寫實。它幫我們說出心裡的苦、怨、醜陋的慾望，於是，我們可以重新學習愛了。

一頁華爾滋 Kristin（影評人）

從有記憶以來，閱讀克莉絲蒂最迷人之處往往不在真正的凶手是誰，而是在於「Why」（為什麼）與「How」（如何進行），在於人性與心理描摹的故事肌理。依循其書寫脈絡，會發覺不只是邏輯清晰、布局縝密、著重細節，她總能完美掌握敘事節奏，書中人物彷彿真實存在般鮮明躍然紙上，讀者情緒會隨精準文字保持流轉、跳動、收放，掩卷時並無太多真相水落石出的暢快，反倒淡淡的惆悵化為餘韻襲上心頭，原來還是種種意料之外，卻屬情理之中的人性盲目使然。私以為，那成就了克莉絲蒂的推理故事之所以無比迷人的主因之一。

冬陽（推理評論人）

雖然阿嘉莎・克莉絲蒂的作品並非我的推理閱讀啟蒙，卻是養成閱讀不輟的重要推手。首先，她無庸置疑是個說故事能手，打開我名為好奇的開關；其次是設計犯罪事件的巧妙多元，既日常又異常，凶手更是叫人意想不到。沒錯，我相信每個當讀者的都忍不住想破案，想早偵探一步識破詭計，或者像考試結束鈴響前一秒，瞎猜都要指著某個角色大喊「你就是犯人」！然後會忍不住作弊——不是翻到最後幾頁窺探真凶身分，而是往前翻查讓人起疑的段落、偵探顯然掌握重要線索的時刻，直到忍不住豎白旗投降，看神探（我知道啦，真正把我耍得團團轉的聰明人是作者）頭頭是道地分析我遺漏錯置的片片拼圖，終於看清真相全貌。這，就是偵探推理，我因此熟悉遊戲規則、沉醉在每一場迷人故事裡，成為這個類型書寫的俘虜，享受至今不疲的美好滋味。

石芳瑜（作家、永樂座書店店主）

布局細膩、處處留下線索，破案解說詳細，說明了這位安靜、害羞的推理小說女王心思縝密，且充滿想像力。密室殺人，完美犯罪，《東方快車謀殺案》不愧為古典推理小說的經典。再加上神祕的東方色彩，隨著火車抵達的迫切時間感，連非推理小說迷都會神經拉緊，讀完大呼過癮。

家庭主婦缺少人生經驗？處女座的阿嘉莎．克莉絲蒂充分展現她過人的寫作天分，靠得是從小開始的閱讀，以及對偵探小說的著迷。三十歲寫下第一本偵探小說《史岱爾莊謀殺案》的克莉絲蒂，在那個時代並不能說是「早慧」，但寫作生涯五十五年中，共創作了八十部偵探小說，卻令人難以企及。這位害羞靦腆的小說女神，大概是相信只要有足夠的理由，每個人都有殺人的可能！

余小芳（暨南大學推理研究社指導老師、台灣推理作家協會常務理事）

學生時代加入推理社團，社課指定讀物便是經典作品《一個都不留》，成為我對克莉絲蒂的初步印象，自此沉浸於推理小說的世界。隔年寒假陪同學參與轉學考，在斜風細雨的走廊中，滿足讀完《東方快車謀殺案》。隨著歲月遠走，已昇華成趣味回憶。

踏入推理文學領域需要認識的作家，阿嘉莎．克莉絲蒂絕對名列其中，她的作品常有英國小鎮風光、莊園式的謀殺、設備豪華的交通工具等，還有特色鮮明的偵探活躍其中。書中少有血腥、暴力的橋段，布局巧妙且結構嚴密，手法純粹、知性，故事內容與人物性格融為一體，以高超的想像力結合說好故事的能耐，為推理小說開創新局面。克莉絲蒂推理全集重編改版，值得新舊讀者一起探索。

林怡辰（國小教師、教育部閱讀推手）

多年後，還是難忘第一次閱讀阿嘉莎．克莉絲蒂作品的感動和激動。這套將近一世紀的作品，文筆流暢，邏輯縝密，過程中不斷與作者較量、猜出凶手，直到最後解答不禁佩服，蛛絲馬跡處處展現作者的精妙手法，於是又拿起另一部作品，再次沉溺在謀殺天后所編織的日常世界中的奇幻，無可自拔。犯罪動機和手法穿越時空限制，如今讀來合理且依舊令人感動，閱讀中趣味橫生，難怪成為後來諸多偵探小說的原型。

克莉絲蒂創作生涯中產出的八十部推理作品，至今多部躍上大銀幕，無怪乎被稱之為「經典」，喜愛推理偵探作品的人不可不讀，你會驚異於她在文字中施展的魔法！

張東君（推理評論家、科普作家）

我愛克莉絲蒂！這位在台灣有時會被稱為克奶奶的超級暢銷推理小說家，即使是自認沒讀過她的書的人，也都會在各種書籍或影視作品中看到對她致敬的片段。由於她喜歡旅行和冒險，那些經驗與體驗都成為書中的場景，因此閱讀她的作品時，不只是雀躍地跟著偵探推理，也有了虛擬的旅行體驗。或者當成旅遊導覽書，在出發去尼羅河、去英國鄉間、去搭船搭火車時，就塞一本克奶奶的作品到隨身背包中。

我還是大學新生時，就聽學姐說她哥哥經常看克奶奶的小說，而且邊看邊狂笑。於是我跟著效仿，在某次搭飛機之前買了第一本小說當旅伴，不只看得超開心，看完後還到處找尋書中出現的那種有兜帽的斗篷，當成出門時的必備用品。克奶奶的作品是跨越文字、國界的。只要看過一本，就會不停地追下去。還好，真的是還好只有八十本。何況這次是全新校訂的紀念珍藏版，當然不能錯過！

發光小魚（呂湘瑜）（文史作家、助理教授）

一部好的偵探小說，除了情節設計巧妙之外，還需要洞悉人性，如此方能合理地交代人物的言行舉止與動機。阿嘉莎．克莉絲蒂便是其中翹楚，她的作品不管是偵探、愛情小說或戲劇，必要元素都是謎題與人性。在寧靜無波的場景下暗潮洶湧，永遠都有意料之外，讀者的情緒也會隨著劇情的進行起伏糾結。克莉絲蒂觀察到時代的變化，將犯罪心理融入作品中，於是，看她的小說不只能得到解謎的快樂，同時對人性也能夠有所省思。

此外，克莉絲蒂豐富的人生歷練及旅行經歷，例如一九二二年的環球之旅、居住過也旅行過的巴黎和埃及，甚至是追隨考古學家丈夫前往的中東，都讓她的小說讀來更加充滿異國情調。如果你也愛旅行，不如就讓我們一同搭上那一班南法的藍色列車，或由伊斯坦堡出發的東方快車，跟著白羅鑽進一樁奇案，一嘗旅程中破解謎題的快感吧。

盧郁佳（作家）

國小時，家裡買了一套阿嘉莎．克莉絲蒂全集，從此成了我的毒品，在白癡課本將我的腦袋啃嚙成海綿般空洞時，撫慰受創的心靈，那時我仍對人心險惡一無所知。

數學課教你列算式，樂趣遠不如克莉絲蒂教你住宅平面圖、偷換時序的密室魔術，你從庭園長窗進房間，我從房門直通鄰房，他從走廊進房……從而學會故事是建構邏輯。她文風多變，時而《四大天王》中讓神探白羅向助手海斯汀大賣關子，眉頭緊皺，山雨欲來，預示天翻地覆，只能靠他拯救世界；時而用維吉尼亞．吳爾芙《自己的房間》中俏皮的語言，讓貧苦村姑安妮在《褐衣男子》中回憶南非出生入死的冒險，竟源於她耽讀村裡圖書館爛舊的冒險愛情小說，還有戲院每週末放映〈帕米拉歷險記〉，帕米拉每集從飛機跳落高空、搭潛艇、爬上摩天大樓，每次被黑幫老大抓到總不一刀斃命，卻老要用瓦斯毒死她，暗示續集又會逃出生天。

長大才發現，克莉絲蒂小說就是我的〈帕米拉歷險記〉：它以歌劇般輝煌龐大的天真陰謀、精細的人際觀察（一句話重音放在哪個字、從膝蓋鑑定女人的年齡等），召喚年輕讀者抱持浪漫精神投入未知的壯遊，瘋魔、衝撞、冒犯，傷痕累累毫無懼色。正如瓦斯在冒險片中太多、現實中卻太少；陰謀在現實中沒有克莉絲蒂寫得那麼複雜，但她刻畫的心理卻是現實中解謎的試金石。

賴以威（臺灣師範大學電機系副教授）

或許可以為經典下幾個定義：該領域的愛好者更都讀過；不是這個領域的愛好者，許多人也都聽過；影響後續的作品，在很多著作中都可以看到它的影子；值得反覆再三閱讀，每隔一陣子再讀都可以獲得閱讀的樂趣，有更多的體悟。我永遠記得第一次讀《東方快車謀殺案》時，被那宛如嚴謹設計數學謎題的鋪陳、推進給深深吸引、震撼。從這幾個角度來說，克莉絲蒂的推理小說被稱之為「經典」，可說是當之無愧。

謝哲青（作家、旅行家、知名節目主持人）

克莉絲蒂小說的魅力在於透過每個角色的對白，藉由不斷的說話來表現人物的個性，以彰顯其人格特質中一些無法被忽略的事實。我們從他們的言語、講話的過程和字裡行間，竟然就能知道誰是凶手。

我從克莉絲蒂的小說學到很多，除了推理小說有趣的事實之外，最重要的是，我在工作的職場跟人應對的時候，如何從語言和對話裡去捕捉某些隱而不顯的事實。許多人們欲蓋彌彰的東西，無論心事也好、祕密也好，克莉絲蒂都會用文學的手法，讓你理解語言的奧妙和魅力。

克莉絲蒂的書寫會讓你覺得彷彿自己也在現場，你可以從聽到的對話當中，學會如何理解人心的一些小技巧，這是小說家最出色、最偉大的地方。我們必須學習傾聽別人說話——這些人講話是真誠的嗎？他想要跟你分享什麼資訊？這些資訊可靠嗎？——這是我在閱讀推理小說時，最大的收穫和理解。

阿嘉莎・克莉絲蒂大事記

1890		• 九月十五日出生於英格蘭德文郡托基鎮。
1894	4 歲	• 開始在家自學，父母親、姐姐教導閱讀、寫作、算術和彈鋼琴。
1895	5 歲	• 家中經濟走下坡，舉家搬至法國，學會流利的法語。
1905	15 歲	• 在巴黎寄宿學校學鋼琴和聲樂，但生性極度害羞，未成為職業鋼琴家，最終回到英國。
1907	17 歲	• 陪同母親前往埃及調養身體，對社交活動充滿興趣，但尚未對日後感興趣的埃及古物點燃熱情。 • 回英國後繼續寫作、參與業餘戲劇表演。
1908	18 歲	• 寫出第一篇短篇小說〈麗人之屋〉，同時也寫出第一部愛情小說《白雪黃漠》，以筆名向出版社投稿，但屢遭退稿。
1912	22 歲	• 與英國皇家軍官亞契・克莉絲蒂（Archibald Christie）熱戀。 • 八月爆發第一次世界大戰，亞契奉派到法國作戰。
1914	24 歲	• 耶誕夜結婚，亞契隨即返回戰場。克莉絲蒂參與紅十字會工作，在醫院擔任護士和藥劑師，因此對藥理和毒物非常熟悉，造就後來多部推理小說情節都以毒藥殺人。
1916	26 歲	• 開始嘗試寫推理小說，寫出第一部小說《史岱爾莊謀殺案》，主角偵探赫丘勒・白羅的靈感，來自於大戰期間英國鄉間的比利時難民營。本書歷經數家出版社退稿後，終獲柏德雷・海德（The Bodley Head）圖書公司的出版機會，之後並簽下另五本小說的合約。
1919	29 歲	• 前一年亞契返回英國，八月生下女兒露莎琳。

1920 30 歲 • 出版《史岱爾莊謀殺案》。

1922 32 歲 • 出版第二部小說《隱身魔鬼》，主角是夫妻檔偵探湯米和陶品絲。
• 與亞契至南非、澳洲、紐西蘭、夏威夷和加拿大等國旅行十個月，在南非得到《褐衣男子》的靈感。

1923 33 歲 • 三月出版第三部小說《高爾夫球場命案》，白羅再度登場。

1926 36 歲 • 四月母親過世，克莉絲蒂陷入憂鬱。
• 六月在「威廉·柯林斯父子出版社」出版《羅傑艾克洛命案》。
• 八月亞契因外遇提出離婚，十二月初一次爭吵後，克莉絲蒂離家棄車失蹤，消息登上全國新聞。

1927 37 歲 • 一月在悲痛心情中寫出《藍色列車之謎》，第一次創造出聖瑪莉米德村，即後來瑪波小姐居住的村子。
• 分居期間在雜誌刊登以白羅為主角的短篇小說，後來集結出版《四大天王》。
• 十二月在雜誌刊登短篇小說〈週二夜間俱樂部〉，瑪波小姐初登場，後來收錄在一九三二年出版的短篇小說集《十三個難題》。

1928 38 歲 • 十月正式離婚，仍保留「克莉絲蒂」姓氏。
• 秋天搭乘「東方快車」前往土耳其的伊斯坦堡，再轉往伊拉克首都巴格達，參觀考古現場烏爾，認識考古學家伍利夫婦（Leonard and Katharine Woolley）。

1930 40 歲 • 二月應伍利夫婦之邀再訪烏爾，認識考古學家麥克斯·馬龍（Max Mallowan），九月於英國愛丁堡結婚。這段婚姻開啟克莉絲蒂旺盛的創作生涯，兩人到中東考古現場的旅行為許多作品帶來靈感。

- 婚後克莉絲蒂開始維持固定的寫作行程。十月出版《牧師公館謀殺案》，是第一部以瑪波小姐為主角的小說。
- 出版第一部以「瑪麗·魏斯麥珂特」（Mary Westmacott）為筆名的《撒旦的情歌》，並陸續發表了五部非犯罪小說。

1932　42歲
- 出版《危機四伏》。

1934　44歲
- 出版《東方快車謀殺案》，是白羅海外辦案三部曲之一，故事靈感來自中東的旅行經歷。一九七四年第一次改編成電影大獲好評。

1936　46歲
- 出版《美索不達米亞驚魂》，白羅海外辦案三部曲之二。

1937　47歲
- 出版《尼羅河謀殺案》，白羅海外辦案三部曲之三，故事背景是年輕時與母親同遊的埃及。一九七八年第一次改編成電影大受歡迎。

1939　49歲
- 二次大戰期間，克莉絲蒂在大學學院醫院擔任義務藥師，學習到最新的毒藥知識，對於推理小說寫作大有助益。
- 出版《一個都不留》，是克莉絲蒂最著名作品之一。

1941　51歲
- 出版《密碼》，呈現出克莉絲蒂對戰爭的看法。
- 出版《豔陽下的謀殺案》。

1942　52歲
- 出版《藏書室的陌生人》、《五隻小豬之歌》等名作。

1944　54歲
- 以「瑪麗·魏斯麥珂特」為筆名出版第三部作品《幸福假面》，被美國書評人發現是克莉絲蒂的作品，讓她從此失去匿名創作的自在樂趣。

1950 60歲 • 獲選為皇家文學學會的會員。

1953 63歲 • 出版《葬禮變奏曲》。

1956 66歲 • 一月獲頒大英帝國爵級大十字勳章（GBE）。
• 十一月以「瑪麗．魏斯麥珂特」為筆名出版《愛的重量》，是這個筆名的最後一部作品。

1958 68歲 • 成為「偵探作家俱樂部」主席。

1960 70歲 • 馬龍獲頒大英帝國爵級大十字勳章。

1961 71歲 • 獲得艾克塞特大學頒發榮譽文學博士學位。

1968 78歲 • 馬龍獲封為爵士，克莉絲蒂亦被稱為馬龍爵士夫人。

1971 81歲 • 獲頒大英帝國爵級司令勳章（DBE），獲封為女爵士。

1973 83歲 • 出版最後一部創作《死亡暗道》，亦為湯米和陶品絲最後一次辦案。

1974 84歲 • 最後一次公開露面，出席電影《東方快車謀殺案》首映會。

1975 85歲 • 八月六日，白羅成為有史以來第一次在《紐約時報》頭版刊出訃聞的小說主角，宣傳九月即將出版的《謝幕》，這也是白羅最後一次辦案。

1976 86歲 • 一月十二日去世。
• 十月出版《死亡不長眠》，瑪波小姐的最後一次辦案。

克莉絲蒂推理原著出版年表

1920　史岱爾莊謀殺案 The Mysterious Affair at Styles（神探白羅系列）
1922　隱身魔鬼 The Secret Adversary（神探湯米＆陶品絲系列）
1923　高爾夫球場命案 The Murder on the Links（神探白羅系列）
1924　白羅出擊 Poirot Investigates（神探白羅系列）
1924　褐衣男子 The Man in the Brown Suit（神探雷斯上校系列）
1925　煙囪的祕密 The Secret of Chimneys（神探巴鬥主任系列）
1926　羅傑艾克洛命案 The Murder of Roger Ackroyd（神探白羅系列）
1927　四大天王 The Big Four（神探白羅系列）
1928　藍色列車之謎 The Mystery of the Blue Train（神探白羅系列）
1929　七鐘面 The Seven Dials Mystery（神探巴鬥主任系列）
1929　鴛鴦神探 Partners in Crime（神探湯米＆陶品絲系列）
1930　牧師公館謀殺案 The Murder at the Vicarage（神探瑪波系列）
1930　謎樣的鬼豔先生 The Mysterious Mr. Quin（神探鬼豔先生系列）
1931　西塔佛祕案 The Sittaford Mystery
1932　十三個難題 The Thirteen Problems（神探瑪波系列）
1932　危機四伏 Peril at End House（神探白羅系列）
1933　十三人的晚宴 Lord Edgware Dies（神探白羅系列）
1933　死亡之犬 The Hound of Death
1934　三幕悲劇 Three Act Tragedy（神探白羅系列）
1934　李斯特岱奇案 The Listerdale Mystery
1934　帕克潘調查簿 Parker Pyne Investigates（神探帕克潘系列）
1934　東方快車謀殺案 Murder on the Orient Express（神探白羅系列）
1934　為什麼不找伊文斯？ Why Didn't They Ask Evans?
1935　謀殺在雲端 Death in the Clouds（神探白羅系列）
1936　ABC 謀殺案 The A.B.C. Murders（神探白羅系列）
1936　底牌 Cards on the Table（神探白羅系列）
1936　美索不達米亞驚魂 Murder in Mesopotamia（神探白羅系列）

1937 巴石立花園街謀殺案 Murder in the Mews（神探白羅系列）
1937 尼羅河謀殺案 Death on the Nile（神探白羅系列）
1937 死無對證 Dumb Witness（神探白羅系列）
1938 白羅的聖誕假期 Hercule Poirot's Christmas（神探白羅系列）
1938 死亡約會 Appointment with Death（神探白羅系列）
1939 一個都不留 And Then There Were None
1939 殺人不難 Murder Is Easy/Easy to Kill（神探巴鬥主任系列）
1940 一，二，縫好鞋釦 One, Two, Buckle My Shoe（神探白羅系列）
1940 絲柏的哀歌 Sad Cypress（神探白羅系列）
1941 密碼 N Or M?（神探湯米＆陶品絲系列）
1941 豔陽下的謀殺案 Evil Under the Sun（神探白羅系列）
1942 五隻小豬之歌 Five Little Pigs（神探白羅系列）
1942 藏書室的陌生人 The Body in the Library（神探瑪波系列）
1943 幕後黑手 The Moving Finger（神探瑪波系列）
1944 本末倒置 Towards Zero（神探巴鬥主任系列）
1945 死亡終有時 Death Comes as the End
1945 魂縈舊恨 Remembered Death（神探雷斯上校系列）
1946 池邊的幻影 The Hollow（神探白羅系列）
1947 赫丘勒的十二道任務 The Labours of Hercules（神探白羅系列）
1948 順水推舟 Taken at the Flood（神探白羅系列）
1949 畸屋 Crooked House
1950 謀殺啟事 A Murder Is Announced（神探瑪波系列）
1951 巴格達風雲 They Came to Baghdad
1952 殺手魔術 They Do It with Mirrors（神探瑪波系列）
1952 麥金堤太太之死 Mrs. McGinty's Dead（神探白羅系列）
1953 黑麥滿口袋 A Pocket Full of Rye（神探瑪波系列）
1953 葬禮變奏曲 After the Funeral（神探白羅系列）

1954 未知的旅途 Destination Unknown
1955 國際學舍謀殺案 Hickory, Dickory, Dock（神探白羅系列）
1956 弄假成真 Dead Man's Folly（神探白羅系列）
1957 殺人一瞬間 4:50 from Paddington（神探瑪波系列）
1958 無辜者的試煉 Ordeal by Innocence
1959 鴿群裡的貓 Cat Among the Pigeons（神探白羅系列）
1960 哪個聖誕布丁？ The Adventure of the Christmas Pudding（神探白羅系列）
1961 白馬酒館 The Pale Horse
1962 破鏡謀殺案 The Mirror Crack'd from Side to Side（神探瑪波系列）
1963 怪鐘 The Clocks（神探白羅系列）
1964 加勒比海疑雲 A Caribbean Mystery（神探瑪波系列）
1965 柏翠門旅館 At Bertram's Hotel（神探瑪波系列）
1966 第三個單身女郎 Third Girl（神探白羅系列）
1967 無盡的夜 Endless Night
1968 顫刺的預兆 By the Pricking of My Thumbs（神探湯米＆陶品絲系列）
1969 萬聖節派對 Hallowe'en Party（神探白羅系列）
1970 法蘭克福機場怪客 Passengers to Frankfurt
1971 復仇女神 Nemesis（神探瑪波系列）
1972 問大象去吧！ Elephants Can Remember（神探白羅系列）
1973 死亡暗道 Postern of Fate（神探湯米＆陶品絲系列）
1974 白羅的初期探案 Poirot's Early Cases（神探白羅系列）
1975 謝幕 Curtain: Hercule Poirot's Last Case（神探白羅系列）
1976 死亡不長眠 Sleeping Murder（神探瑪波系列）
1979 瑪波小姐的完結篇 Miss Marple's Final Cases（神探瑪波系列）
1991 情牽波倫沙 Problem at Pollensa Bay
1997 殘光夜影 While the Light Lasts

國家圖書館出版品預行編目（CIP）資料

怪鐘 / 阿嘉莎・克莉絲蒂（Agatha Christie）
著 ; 張爲民譯. -- 二版. -- 臺北市 : 遠流出版
事業股份有限公司, 2022.10
面； 公分. -- (克莉絲蒂繁體中文版20週
年紀念珍藏 ; 18)
譯自 : The clocks
ISBN 978-957-32-9745-1(平裝)

873.57 111013857

克莉絲蒂繁體中文版 20 週年紀念珍藏 18

怪鐘

作者 / 阿嘉莎・克莉絲蒂
譯者 / 張爲民

主編 / 陳懿文、余式恕 校對 / 呂佳眞
封面、內頁設計 / 謝佳穎 排版 / 連紫吟、曹任華
行銷企劃 / 舒意雯 出版一部總編輯暨總監 / 王明雪

發行人 / 王榮文
出版發行 / 遠流出版事業股份有限公司
地址 / 104005臺北市中山北路一段11號13樓
電話 / (02)2571-0297 傳眞 / (02)2571-0197 郵撥 / 0189456-1
著作權顧問 / 蕭雄淋律師

2002年8月1日 初版一刷
2022年10月1日 二版一刷
定價 / 新臺幣380元 (缺頁或破損的書，請寄回更換)

ISBN 978-957-32-9745-1

遠流博識網 http://www.ylib.com E-mail: ylib@ylib.com
遠流粉絲團 https://www.facebook.com/ylibfans

www.agathachristie.com